歌舞伎町セブン

誉田哲也
Tetsuya Honda

中央公論新社

目次

装　幀
bookwall

写　真
帆刈一哉

画像処理
久保千夏

ＤＴＰ
柳田麻里

特別協力
岡本歌織　小川恵子　風間勇人

歌舞伎町セブン

序章

議題はいつもの、歌舞伎町《かぶきちょう》の可視化を目的とした再開発計画についてだった。

遅々として進まない枠組み作り。歌舞伎町全体に空中遊歩道を設け、地面を多層化しようなどというＳＦ紛《まが》いの事業計画。そうすれば、見えづらかったビルの上の方も見通しが利《き》くようになり、より安全に遊べる街に歌舞伎町は生まれ変われる——そんな、夢物語。それでいて、プロジェクトの題名だけはご立派に、最初から決まっている。

歌舞伎町リヴァイヴ。これはその推進委員会。

参加者は、映画館を含む興行関係者、新宿区の役人、表立った商店を束ねる歌舞伎町商店街振興協力会の会員、どこかのお偉い大学教授に建築家、テレビにもよく出ている元警察官僚の政治家崩れと、とっくの昔に機能不全に陥っている第三セクターの幹部。あと、得体の知れないフリーライターが一人。

この中の、一体誰なら音頭《おんど》をとれるというのだろう。馬鹿馬鹿しいにもほどがある——。

歌舞伎町一丁目町会長である高山和義《たかやまかずよし》は、自分の順番がくるのを欠伸《あくび》を嚙《か》み殺《ころ》しながら待っていた。

「……では次に、歌舞伎町商店街振興協力会会長、斉藤吉郎《さいとうよしろう》委員、お願いいたします」

司会はつい最近就任したばかりの女区長、三田静江《みたしずえ》。

指名された斉藤吉郎と高山は旧知の間柄だが、彼がこの会議でどのような立ち位置をとろうとしているのかは不明だ。高山が歌舞伎町の可視化、多層化に反対の姿勢を打ち出してから、吉郎は飲み屋で一緒になっても滅多に声をかけてこなくなった。かといって、この会議に積極的に係わろうとしているわけでもないらしい。そういう噂は聞かない。まったく。喰えないタヌキ爺《じじい》である。

「ええ……商店会といたしましては、多層化に関して、賛成、反対とも、ほぼ半々といった情勢が続いております。反対意見の主なものは、結局は予算が膨大になり、そのしわ寄せが店舗や、ビルオーナーに向くのではないかという懸念に他なりません」

そう。歌舞伎町の地面を多層化する。第二、第三の地上ともいうべき、空中遊歩道を造る。それ自体はいいだろう。だがその予算を、一体誰が捻出する。新宿区か？　歌舞伎町を小綺麗な未来型歓楽街に造り変えるのに、区がどこまで金を出せる。まあ、ある程度は見込めるかもしれないが、全額となったら区民が黙っていない。歌舞伎町の利益は新宿区の利益でもあるが、一般区民の生活にそれが即反映されるかというと、この財政難のご時世、それは難しい。また、話を都に持っていっても結果は同じだろう。そこまで都民は歌舞伎町に優しくない。

だが興行関係、飲食店、風俗店という、大小取り混ぜた民間企業の足並みをそろえるのは容易なことではない。

歌舞伎町には様々な形態の飲食店、キャバレーやクラブがあるが、その多くが二年ないし三年で収益を上げてはこの街を去っていく。そんな奴らに長期的な街の展望について相談しても埒《らち》が明かない。ましてや、そのケツを持っている暴力団関係者に話しても意味がない。歌舞伎町が賑わってほしいのはヤクザも同じだろうが、「可視化」というキーワードはそもそもヤクザとは相容れない発想だ。見えないところで商売をするからこそ、ヤクザはヤクザたり得る。

結局負担は、各物件の持ち主にいくことになる。

それを負わなければ店子《たなこ》がつかない、というのなら渋々でもみな計画に乗るだろう。だが、現状でも歌舞伎町なら店子は充分につく。出ていったら改装し、また別の者に貸す。その繰り返しを高山自身、もう何十年もやってきている。別に歌舞伎町は、今のままでもいいのではないかと思っている。多少の景気の浮き沈みは世の常。いずれ上向く日もくるだろう。

そもそも、あの女区長の考えることはどこか少しズレている。この空中遊歩道もしかりだが、つい二、三日前は、都の消防庁と組んで消防法違反の徹底取り締まりをやりたいなどといっていた。

高山は即、それは駄目だといった。

そんなことをしたら歌舞伎町の雑居ビルの大半は使用停止にせざるを得なくなる。それでは地主も経営者も、ヤクザも商売上がったりになる。大事なのは、あらゆる商売に悪影響を及ぼさないこと。そこが守れなければ、いくら街が綺麗で安全になっても意味がない。この街には、もっとこの街に合った方法があるはずなのだ――とはいっても、高山に、他に何かいい案があるわけでもないのだが。

吉郎はまだ何かくどくどいっているが、どう聞いても年寄りの愚痴にしか聞こえなかった。まあ、年のことをいったら高山も大差ない。高山は今年六十一歳。吉郎は確か四つ上だったから、六十五とかそれくらいのはずだ。

「……ありがとうございました。では次、歌舞伎町一丁目町会長、高山和義委員、よろしくお願いいたします」

さて。何をどういったらいいものやら。

会議は夜十一時近くまで続き、だが結局、なんの進展も見られぬまま閉会した。

案の定、吉郎は高山には声をかけてこなかった。女区長と言葉を交わし、人のよさそうな笑みを浮かべてはペコペコ頭を下げている。元はといえばヤクザ者のくせに、今ではすっかり堅気《かたぎ》気取りか。

「……町会長、お疲れさまでした」

代わりといってはなんだが、高山に声をかけてきたのはフリーライターを名乗る上岡《かみおか》という男だった。年の頃は五十ちょっと手前といった按配《あんばい》。この会議では主に広報的な役割を担っている。

「ああ、お疲れさん。今日の議事録も、あんたが作るの」

「ええ。できましたら参加者のみなさんにお配りして、ネットでも閲覧できるようにします」

「へえ……そりゃ、大変だね」

じゃあまた、といって出口に向かったが、それでも上岡は後ろからついてきた。

「……会長。あの、再来月の音楽イベント。あれ、町会の方からもボランティア、お願いしますね」

よそ者の分際《ぶんざい》で町興しのつもりか。この男は、何かとイベントを仕掛けてはこっちにも協力を求めてくる。最初のうちは見どころのある奴だと思って協力していたが、ここのところはその効果もあるのやらないのやら。

「ああ……いっとくよ」

「ついでといっちゃなんですが、商店会の方にも話、通してもらえるとありがたいんですが」

「そんなのぁ、あんたが自分でいえよ」

上岡は短い髪の頭を掻《か》いた。

「いや……あっちのボランティア関係、最近は斉藤さんのお孫さんの、杏奈《あんな》さんが中心になってやってらっしゃるでしょう。前に私、ちょっと彼女の機嫌を損ねちゃったことがありましてね。以来、挨拶《あいさつ》しづらいんですよ。ですから……そこんとこ、何卒《なにとぞ》」

得体の知れないイベントも、吉郎の孫娘も、はっきりいってどうでもいい。

「ああ、分かった……いっておくよ」

「ええ、よろしくお願いいたします」

くだらん。実にくだらん。


新宿区役所を出て、そのまま区役所通りを北に向かう。思ったより風が強いので迷ったが、でもやはり、予定通り歌舞伎町二丁目のはずれにある物件の様子を見にいこうと思う。鬼王《きおう》神社の手前にある、エスニック居酒屋だ。

近くには「ホストビル」と呼ばれる、ホストクラブばかりが入った真っ黒いガラス張りのビルが二棟ある。それ自体は高山の物件ではないのだが、そのホストクラブのお陰で、高山の店子であるエスニック居酒屋はそこそこ繁盛していた。だが昨今の不況で、ホストビルからホストクラブがどんどん撤退していった。歌舞伎町といえどもここまではずれるともはや賑わいようもない。勢い、エスニック居酒屋も経営が苦しくなっていった。事実、先々月から家賃が振り込まれていない。しょっちゅう催促してはいるのだが、今週一杯、いやあと二日、せめてもう一日と延ばし延ばしにした挙句、社長はとうとう電話にも出なくなった。

今日辺りにいっても、もうやっていないかもしれない。

そんなことを思いながら高山は、区役所通りを右に折れて路地に入った。角にある韓国風中華料理屋もすでに閉まっており、ホストビルの背が高いため見通しも利かない。実に暗い通りだ。おまけに今夜はビル風も強い。エスニック居酒屋はこの奥。この立地でホストクラブが減り、人通りも減ったら、それは潰れても仕方ないだろうと思う。かといって、同情して家賃を下げたらこっちはお飯《まんま》の食い上げ。これまた商売上がったりだ。

さて。エスニックに逃げられたら、次は一体どんな店に貸せばいいのやら——。

そんなことを考えていたら、背後からヘッドライトが迫ってきた。珍しい。こんな寂れた細い路地に、あんな大きな車が入ってくるとは。

高山はできるだけ右に寄り、後ろからきたワンボックスカーをやり過ごそうとした。が、黒い影が真横に差しかかるや否やスライドドアが開き、まるで巨大な排水口に呑み込まれるかのように、高山は車内に引っぱり込まれた。決して強引に、というのではなかった。どこもぶつけなかったし、痛くもなかった。こっちの油断と、タイミング。あとは少々、向こうの慣れか。不思議なほどスムーズに、高山はその黒い闇に吸い込まれてしまった。

ゆっくりとはいえ車は動いてきたのだから、むろん乗っているのは一人ではないはずだ。運転手と、高山を後部座席に引き入れる係の、最低二人はいる。だがそれ以上いるかどうかは、暗くてよく分からない。

依然、車は前に進み続けている。

「お、おい……なんだよ」

ようやく口から出たのは、そんなひと言だった。

高山を引っぱった奴は、声を押し殺して笑っていた。

「……ねえ……なんなんだろうね」

低い、男の声だった。若い、といえば若い。もう五十近い、といわれたらそうかもしれないと思う。そんな声だ。ただ、色気はある。芯があって、それでいて粘つくような、妙な抑揚がある。こんな声で甘えられたら、たいていの女は拒めないのではないか。そんな、ちょっと悩ましい声の持ち主だ。

「俺は、そこの……居酒屋に用があって、きたんだ。お、降ろしてくれよ」

男は高山の腕を摑んだまま、小さくかぶりを振った。表情は暗くて見えないが、影で動きは分かった。

「駄目……こっちの用事の方が、重要なんだよ。それに、居酒屋なんてなかったよ」

「あったさ。エスニック居酒屋が」

「やってなかったよ」

「やってなくても、オーナーが上の事務所にいるんだ。俺は、そこに用があるんだ」

本当にいるかどうかは知らないが。

また少し、男は笑った。

「そう……じゃあ、手っ取り早くこっちの用事を済ませてやるよ。高山、和義さん」

どうやら、たまたま一人で歩いていたからさらわれた、というのではないらしい。最初から、高山が狙われていたらしい。

「……なんだ」

「んん。ちょっと、教えてもらいたいことがあってさ。あんた、歌舞伎町、古いんだよね」

高山は、大きく頷いてみせた。

「……かれこれ、もう、五十年近く、いることになる」

「いや、そんなに昔のことじゃない。せいぜい十四、五年前のことさ。覚えてたら、教えてくれよ……あんた、〝歌舞伎町セブン〟って、知ってるだろ」

ぞわっ、と何かが背中をすべり落ちていった。目の粗い、肌触りの悪い化繊が、下着の内側を通り抜けていったような。

「し……知らんよ、そんなものは」

「知ってるよ。あんたは知ってるはずだ。誰がメンバーだったのかまで、ある程度は知ってるはずだ」

「知らない……そんなこと、知らない」

喋《しゃべ》ったら、自分が殺される。

「そう。じゃあ、もうちょっと思い出せるように、ヒントを出すよ。〝欠伸のリュウ〟って、聞いたことあるでしょ」

高山は激しくかぶりを振ってみせた。

「知らない……セブンもリュウも、俺は知らん」

「セブン、って略しちゃう辺りが、知ってるっていってるも同然なんだけどね」

マズい。口がすべった。

「いや、そんな、あれは、単なる噂だろう。いわゆる、都市伝説ってやつだろう」

「またまた。知ってるくせにとぼけちゃって」

「知らない、本当に知らないんだ」

「んん、まあ、じゃあセブンはいいや。どっちでも。でもさ、欠伸のリュウは知ってるでしょう」

「知らない……本当に、知らない」

「奴、死んだっていわれてるけどさ、本当は生きてるって、そういう噂があるんだよね。それ、本当なのかな。本当だったら、リュウは今、どこにいるのかな」

「知らない、知らない」

高山は、本当に知らなかった。

だが男はしつこく、何度も何度も、同じ質問を繰り返した。

嘘でもいいから知っていると、そういったら、この状況から解放されるのだろうか。だとしたら勘違いをした振りをして、地球会館のイタ飯屋で働いてるとか何とか、適当にいってしまおうか。

「そっか、本当に知らないのか……残念だな」

諦めたのか、男はふいに下を向いた。だが次に顔を上げたとき、手には何か、光るものが握られていた。

「……ま、別にどっちでもいいんだ。ほんとは、あんたが知ってようが知るまいが、どっちでもいいの」

いきなり鼻をつままれ、声をあげようとした瞬間――。

第一章

1

歌舞伎町というのは、北を職安《しょくあん》通り、東を明治《めいじ》通り、南を靖国《やすくに》通り、西を西武新宿線の線路に囲まれた、ほぼ六百メートル四方の街である。その南半分が一丁目、北半分が二丁目。

陣内陽一《じんないよういち》が働くゴールデン街は、歌舞伎町一丁目の東端。あの有名な花園《はなぞの》神社のすぐ隣にある飲み屋街だ。店はそのど真ん中。花園三番街という通りの中ほどにある。

「……あらジンさん、今日は早いんだね」

路地の掃除をしている老婆に声をかけられた。名前は知らないが、この近辺の数棟を持っている地主だ。早いといっても、もう夕方も五時を過ぎている。

陣内はパチンコのダイヤルを回す真似《まね》をしてみせた。

「……負けちゃって。いくとこなくなっちゃってさ」

鍵を開け、去年新しく塗り直したクリーム色のシャッターを上げる。この二階が陣内の店「エポ」だ。まあ、名前も店も借り物ではあるが。

店名の由来は、オーナーがここを改装する際に、たいていのものを「エポキシボンドで貼りつけた」からだと聞いている。ということは、代わりに瞬間接着剤を多用していたら「瞬」になっていたのだろうか。どちらかというと、その方がよかったような気もする。

せまくて急な階段を上がる。上には二枚、引き戸がある。右がトイレ、左が店の入り口だ。最近、またちょっと建てつけが悪くなっている。大工を呼んで直してもらった方がいいかもしれない。

店内は、ゴールデン街の二階店舗がたいていそうであるように、カウンター席が六つほどあって、違法改造になるが三階を建て増しして、そこにも小さなテーブル席を作ってある。上はたまに、大久保のアパートに帰るのが面倒になった陣内の寝床になる場合もある。

壁のクロスは去年の暮れ、一念発起して洗剤で磨きまくったので、まだ真っ白だ。それが黄ばむのが嫌で、最近は店内が煙くなってきたら小まめに換気扇を回すようにしている。

カウンターの中に入り、アパートから持ってきたタッパーを冷蔵庫に移す。陣内が作る煮物はすこぶる評判がいい。今日はブリ大根。冬場はこれが一番だ。すると、酒はなんだ。お湯割りが旨い芋焼酎《いもじょうちゅう》なんてどうだ。「紫の焼芋」とか。むろん、バーボンをロックで飲みたいという客に、無理に焼酎を勧めはしないが。

今日一番の客は夜七時前に現われた。ソープ嬢のアッコ。彼女はよく、出勤前の腹ごしらえをこの店でしていく。

「おはよ、ジンさん。今夜は何？」

ご飯は近くのコンビニで買ったものを持参。

「いらっしゃい……今日は、ブリ大根だ」

「やった、ジンさんのブリ大根、だーい好きッ」

白い毛皮のコートを脱ぎ、三階に上がる階段の上り口に放り投げる。相変わらず、スタイルは太めとグラマー、ギリギリの境界線上にある。

「そこ、ハンガーあるんだから使いなよ」

「いいよ。どうせ安物だもん」

そう。この娘はいつもそうだ。

タッパーからブリをひと切れ、大根をふた切れ皿に出し、レンジでチン。それと、昨日のお通しに出したひじきが残っていたので、それも添えて出してやる。

「いただきまーす」

とはいえ、こういう客は決して主流ではない。「エポ」はあくまでもバーだから、ほとんどの客はこれをツマミに酒を飲む。ただ、陣内の手料理が気に入って、定食屋代わりに使う客が三、四人いるというだけのことだ。

「んーっ、美味《おい》しかった……ご馳走《ちそう》さま」

アッコは七時半過ぎに出ていった。

次の客は九時頃。シネシティ広場近くのライブハウスの店長と、ＳＭ嬢のカップル。店長はマッチョ系の、古き良き時代のロックンローラーといった風貌なのに、プライベートではドMだというから笑える。

　そして十時頃には、最近ちっとも筆が進まないという脚本家。十時半過ぎには関根組の若頭がきて、代わりに店長カップルが帰っていった。関根組というのは白川会系の三次団体に当たる暴力団だ。若頭は携帯で十分ほど小声で喋って、ビールをコップ一杯飲んで、脚本家の分も払って出ていった。

　それと入れ替わりに入ってきたのが、フリーライターの上岡だった。

「こんばんは……あれ、今の、確か関根組の……津田《つだ》さん？」

「そう。なんかトラブったみたいだね。慌ててた……ほら、タバコ忘れてる」

　電話の相手はおそらく、組長の市村《いちむら》だったのだろう。津田は弁護士がどうとか、まだ調べがつかないとかいいながら、繰り返し「すみません」と謝っていた。漏れ聞こえた感じからすると、不動産絡みのトラブルのようだったが、まあ、そこまで上岡に教えてやる義理はないので黙っておく。

　陣内が上を指差し、目で訊くと、上岡はかぶりを振った。

「いや、ここでいいや」

「何にする。ビール？　焼酎？」

「なんか、食べるものある」

「ブリ大根があるよ」

「じゃあ、それと焼酎……お湯割りで」

「了解。芋でいいよね」

上岡は頷き、座りながら箱を出してタバコを銜《くわ》えた。すぐに脚本家が立ち、お勘定《かんじょう》いいんだよね、と卑屈な笑みを浮かべる。

「ええ、けっこうです」

「じゃ……ご馳走さん」

ゴトゴトと揺らしながら、両手で扉を引き開ける。

「すいませんね、建てつけが悪くなっちゃって……ありがとうございました」

戸が閉まると、それを待っていたように上岡が喋り始めた。

「参ったよ……例の再開発話。全然進まないや」

陣内は焼き物のカップを出し、お湯を注いだ。本来はビアグラスなのだと思うが、ここではお湯割り用に使っている。砂色と藍の縞模様も、温かみがあって気に入っている。

「なんだっけ……歌舞伎町リヴァイヴ、だっけ」

「そう。区の役人は脳死状態だし、第三セクターは右も左も分かんない素人《しろうと》集団ときた。建築家の先生と長谷田《はせだ》大学の教授は面白い人なんだけどさ、せめて、もうちょっと地面持ってる人間が真剣になってくんないと。俺みたいな他所者《よそ》が煽ってるだけじゃ、事は動かないんだよね、ちっとも」

焼酎を注ぎ、織物のコースターを敷いて出す。洗えば使い回しできるので、結局はこの方が紙より安上がりなのだ。

「ああ、地主連中、動かないんだ」

次は、ブリ大根か。

「動かないねえ、あの年寄りども。俺、吉郎さん辺りは、もっとぐいぐい動いてくれるもんと思ってたんだけどなぁ。見込み違いだったのかな」

上岡はひと口大きく吸い込んでから、吸いさしを灰皿に持っていった。先っぽをちょんちょんと押しつけ、そのまま置くように中に転がす。

「せめてさ、あの孫娘をこっちサイドに引き入れられたらいいんだけどな。知ってるでしょ、杏奈《こ》って娘」

よく知っている。

「華奢《きゃしゃ》な……でもちょっと、綺麗な顔した娘でしょ」

「そう。あの娘最近、ホスト組合とコラボしたり、ボランティア仕切ったり、けっこう動けるようになってきてるんだよね」

カップをつまむように持ち、ひと口、お湯割りを静かにすする。

「……ま、俺も悪い癖が出ちゃってさ。あの娘を歌舞伎町の広告塔みたいに使えないか、みたいなこと、商店会のアキラくんに喋っちゃって、それがまた彼女の耳に入っちゃってさ。なんか俺、それ以来嫌われてんだよね」

確かに、杏奈には極端に潔癖なところがある。根回しや裏話、見えない金が動いたりするのが大嫌いで、そういう臭いを感じとると、途端に態度を硬化させる傾向がある。その代わり、正直に正面からアプローチすれば、ヤクザだろうがホームレスだろうが分け隔てなく付き合う。そういう、生まれも育ちも歌舞伎町のわりに陰を持たない、珍しいタイプの住人ではある。

「ジンさん、仲良いらしいじゃない、あの娘と」

なるほど。用向きはそういうことか。

「いや、別に。いいってほどじゃないよ」

「嘘だよぉ。よくここにきてるって、アキラくんから聞いてるよ」

「客は客。仲良しとは違うよ」

「そんなこといわないでさ。ちょっと助けてよ。力貸してよ」

ちょうどブリ大根ができあがった。

「はい……お待たせ」

塗り箸を添えて出す。特に希望がない場合は、割り箸は使わないようにしている。

「ジンさん、ほんと上手いよね……いただきます」

料理のことか、それとも話をはぐらかしたことがか。

ようやく陣内も手が空いたので、タバコを手にとった。ラークの赤箱。先月、一週間ほど禁煙してみたが、駄目だった。やはり目標や差し迫った事情がないと、なかなかあいったことは続かない。

上岡は、一つ目の大根を食べ終えたところで「そういえば」と顔を上げた。

「ジンさんさ、〝歌舞伎町セブン〟って、知ってる？」

吐こうとした煙が、肺に逆流しそうになった。でも、大丈夫だった。噎《む》せはしなかった。

「……いや、知らないな」

「嘘だよぉ。歌舞伎町長いんでしょ？　知ってるでしょう」

「俺は、そんなに長くないよ」

「どんくらい」

「まだ……五年、かな。そんなもんだよ」

「それだったら知ってるでしょう。歌舞伎町セブン」

曖昧に、首を傾げておく。

「……あんなのは、単なる、都市伝説でしょう」

「ほらぁ、都市伝説みたいなもん、ってことは知ってるじゃない。この街の住人ってのは、たいていそうなんだよな。知ってるくせに、都市伝説だっていって誤魔化そうとする。なんでよ。なんでそんなに隠したがるの。そんなにヤバい話なの」

これにも、首を傾げるしかない。

「五年いたって、俺、ここしか知らないし。お客さんがそんな話、たまにしてるのを聞きかじっただけだから。それ以上は分かんないよ」

「じゃあ、誰に訊いたら分かるの」

一瞬、斉藤吉郎の顔が脳裏に浮かんだ。

「いや……どうかな。分かんないな、俺みたいなはぐれ者には」

上岡は小さく舌打ちし、斜めにかぶりを振った。

「なんか、上手く誤魔化されちまうんだよな、ジンさんのそれには……」

それ、とはなんだろう。よく分からない。

「ま、じゃあ、歌舞伎町セブンはいいからさ。杏奈ちゃん。ちょっと頼みがあるって、伝えてよ。

って」

話したいんだ。いずれはこの歌舞伎町を仕切ってく娘なんだから。上手くやりたいんだよ、俺だって」

今日はなんだか、首を傾げてばかりいる。

「……そういうの、あの娘、嫌いだよ」

「そういうのって、何が」

「誰かに話を持っていかせたり、根回ししたり……そういうの、小細工としか見ないからね、あの娘。まあ、若いから、っていうのもあるんだろうけど、性格だよね。一番街辺りで見かけたら、声かけてみりゃいいよ。頼みがあるんだっていえば、きっと聞いてくれるよ」

上岡が顔をしかめる。

「嘘だぁ……そんなの、絶対上手くいきっこないよ。いい年こいてナンパかよって、蹴っ飛ばされるに決まってるよ」

なるほど。それも、なくはないかもしれない。

「まあ、実際そうなったら、そのときは俺が責任持って、仲取り持つよ……でも、そんな乱暴な娘じゃないけどね」

「それはさ、ジンさんがいい男だからだよ」

それも、なくはないかもしれないが。

自称映画評論家の老人と元銀座のママというカップルが帰ったのが、午前三時過ぎ。片づけをして、店を閉めたのが四時半。大久保のアパートに帰って、風呂に入って、ベッドに入ったのが六時半頃。起きたらもう昼近くだった。

前の住人が残していったオレンジ色のカーテンに、外の明かりが透けて見えている。どうやら天気はいいらしい。

もう一度軽くシャワーを浴びて、身支度《みじたく》を整える。なんの予定もないが、部屋でごろごろしていると、いつのまにか居眠りなんかして、一日が終わってしまうことがある。この年になって、そんな日が何日か続くと、もう死んでもいいんじゃないか――そんなことを考えてしまいそうで、正直怖い。

だから、出かける。用があってもなくても、歌舞伎町に出かける。夕方に帰ってきて、何か小料理を作って、そしてまた歌舞伎町に戻る。

しかし、歌舞伎町というのはつくづく不思議な街だと思う。単なる仕事場と割りきれる場所ではない。でも決して、遊び半分というわけでもない。働く場だという意識はちゃんとある。いうなれば生活圏か。生きるための場所。これ以上ないというくらい眺めは都会的なのに、やってることは極めて原始的。そういった意味では、アフリカ辺りのジャングルと大差ない。

稼いで食って、出会いがあり、別れがある。

獲って食って、何かが生まれ、何かが死ぬ。

そこでしか生きられない獣たち。

いつ自分も食われる側に回るか分からないのに、それでも、あの街を離れられない――。

いや。いくらなんでも、ジャングルと同じってことはないか。

一張羅《いっちょうら》の、茶色のダウンジャケットを着て外に出る。思ったほど寒くはない。十二月もまだ上旬。中に一枚足すのは、もう少し先でいいようだ。

ちゃちな鉄骨階段を下り、日当たりの悪い路地を抜けて、ドン・キホーテの真横に出る道を真っ直ぐいく。ドンキといっても歌舞伎町の入り口にある店ではなく、大久保一丁目にある新宿店の方だ。

この辺は韓国を始めとするアジア系の住人が多い。歩いていて耳にする言葉は、たいてい日本語ではない。いま通りかかった家の中から聞こえてきた話し声も、韓国語だかフィリピン語だか知らないが、とにかく陣内には分からない外国語だった。

ドンキのところまできたら、職安通りを渡って歌舞伎町二丁目に入る――とそこで、陣内の横を通り過ぎた自転車が急ブレーキをかけた。

振り返ったのは、若い女性。

「……ジンさんじゃん」

「おお、杏奈ちゃん」

またがったまま、前輪を持ち上げるようにしてこっちに方向転換する。だが歩いてきたサラリーマンふうの男にタイヤが当たりそうになり、危ねえな、と睨まれる。杏奈はふざけたように口を尖《とが》らせ、顎《あご》を出して「ごめんなさい」と頭を下げた。

陣内はそこまで歩いていった。

「……なに、買い物？」

前カゴには高級ブランドの紙袋が入っている。

「んーん、お祖父ちゃんのお使いで、ちょっと百人町までいってきただけ」

杏奈は、値踏みするような目で陣内の全身を見た。

「……ジンさんは、なに。店開ける時間じゃないでしょ。こんなとこで何してんの」

「いや、別に何ってわけじゃ……昼飯でも食ったら、そうだな。たまには映画でも観にいくかな」

「こんなに天気いいのに？」

芝居がかった仕草で、両手を空に向けて広げる。

「ああ。雨の日の映画館は、好きじゃないんだ」

「あ、でもなんか、それ分かる……んっ」

同じ手を今度は、黒いレザーのコートの中、水色のフリースのお腹に当てる。

「どうした」

「お腹鳴った。聞こえた？」

「いや」

平日の昼間とはいえ、ここは新宿歌舞伎町だ。腹の虫の鳴き声が聞こえるほど静かではない。

「ねえジンさん、ご飯食べいこ。それとも、デートの予定かなんかある？」

「そんな……五十のオッサンをからかうもんじゃないよ」

「じゃあいいよね。何食べよっか」

「杏奈ちゃんは何がいい」

またお腹に手をやる。

「んーとね……とん茶」

「すずや」の、とんかつ茶づけか。

「いいね……奢《おご》るよ」

「やったッ」

そういって杏奈は、子供のように笑った。

まるで、七つかそこらの、少女のように――。


半分までは、とんかつをおかずにご飯を食べる。後半はかつとキャベツをご飯に載せて、さらにお茶をかけていただく。味付けはソースではなく、しょうゆ。これがなかなかいい。

「んーっ、美味しかったぁ……満足満足」

さっきより、少しだけ膨らんだ腹を杏奈は撫でた。

「子供の頃から食べてるけど、全然飽きない。ほんと美味しい」

杏奈のいう子供の頃とは、いったい何歳くらいのことなのだろう。

陣内は、杏奈が食べ終わるのを見てからタバコに火を点けた。

「……そういえば杏奈ちゃん。上岡ってフリーライター、知ってる?」

すると、今までの上機嫌はどこへやら。杏奈は眉をひそめ、陣内を睨むように見据えた。

「あいつ、大っ嫌い」

「なんで」

フンッ、と鼻息を吹き、食事中つけていた髪留めをはずし、わさっとひと振り、長い黒髪を揺らす。

「だって聞いてよ。あいつほら、町会長そそのかして、音楽イベントとかやらしてんでしょう」

別に、そそのかしてはいないと思うが。

「そのイベントでさ、あたしに水着着せて唄わせようとしたんだよ。信じらんないっしょ……あ、もちろん、それは夏の話ね」

確かに、それでは嫌われても仕方ない。

「他所者のくせしてさ……出しゃばんなっつーの。何よ、歌舞伎町リヴァイヴって。それじゃ、歌舞伎町がいっぺん終わったみたいじゃん。終わってねーっつーの。歌舞伎町は、一秒も終わってなんかないの」

ちょうだい、と陣内の指先からタバコを奪う。慣れた仕草で口に持っていき、噎せもせず、吸っては吐く。

「……杏奈ちゃん、吸うんだっけ」

「もう二十一だよ。タバコくらい吸うよ」

そういう問題じゃない、といいたいところを、ぐっと堪《こら》える。

戻されてきたタバコのフィルターには、微《かす》かに赤く唇の模様がついていた。

捨てるわけにもいかず、とりあえずひと口吸う。

「でも、まあ……よそ者っていったら、俺だってそうだぜ」

「んん、ジンさんは違うよ。ちゃんと、歌舞伎町で働いてるじゃない。住んでんのは大久保かもしんないけど、でも、歌舞伎町の人間じゃん……あいつは違うよ。あいつは、歌舞伎町を利用しようとしてるだけ。そもそも、何で食ってんのか分かんないじゃん、あんな奴。嫌いなんだよ……ああいう、得体の知れない奴」

まあ、一理あるといえばあるが。

もうひと口吸って、陣内は灰皿にタバコを押しつけた。

「でもさ……誰だって、最初はよそ者だろう。斉藤家みたいに、歌舞伎町ができた頃からいる地主さんばかりじゃ、逆に成り立たないだろう、この街は」

「そういうことといってるんじゃないの。歌舞伎町で働いてもいない、歌舞伎町で暮らしてるわけでもない奴に、歌舞伎町の未来をどうこういってほしくないの。あたしは」

「働いてるよ、上岡は。歌舞伎町のために」

杏奈が激しくかぶりを振る。

「違う違う。歌舞伎町で、働くの。この街で汗水垂らして、この街の中で利益を生んでこそ、この街の人間でしょう。外からひゅーんって飛んできて、見栄えのいい祭りだけやって、それで町会長とかお祖父ちゃんと肩並べて、同格ぅみたいな顔してほしくないの、あたしは」

実に子供っぽい理屈だが、これを笑ったら陣内まで嫌われる。それは避けたい。

「んん……分かるけどさ」

そこで杏奈の携帯が鳴り、話は一時中断された。

「はい、もしもし」

有線放送がそこそこの大きさで鳴っているので、話の内容までは分からない。だが、いい話でないのは間違いなさそうだった。杏奈の表情が、見る見る曇っていく。

「……うそ」

もともと白い肌が、さらに血の気を失っていく。

なんだろう。大きな目には、薄《う》っすらと涙まで浮かんできている。

「……分かった、すぐいく」

そういったわりに、杏奈は携帯を閉じても、席を立とうとはしなかった。

「どうした。何かあった」

眉根をすぼめ、目を閉じると、杏奈の両目から雫がこぼれ落ちた。

「……町会長……和義さんが、亡くなったって」

歌舞伎町一丁目町会長、高山和義が、死んだ？

「今朝……鬼王神社で倒れてるのを、通行人が見つけて……そのときはもう、心肺停止で……今、ようやく検死が終わって……急性心不全だって」

杏奈は涙を拭いもせず、右手で左手を握り締めた。

「ちっちゃい頃から、あたしのこと、すごい、可愛がってくれたのに……昨日だって、夕方、ハイジアのところで会って……これから会議なんだって、めんど臭えなって、笑ってたのに」

急性、心不全──。

2

警視庁入庁以来、ずっと新宿署勤務を希望してきた。その願いが叶えば当然、自分は刑事課に配属されるものとばかり思っていた。

卒配の渋谷署で捜査専科講習を受講させてもらい、同署刑事課盗犯係に配属され、上野《うえの》署、四《よ》谷《つや》署と異動する間には強行犯捜査も経験した。
だが今年の九月末。受け取った人事異動通知書には、信じがたい一文が記されていた。
【所属職名　警視庁四谷警察署
氏名　　小川幸彦
階級　　巡査部長
異動内容　警視庁新宿警察署地域課勤務を命ずる。】
我が目を疑い、思わず言葉を失った。刑事課ではなく、地域課？　せっかく新宿署に異動になったというのに、捜査畑ではなく、よりによって交番勤務とは、一体どういうことだ。
だが、任命権者である警視総監に文句をいったところでどうなるものではない。所属内人事に関してはその所属長に権限がある。不服があるなら新宿署にいってから署長にいうしかない。まあ、相手が総監だろうが署長だろうが、どの道、幸彦《ゆきひこ》に文句などいえはしないのだが。
ここは大人しく、刑事課への配転のチャンスを窺うしかない。そう肝に銘じ、日々人並み以上の職務を果たそうと心がけてはいるのだが、どうにもこの新宿六丁目交番勤務では、そのチャンスにすら巡り合えそうにない。
「……拾った」
「どこで？」
「……道」
「どこの？」

「……あっち」

青《あお》っ洟《ぱな》を垂らした小学生に十円玉を手渡され、

「そっか……いや、ありがとう。坊や偉いねえ。じゃあ、これはお巡りさんが預かっておくね。その代わり……君には特別に、お巡りさんからご褒美をあげよう」

代わりの十円玉を自分の財布から出し、子供に渡す。むろんこれは、たかが十円でいちいち書類を書きたくないがための方便なのだが、こんなことを繰り返しているだけでは、捜査畑になど戻れるはずがない。

「あいがと……バイバイ」

「うん、バイバイ」

そう。新宿署管内といえども、この新宿六丁目交番の受持区はほぼ全域が閑静な住宅街。歌舞伎町交番のように賑やかでもなければ、新宿駅東口、西口交番のように忙しくもない。

「……また拾った」

「あっそう」

しかし、よく小銭を拾う子だ。ひょっとして自分は、知らぬ間に小さなマネーローンダリングの片棒でも担がされているのだろうか。

そんな馬鹿な。いや、いっそそれくらいのことがあった方が、面白くていいかもしれない。

十月、十一月と勤務してきて、本当に、一回も事件らしい事件は起こらず、大仕事といえるようなことも何一つなかった。

市民生活の安全を維持することこそが警察官の責務。そんなことは百も承知だが、やはり仕事にはやり甲斐というものも必要だ。自転車泥棒を捕まえるとか、喧嘩《けんか》の仲裁に入るとか、そんなことだっていい。とにかく何かしたい。小学生のマネーローンダリングと、目と鼻の先の地理案内以外の仕事が今、切実にしたい。

「……小川《おがわ》ぁ、いい情報仕入れたんだけど、聞きたい？」

十二月九日、午前十一時。

夜勤の第二当番を終え、署に戻って着替えをしていたら、同じ地域課第三係の重野《しげの》巡査部長が声をかけてきた。

「なんすか。また風俗情報ですか」

年は、幸彦の方が一つ下になる。

「実は、そうなんだよ……保安（生活安全課保安係）の安東《あんどう》さんがさ、ライブハウス裏にある『マリリン』ってヘルス、来週ガサ入れるからその前にいっといた方がいいぞって、教えてくれたんだよ」

「なんでガサなんすか」

「不法就労だろう。ガイジンの」

「何がそんなにいいんすか」

「それがさぁ、安いのにさぁ、かっわいー娘が、いーっぱいいるんだってよォーッ」

その、股間の前で何かをユサユサさせるジェスチャーはやめてほしい。生々しすぎる。

「俺は……いいっす。お先に失礼します」

頭を下げながら、重野の横をすり抜ける。

「おい、小川ァ」

だがそれ以上、重野もしつこくはいってこなかった。


署の上にある待機寮の自室に戻って、先月買った黒いダウンジャケットを羽織って、再びエレベーターで一階に下りる。明日の日勤は休みになるから、このままいけばほぼ二日、幸彦には自由時間があることになる。

「お疲れさまです」

「ん、お疲れさん」

立番の制服警官に挨拶をし、署を出る。重野の誘いを断っておいてなんだが、これから幸彦が向かうのは歌舞伎町だ。歌舞伎町で、探し物をする。

探し物、とは何か。

実は、幸彦自身もよく分かっていない。ただ何かあるとすれば、それは歌舞伎町だろうとは思っている。父、忠典《ただのり》の死の真相を解き明かす鍵が見つかるとしたら、それは歌舞伎町以外にはあり得ない。だから、暇を見つけては歩いてみている。一時間でも、三十分でもいい。とにかく、できるだけ多くの時間を歌舞伎町で過ごすようにしている。

署の前で信号を渡ったら、あとはずっと右に真っ直ぐ。

新宿大ガードをくぐり抜けたら、そこはもう歌舞伎町だ。

パチンコ屋や飲食店、看板だらけの背の高いテナントビルを左に見ながら、靖国通りの歩道を進む。

歌舞伎町一番街の入り口。「すずや」でとんかつでも、というアイデアも浮かんだが、やめにした。三十五にもなると、夜勤明けの揚げ物はあとでダメージがデカい。食べるなら、もうちょっとあっさりしたものがいい。

ドン・キホーテのある角を左に曲がり、セントラルロードに入る。いうなれば、ここが歌舞伎町の表玄関だ。金曜といってもまだ昼間なので、人通りはさほど多くない。いや、今日は天気がいいから、これでも多い方なのかもしれないが。

突き当たりまできて右か左か迷ったが、左、なんとなくマクドナルドの方に足が向いた。でも近づいてから、ハンバーガーもちょっとな、と思い直す。何がしたいんだよ俺、と自身にツッコミを入れる。

そのままシネシティ広場を通過して、歌舞伎町交番の手前までいってみる。ああ、せめてここに配属されたかったよな、などと思いつつ背を向けたら、

「うりゃッ」

振り返り様、ドツッ、とおでこに衝撃が走った。

どうやら、チョップを喰らったようだった。

「イッて……何すんすかァ」

すぐそこで腕を組んで笑っている、制服警官の顔を確認する。

地域課一係の、磯江《いそえ》巡査部長だった。

「ボケーッとしてるからだよ。今のが青龍刀だったらお前、今頃、脳天真っ平だぜ」

「歌舞伎町で、青龍刀って……いつの話してんですか」

ちなみに磯江は幸彦の四つ上だ。

辺りを見回す。どうやら磯江は一人らしい。

「あれ……巡回、ですか」

「いや、今朝、不審死があってさ。それに立ち会ってたら、吉田《よしだ》さんに自転車、乗って帰られちゃって。なんか分からんけど、歩きになっちまったんだ」

吉田も、彼と同じ歌舞伎町交番勤務の一係員だ。

「なんですか、不審死って」

なんとなく、二人で交番の方に歩き出す。

「んん……鬼王神社の鳥居の陰に人が倒れてるのを、今朝方、通行人が見つけて通報してきてさ。その時点でもう心肺停止で、かなり冷たくなってたらしいけど、それがなんと、一丁目の町会長だって分かってさ。そっからが大騒ぎさ」

どういうことだ。

「一丁目、というと」

「一丁目っていやぁ、歌舞伎町一丁目だろう。すぐそこの町会長だよ。タカヤマカズヨシって人。免許も名刺も持ってたし、すぐ身元が割れたのはいいんだけどさ……まだ六十一だってよ。監察医は、死んだのは昨夜の深夜頃だっていってる。だとすると、直前まで、区役所で開かれてた再開発会議かなんかに出てたことになるらしくてさ。今、そんときの様子を刑事課が聞きにいってるよ」

ということは、つまりこれは、事件なのか――。

幸彦の中で、スイッチが一つオンになった。

「それ、死因、分かってんですか」

「ああ、急性の心不全らしいよ。心臓死っつーのかな。外傷もなくて……だから、要は歩いてたら苦しくなって、よろよろっと鳥居の方にいっちゃって、それでバッタリ……って、ことなんじゃないのかな」

似ている。いや、ほとんど同じといってもいい。

直前まで普段通り会議に出ていて、夜、道端で、急性心不全で死亡する――幸彦の父、元新宿区長、小川忠典の死亡状況と、あまりにも似すぎている。


すぐさま署に戻り、四階の刑事課を訪ねた。

「すみません、係長」

机に座っていた強行犯捜査一係の統括係長、篠塚《しのづか》警部補のところに直行する。

「……えーと、誰だっけ、お前」

「地域三係の小川です。六丁目交番勤務です」

はあ、と漏らして篠塚は、手元の書類に目を戻した。

「あ、あの……町会長の不審死について、お話があるのですが」

不審死？　と顔を上げながら聞き返す。

「ありゃ別に、不審死でもなんでもないだろう」

これだ。この反応が最も危険なのだ。

「でも係長、直前まで元気に会議に出ていて、真夜中になって、急に路上で容態が悪くなって死亡するんですよ。変じゃないですか」

篠塚は小首を傾げた。

「お前、駆け出しのブンヤみたいなことというんだな。いいか、直前まで会議に出てようが女と姦《や》ってようが、人間てのは死ぬときは死ぬんだよ。だから『急性』ってついてんだろうが。死因は急性心筋梗塞による心不全。昨夜の気温は例年より少し低めだった。それが、六十過ぎの体には応えたんだろう」

違う違う。

「昨夜は、心筋梗塞を起こすほど寒くはなかったですよ。自分、第二当番だったんで分かります」

「それはお前が若いからだ。年とるとな、あちこち痛んで大変なんだよ、冬場は。三係だったら、江田《えだ》さんとかか。気をつけてやれよ」

江田は定年間近の巡査部長だ。

「……監察医が、心不全だって、そういってるんですか」

「そうだよ。当たり前だろう。大塚に運んでそういう検死結果が出てるんだよ」

「CTとか、撮ったんですかね。大塚の監察医務院、建て替えたときにCT入れましたよね。それでなんか、異状とかなかったんですかね」

篠塚の顔に、パッと怒りの火花が散ったのが見えた。

「キサマ、ハコ（交番勤務）が偉そうに何いってんだ。ＣＴがどうかなんて知らねえよ。そんなに知りたきゃ……」

　だがそこで、なぜか篠塚は言葉を濁した。

　彼の目線をなぞると、理由はすぐに分かった。元捜査一課、現強行犯一係の担当係長、東《あずま》警部補が入ってきたからだ。東は今、新宿署で最も頭の切れる刑事といわれている。統括係長の篠塚でさえ一目置き、東の前では直立不動で敬語を使うと、誰かから聞いたことがある。

　事実、東が前に立つと、篠塚も椅子から立ち上がった。

「町会長の件、当たってきました」

「あ、ああ……ご苦労さま。で、どうでしたか」

「会議での様子は普通だったようです。気分が悪かったとか、そういう兆候もなかった。最後に高山と話していたのは、カミオカシンスケというフリーライターだそうで、さっき連絡がつきましたんで、これから会ってみようと思います」

　凄い。ごく普通に報告をしているだけなのに、デカ部屋全体にとてつもない緊張感が漲《みなぎ》っている。

「じゃあ、その、ライターに会ったら、もう……」

「そうですね。死因に疑問点は特にないようですし、外傷も、薬物を使用した形跡もまったくない。ライターに最後の様子を聞いたら、もういいんじゃないでしょうか」

　そこ、ちょっと待った。

「あの……すみません、少し、いいですか」

いきなり、東に睨まれた。

「なんだお前は」

「あ、自分は、地域三係の、小川です」

「なんの用だ」

「はい、あの、その、町会長の、不審死について」

東の、分厚い掌が襟元に見え、次の瞬間、ダウンジャケットの襟が急に詰まった。息が——。

「……デカでもないのに滅多なことをいうな。不審かどうかはお前が決めることじゃない」

「で、でも……」

さらにギュッと絞めつけが強まる。片手で、どうやってこんなことを——。

「高山はあの辺りに物件を持っていた。それを『トンプー』というエスニック居酒屋に貸していた。が、ここ何ヶ月か家賃を滞納しており、昨夜の会議のあとにその催促にいく予定だったことは家人の証言から明らかになっている。……深夜の気温は七・六度。例年より若干低いし、風も強かった。高山は厚手のニットにジャケットのような上着は着ず、直接コートを着て出かけた。発見時も同じ恰好をしていた。予想外に寒くて心臓に負担がかかった……そう監察医は見ているが、君はこの鑑定結果を覆す何か有力な情報でも持っているのか」

ふいに首の絞めつけがゆるむ。

「……いえ……具体的には……何も」

「ではなぜ不審死と考えた。ちなみに『トンプー』の経営者は現在行方不明だ。近所の話では、少なくともここ三日は店を開けていなかったという。おそらく夜逃げだろうが……それと高山の死を結びつけるものは今のところ何もない」

こうまでいわれてしまうと、反論の余地もない。ここで父の死を持ち出せば、さらに私情で目の曇った能無しと決めつけられるに違いない。今の段階で、それは避けたい。

「すみません、でした……あの……今後、この件について、刑事課は捜査をする予定は、あるのでしょうか」

篠塚が鼻息を吹く。

「何を聞いてたんだキサマは。ライターの話を聞いたらもう終わりだと、いま東係長がいったばかりだろう」

「でも……」

さて、なんといったらいいのだろう。

「その……高山さんは、なんといっても、町会長ですし、不動産もお持ちのようですから、何かこう、利害関係とか、諸々、あったかもしれないですし、ひょっとしたら、未知の薬物とか、何か、急性心筋梗塞に繋がるような、何か、別の原因があったのかもしれませんし、それが……たとえば、人為的に可能なことだとしたら、その、つまり、この段階で捜査の必要なし、と判断してしまうのは、いささか早計かと……」

東が、くっきりとした二重《ふたえ》の目を細める。まるで、幸彦の頭の中を透かし見るような目つきだ。

だが数秒して、東は、フッと漏らすように笑った。

「……つまり、高山に死んでほしいと思っていた人間もいるはずだ、それが関与していないとは言い切れないと、そういいたいわけか」

実に上手いまとめだ。

「そうですそうです。そういうことも、あると思うんです」

「お前、捜査講習は」

「はい、十年ほど前に渋谷署で。以後、ここにくるまでは、上野署でも四谷署でも、刑事課におりました」

幸彦は、急に希望が見えてきた気がした。

「東係長、自分、なんでもします。ですから、この件の捜査に加えてください。関係者も、隅から隅まで当たります。マルB（暴力団）でもなんでも、きっちり当たります。もう……歌舞伎町中のゴミを拾い集めてでも、情報を摑んでみせます。ですから」

東は、柔らかな笑みを浮かべ、幸彦の肩に触れた。さきほど首を絞めたのと同じ手とは思えない、優しい圧力が幸彦の胸を熱くした。

この人は、ただ切れ者というだけじゃない。人の情とか、熱意みたいなものを、ちゃんと分かってくれる人なんだ——そう、幸彦は感じていた。

だがそれは、単なる勘違いだった。

「……駄目だ。この件は、そもそも事件ではない」

よく見れば、目はちっとも笑っていない。

「高山和義は自然死だ。よしんば高山を殺したいほど憎む人間がいたとしても、憎むこと自体は犯罪ではない。違うか」

それは、そうだが。

「小川巡査部長。この件を事件として捜査したければ、それなりの根拠を持ってこい。俺が納得する理由であれば、そのときは、ちゃんと取り上げてやる。働きがよければ、署長に進言して強行班に取り立ててもやる……だが、六丁目交番からここに上がってくるのは、容易なことではないぞ」

驚いた。東は、幸彦が巡査部長であることも、六丁目交番勤務であることも、ちゃんと承知していた。

3

上岡慎介《しんすけ》は早めの昼食をとるため、靖国通り沿いにあるお好み焼き屋にきていた。

「……そろそろっすね」

向かいでヘラを構えているのは、歌舞伎町商店街振興協力会の青年部副部長、本嶋明《もとじまあきら》だ。ちなみに上岡はミックス玉天、アキラはコンビーフ玉天を焼いている。今年四十八歳になる上岡にとって、コンビーフはもはや懐かしい部類に入る食べ物だが、まだ二十歳をいくらも出ていないアキラはこれを最近になって知り、いたく気に入っているようである。

「上岡さんのも返しちゃいますか」

「うん、お願い」

アキラは今でこそ風俗無料案内所の店員だが、一昨年くらいまではテキ屋系暴力団、木村組の構成員だった。といっても、別に自分から足を洗ったわけではなく、組長の持病の悪化と不況の影響で木村組が解散したため、結果的に堅気になってしまっただけらしいが。

「ソース、たっぷり目っすか」

「んん、そうね」

「かつお節は」

「任すよ」

上岡にとって、今のアキラは非常に便利な情報源だ。組関係の動向でも商店会の裏事情でも、訊けばたいていのことは教えてくれる。その代わり、こっちが話したことも他所《よそ》で漏れる覚悟はしておくべきだろう。例の、杏奈の一件のように。

「はい、お待っとうさんす」

「ありがと」

さすが元テキ屋。実に綺麗に、旨そうに焼いてくれた。ここまで旨そうだと、ビールの一杯も飲みたくなるので逆に困る。

「……そういやアキラくん、例の、ほら、岩谷《いわや》って奴。何者か分かった？」

アキラはちろりと、目だけを動かして周囲を窺った。大丈夫だ。周りに人の耳がないことは上岡も確認済みだ。むしろ、そのために上岡は、ランチタイム前のこの時間にアキラを誘ったのだ。

ひと切れ口に運ぶと、アキラは眉をひそめた。

「……いや、分かんないっすね。関西系の組の人間だろうと思ってたんすけど、どうも、そうじゃないみたいなんすよ」

「それ、誰かに確かめたの」

「ええ。横川《よこかわ》さんに」

横川大助《だいすけ》は大和会系田代《たしろ》組の舎弟頭で、今も自身の組の本拠地は大阪に置いている。関西情報の精度は比較的高いと思っていいだろう。

「そうか……関西じゃないんだ」

最近「円勇社《えんゆうしゃ》」という会社が、かなり荒っぽい手口で歌舞伎町の不動産を買《か》い漁《あさ》っている、という噂を上岡が耳にしたのが今年の夏頃。その代表を務めているのが「岩谷」という男だと分かったのが九月くらい。だが、いまだに上岡はその岩谷という男を見たことがない。関根組の若衆によると、六十前後で短い白髪頭、小太りということだが、そんな風貌の来街者は歌舞伎町に掃いて捨てるほどいる。なんの手かがりにもなりはしない。

「何者なんだろうね」

「さあ。分かんないっすねぇ」

と、そこでポケットの携帯が震えだした。

「……ん、電話かな」

取り出してみると、ディスプレイには新宿近辺の固定電話の番号が表示されていた。誰だろう。

通話ボタンを押して耳に当てる。

「もしもし」

『突然、失礼いたします。上岡慎介さん、ですか』

男の声だった。決して若くはない。口調は丁寧だが、妙な威圧感がある。暴力団関係者か。

「ええ、そうですが。どちらさまですか」

『新宿署の、アズマといいます』

アズマ？　ひょっとして、刑事課の東警部補か。会ったことはないが、切れ者との評判は何人かの新宿署員から聞いている。

「ああ、どうも……署の方が、何か」

『歌舞伎町一丁目町会長の、高山和義さんが亡くなられたことは、ご存じですか』

「ハ？」

高山とは、昨夜の委員会で顔を合わせている。

「え、いや、それって……え？」

『昨夜、新宿区役所で行われた「歌舞伎町リヴァイヴ推進委員会」で、最後まで高山氏と話していたのは上岡さんだと、委員会関係者の方から伺いました』

確かに委員会終了後、会議室を出る高山を追いかけて、イベントにボランティアを派遣してくれという話はした。

しかし、あの高山が、亡くなった――？

『不躾《ぶしつけ》とは思いましたが、この番号も委員会の方から教えていただきました。昨夜の高山氏の様子などお聞かせいただきたいのですが、よろしいですか』

「様子、って……今、ですか」

『いえ。できればお会いして、直接お聞きしたい』

どういうことだ。東は確か、強行犯捜査係の所属だったはず。ということは、高山は、誰かに殺されたということなのか。自分は、その犯人ではないかと疑われているのか。

「ええ……もちろん、かまいませんが、どこで」

『上岡さんは今どちらですか』

「歌舞伎町です。一丁目のお好み焼き屋で、昼飯を食ってます」

『では、一時間したらまたお電話します。そのときご都合のよろしい場所に、私が伺います』

分かったと返すと、それで電話は切れた。

ふいに寒気がした。鉄板の熱気も手伝ってか、いつのまにか体のあちこちに変な汗をかいていた。

アキラが、怪訝《けげん》そうにこっちを覗き込む。

「どうしたんすか。なんか、顔色悪いっすよ」

そうだろう。鏡を見ずとも、自分自身でそう感じている。


アキラが商店会長の斉藤吉郎に連絡をとった。高山が死んだのは間違いないようで、今それで向こうも大騒ぎになっているという。すぐこいといわれたらしく、アキラはお好み焼きの残りを慌てて口に詰め込み、ゴチんなりやす、と頭を下げて店を出ていった。

腕時計を見る。東の電話から、まだ二十分と経っていない。

しばし、上岡は腕を組んで考えた。

もし東が自分を疑っているのなら、一時間の猶予を与えるのはおかしい。それでは事情聴取の予告をし、みすみす上岡に逃げるチャンスを与えているようなものだ。ひょっとしたら遠張りでこっちの様子を窺っていて、逃げるかどうかを試している、なんてこともあるのかもしれないが、昨日の今日で、そこまで警察が手の込んだことをするとも思えない。何しろ、高山は昨夜まで生きていたのだ。こんな短時間のうちに、そうまで強く自分が疑われる可能性は低い。しかも、最後まで話をしていたという、たったそれだけの理由で。

ここは一つ、こっちから攻めてみるか——。

上岡は伝票を摑んで席を立ち、会計を済ませて店を出た。

十二月九日。外は、実によく晴れていた。

今朝のニュースでは、今日の最高気温は十四度といっていた。日向を歩く分には暖かくていいが、日陰に入ると急に冬だということを思い知らされる。そんな陽気だ。

上岡は革ジャンのジッパーを首元まで上げた。さっきかいた汗が冷たくなっている。だが今、尻の辺りから鈍く這い上がってくる震えは、冷えた汗のせいではない。むしろ武者震《むしゃぶる》い。向こうがどういうつもりで電話をしてきたのかは知る由もないが、上岡自身は、東という刑事に会うことに興奮を覚えている。ライターの血が騒ぐ、と言い換えてもいい。あの声の威圧感、存在感に、只ならぬ臭いを嗅ぎとっていた。

ゆっくり歩いてきたつもりだが、もう新宿署に着いてしまった。

時計を確かめると、十二時二十五分。電話を受けてから四十分ほど経っている。まあ、可もなく不可もなくといった頃合いだ。

正面玄関を通り、まず階段で二階の総合受付にいく。係の制服警官に軽く頭を下げ、刑事課の東さんと約束がある、と早口で告げる。別に嘘はいっていない。ただ、自分が署にくる約束にまではなっていないというだけだ。

そこからはエレベーターに乗っていく。制服、私服の警官数名に交じって昇降機に乗り込む。真横にいる若い私服と年配の制服の会話に、それとなく耳を傾ける。サワダさんと俺は同期だぞ、との言葉に、若い方が驚いてみせる。上岡には十人近い新宿署員の知り合いがいるが、サワダという警官は知らない。さて、どこの部署の話だろう。

四階に着いた。するとまず、いま話していた二人が降りた。上岡もそれに続く。二人はそのまま廊下を進み、刑事課の方にいく。上岡も、なんとなく二人のあとを付けるような恰好で歩き始めた。

ふいに若い方が、向こうから歩いてきた私服の男に声をかける。

「あ、アズマさん。今朝、訓授出ましたか」

あれが、東警部補か。

「いや、俺は明日だ」

その声。確かに東だ。

「ああ、そうでしたっけ……すんませんでした」

上岡はそこで足を止め、向こうが歩いてくるのを待った。

身長はさして高くない。おそらく百七十センチほど。年の頃は、上岡とほぼ変わらない五十前後。体格は、警察官の中ではスマートな方だろうが、一般的にはガッシリ系といっていいだろう。

なんと声をかけよう――。

そんな躊躇《ちゅうちょ》をした瞬間だった。

「……こちらから、伺うつもりでしたが」

上岡の前に、立ち塞がるようにして東が足を止める。

ほう。こっちの顔を知っているのか。「歌舞伎町リヴァイヴ」のサイトを見れば、一応、上岡の顔写真も載ってはいる。面が割れていること自体は決して不思議ではない。ただ、それをいちいち確認しているところに、東という男の執拗さを感じる。

「いや……なんか、時間が半端だったので。それに、そこらの喫茶店より、こちらの方が話はしやすいでしょう。お互いに」

二重瞼《ふたえまぶた》の目が、訝《いぶか》るように細められる。

しばし、何かいいたげに上岡を見つめる。

やがて、少し厚めの唇がゆっくりと開いた。

「……ご案内します」

踵《きびす》を返し、上岡についてくるよう促しながら廊下を戻っていく。

次に東が足を止めたのは、「第三調室」とプレートのかかった小部屋の前だった。

「こんなところで申し訳ありませんが」

「いえ」

「コーヒーでもお持ちしましょう」

「いや、お構いなく」

それでも東は調室に上岡一人を残し、コーヒーを淹れにいった。

上岡は、ぐるりと室内を見回した。どこの署でもたいていそうだが、調室というのはドラマで見るよりもっとずっとせまい。せいぜい三畳かそこらだ。だがこのせまさが、被疑者に対してはいいプレッシャーになるのだろう。何も悪いことをしていない上岡でさえ、なんとなく追い詰められたような錯覚に陥る。

　東が戻ってきた。

　紙コップ二つを机に置き、椅子を勧める。指示通り向かい合わせに座ると、また一段と部屋がせまくなったように感じられた。

「ご足労いただいてしまって、申し訳ありません。改めまして、刑事課の東です」

　名刺を出されたので、上岡も自分のを出して交換した。

　見ると、東の肩書きは「強行犯捜査第一係　担当係長」となっている。

「では早速ですが、昨夜の委員会のあと、最後に高山さんとお話しされたのは、上岡さんであると……そこのところは、間違いないですか」

「ええ。そうだと思います」

「その後、高山さんはどうされましたか」

　昨夜の、高山の姿を思い起こす。

「区役所通りを、風林会館の方に歩いていく後ろ姿は、見かけました。そのあと、どうされたかは分かりません」

「上岡さんは、その後どちらに」

「ゴールデン街に、飲みにいきました……『エポ』という、まあ、商店会の人がよくいく店ですが」

　東はメモもとらず、ただ頷いた。

意外なほど厚みのある手が、カップに伸びる。ひどく熱そうにひと口すする。

「……ちなみに、高山さんが亡くなられたことに関しては、どなたかからお聞きになりましたか」

「ええ。さっきお電話いただいたあとに、商店会の人から聞きました。なんでも、鬼王神社の近くに倒れていたとか……死因は、なんなんですか」

「心不全です。急性、心不全」

そうか。殺されたわけではないのか。

「なんかこう、物盗りに遭ったとか」

「いえ、財布や免許証の類も、ちゃんとありました」

さて。これはどういうことだろう。

「あの、すみません……物盗りにも遭っていない、死因も心不全ということでしたら、新宿署は一体、高山さんが亡くなったことに関して、何を調べていらっしゃるんですか」

まただ。東は何かいいたげな顔で、上岡をじっと見つめる。実に嫌な間だ。自分が今どんな表情をしていて、それがどんなふうに見え、彼がどのように評価するのか。そんなことがやけに気になる。

「……上岡さんのご職業は、フリーライター、ということで、よろしいのでしょうか」

なんだ。急にこっちの話か。

「ええ、そうですが」

「具体的に、フリーライターというお仕事は、どういったことで収入を得るんですか」

言葉面は丁寧だが、実に失敬な質問だ。要は無職とどう違うのかと、そう訊きたいわけだ。

「それが高山さんの件と、どう関係があるんですか」

「ありませんよ、何も。ただ、参考までにお聞きしたいだけです。フリーライターというのが、どういうお仕事なのか」

そのわりに、目は愛想程度にも笑っていない。そもそも、他人にものを尋ねる目ではない。答えるまでに何秒考えるか、その間、表情はどんなふうに変化するか、口調はどうか、声色はどうか。むしろ、そういうことを見極めようとする目だ。

「いろいろですよ。いろいろだから、フリーライターなんです」

「でも、得意先があるでしょう。生活のベースになるような、レギュラーな仕事が」

何をいわせたいんだ。

「そりゃ、ありますけど……雑誌で、インタビュアーをやったり、カルチャー誌に、コラムを書いたり。例の委員会だってそうです。ボランティアで事務方をやってるわけじゃない。ちゃんとギャラはもらってます」

ふーんと、小馬鹿にしたように頷く。

「そんなあなたが、歌舞伎町に……それは、どういうご縁だったんですか」

結局、そこか。

得体の知れない渡り鳥。いわゆるペンゴロ。そんな奴が今度は、歌舞伎町で何をやらかそうというのか——つまり、そこのところが聞きたいだけだろう。

そんなことは、自分にだって分からない。歌舞伎町をテーマにしたノンフィクションを書きたいのか、もっと政治的な、現実的な方法で街に関わっていきたいのか。ただ、この街は良くも悪くも、最高の舞台だ。それだけは間違いない。自分のような根無し草にも、一人前にチャンスを与えてくれる。そういう街だ。

だが、そんなことを初対面の刑事にいったところで始まらない。

「……別にいいでしょう。私個人のことはどうでも。高山さんと最後に話したのは、再来月に開催を予定している音楽イベントに、町会からボランティアを出してほしいと、そこのところの確認です。それだけですよ。そもそも、高山さんは心不全なんでしょう。いわば自然死でしょう。最後に会ったのが誰かなんて、どうだっていいことでしょう」

東は答えず、またカップを持ってひと口すすった。

尖った喉仏《のどぼとけ》が、ぐるりと上下する。

溜め息のように、ゆるく吐き出す。

「お気を悪くされたのなら、お詫びします。すみませんでした……いろいろ、手広くやっておられるようなので、さて、どれが本業なのかなと、そんな下世話な興味を抱いたものですから」

本業、か。税金から自動的に給料が割り当てられる役人に、自分のような仕事を理解してもらおうとは思わない。

「じゃあ、もういいですか」

「ええ。わざわざご足労いただきまして、ありがとうございました」

上岡は一礼し、机に両手をつき、すっかり重くなった体を持ち上げた。カップのコーヒーの水面が揺れ、そういえばひと口も飲まなかった、などと、考えた瞬間だった。

「ああ……岩谷という男を、上岡さんはご存じないですか」

完全に気を抜いていた。思わずハッとなった。むろん、東はこっちの顔をじっと見ていただろう。表情の変化にも気づいただろう。

だが、認めるわけにはいかなかった。刑事にいいように弄《もてあそ》ばれて帰るのは、ペンゴロのプライドが許さない。

「……いえ、聞いたこと、ありませんね」

東は、片頬だけを吊り上げて笑い、そうですか、と頷いた。

上岡は今一度会釈し、机を迂回してドアに向かった。

東に興味を持ったことを、少しだけ後悔していた。

今日のところは、自分の完敗だと思った。

4

陣内がゴールデン街に戻ったのは夜七時近く。それまではなんだかんだ、高山絡みの騒ぎに巻き込まれていた。

泣き止まない杏奈を商店会事務所まで送り届け、まもなく町会事務所に事情を聞きにいこうとなり、そこで帰ればよかったのだが杏奈に「一緒にきて」とせがまれて仕方なくついていき、通夜はいつだ告別式はいつだとか、その前に遺体はいつ警察から帰ってくるんだとかの話になって、そのうち、あんた暇そうだから電話番しててと頼まれ、ようやくそんな諸々から解放されたのが夕方五時頃。急いでアパートに帰って茄子の辛味噌炒めと水菜のサラダを作り、それを持ったままスーパーで二、三買い物をし、途中で近所のオバサンに「ジンさん知ってる？　町会長が亡くなったの」と話しかけられ、ひと通り説明をしていたら、こんな時間になってしまった。

とはいってもまだ宵の口。ゴールデン街が賑わうまでには、まだだいぶ間がある。

陣内はポケットから鍵を出し、「エポ」とペンキで手書きしたシャッターに挿した。

その瞬間だった。

マフラーの下、首筋の素肌にチクッと、何かが刺さる感覚があった。いや、現実の痛みではない。第六感とでもいおうか、我が身に危険が迫っているときの、一種の勘だ。

左手には料理のタッパーを入れたトートバッグ。右手にはレジ袋と鍵。そもそも武器らしいものは何も持っていない。一戦交えるなら徒手空拳でということになる。

果たして戦えるのか。今の自分に――。

「そのお店の方、ですか」

だが聞こえてきた声は、柔らかとはいかないまでも、実に落ち着いた雰囲気のものだった。今しがた感じた殺気は勘違いだったのか。そんな気配はもうどこにもない。

肩越しに振り返ると、陣内よりだいぶ背の低い、スーツ姿の男が立っていた。

「ええ……そうですが」

こっちに近づいてくる。年の頃は陣内と同じくらい。厚みのある上半身。重心を落とさない足運び。喧嘩慣れしている、というよりは、むしろ武道家の佇《たたず》まいに近い。

「……新宿署の、アズマといいます」

ああ、警察官か――。

そう納得し、また安堵した自分を、陣内は少し可笑《おか》しく思った。相手が警察官と分かって安心するなんて、昔ならあり得なかった。

しかし、こんなせまい路地の一体どこに隠れていたのだろう。どちらにせよ、気を許していい相手ではなさそうだ。

体ごと向き直り、軽く会釈をしておく。

「うちの店に、何か」

アズマはちらりと警察手帳を開いて見せ、だがすぐにクルクルと紐を巻きつけて内ポケットにしまった。「東弘樹《ひろき》」と見えたが、階級などは確認できなかった。

「町会長の、高山和義さんがお亡くなりになったのは、ご存じですか」

まあ、用向きといったらそれだろう。

「ええ。昼過ぎに、知人から聞きました」

「それについて、少し確認したいことがありますので、ご協力ください……昨夜こちらに、上岡慎介さんという方は、来店されましたか」

なんだ。上岡のアリバイ確認か。

「ええ、いらっしゃいましたよ」

「何時頃に」

「十……十一時、ちょっと過ぎくらいだったでしょうか」

東は小さく二度頷き、ちらりと店の窓を見上げた。

「失礼ですが、お名前を伺ってよろしいですか」

「私、ですか」

「ええ、あなたの」

「……陣内、陽一といいます」

「漢字は、どう書きます」

「陣地のジン、ウチの、太陽のヨウに、漢数字のイチです」

「お年は」

「五十です」

書き留めもせず、東はまた小さく頷いた。

「ありがとうございました」

周囲を見回し、明らかにそうと分かる愛想笑いを浮かべる。

「また、日を改めて、飲みにきますよ」

会釈をし、それで東は帰っていった。

先の安堵は、どうやら間違いだったようだ。

新宿署の東。覚えておく必要がありそうだ。

ふた組ほど常連客がきて、ひと組が帰ったところで入ってきたのが、四代目関根組組長、市村光雄《みつお》だった。若いお供を二人連れているが、よく見れば一人は女だ。男の方はかなりの長身だ。

「いらっしゃい」

最初からいるカップルをはさむように、左右に分かれて座る。陣内から見て左から、お供の女、市村、カップルの男、女、長身の男、という配置に落ち着く。席がそのようにしか空いていなかったといえばそれまでだが、これではカップルも居づらかろう。

「なんにしますか」

「ビール」

そういって市村は、他の二人を顎で示した。全員同じもの、という意味だろう。

お供の女に一本、男の方にも一本ビールを、それぞれにグラスを出す。男も女も片手でビンを持ち、グラスに注いだ。女は、市村に注ぐときも片手だった。

そのまま、三人とも黙っている。一、二度グラスを口に持ってはいったが、それも舐《な》める程度で、飲んでいるというには程遠い。間の悪いことに、BGMがジャズというのも喋りづらい雰囲気作りにひと役買ってしまっている。

あまりの空気の悪さにカップルも沈黙し、ものの五分としないうちに「じゃ、帰ろっか」となった。

「いつもすみません……ありがとうございます」

特に今日はすみません、の意味も込め、丁重に頭を下げて二人を送り出す。建てつけの悪い引き戸が閉まり、女の履《は》いていたブーツがたてる、ゴト、ゴト、という音が階下に遠ざかっていく。

思わず、陣内は溜め息をついた。

「……なんだよ。営業妨害かよ」

すると市村は顔を上げ、陣内と目を合わせた。童顔だが、こいつももういい年だ。四十五、六にはなる。子分が何十人もいる、立派な親分さんだ。

「寝ぼけたこというなよ。素人がいるところで、話なんかできゃしねえだろうが」

いくら凄んでみせても、陣内には通用しない。

「いまさら、お前と話すことなんてないよ」

「あいにくだが、こっちにゃ訊きてえことが山ほどあるんだ」

とりあえず、カップルのいた席を片づけよう。小鉢と箸、グラスをこっちに引き上げる。

「……訊きたいって、何を」

「とぼけんな。町会長の件に決まってんだろ」

とぼけてなどいない。

「ハ？　お前、何いってんだ」

「あれは、あんたの手口だ」

「おい、馬鹿いうなよ」

「馬鹿いってんのはあんただろ」

フザケるな――。

黙らせようと思い、思わず手が出た。いや、殴ろうとしたわけではない。カウンターをはさんで向かい合う恰好だから、とりあえず胸座《むなぐら》を摑み、引き寄せるだけのつもりだった。

だが、陣内の左手が市村の襟に届く前に、お供の女の手が陣内の手首を摑んでいた。抵抗しようとしたが、そのときには右手も自由が利かなくなっていた。立ち上がった長身の男が、長い腕を伸ばして陣内の右手首を搦《から》めとっていた。しかも、両手首とも関節を極められている。とてもではないが痛くて動かせない。まるで磔《はりつけ》にされたように、陣内は自由を奪われてしまった。

市村が、ゆっくりと腰から拳銃を抜き出す。ベレッタ。むろん、こいつが持っているのだからモデルガンということはあり得ない。

「おい、ちょっと……勘弁してくれよ」

詫びてもなお、市村は陣内の額に銃口を押しつけてくる。

「何を勘弁しろってんだぇ」

「いや、だから」

「町会長をバラしたことか」

「違うよ」

グキッ、と両手首の靭帯《じんたい》が軋《きし》む。

ちくしょう。この二人、何者だ。

「……違うって……俺は、関係ない」

「そんなわけねえだろう。あれは、あんたの手口だ。あんた以外に、誰があんな殺し方できるってんだ」

銃口で押され、顔を上げざるを得なくなる。

「違うかよ。ア？」

「別に……俺じゃなくたって、やり方さえ知ってりゃ……」

「いい加減なこというなよ。あんたの他にあんなことできんのは、死んだ先代くらいだろうが」

髪の毛を摑まれ、そのまま顔をカウンターに押しつけられた。両手を広げられているため、腹這いのような状態になる。

「……正直にいえ。誰に頼まれた」

銃口は今、こめかみに当てられている。

「だから、俺じゃないって……誰に頼まれてもいない」

「通じねえんだよ、あんたのおトボケは」

「だいたい……なんで町会長が死んだくらいで、お前がそこまで目くじら立てんだ。関係ないだろう、お宅の組には」

さらに、抉《えぐ》るように押しつけてくる。

「関係あるから訊いてんだ、馬鹿が」

「どう、関係あるんだ」

銃口が、耳の下辺りまで移動してくる。

「ここまで俺にいわせて、白ァ切り通せると思うなよ」

「なんのことだよ……分かんねえよ」

前屈みになり、市村が顔を近づけてくる。体重がかかり、余計に銃口がめり込む。

「だからよ……円勇社の、岩谷だよ」

円勇社、岩谷。確かに、最近よく耳にする名前だ。

「岩谷が金出して、あんたが殺ったんじゃねえかっていってんだよ俺はッ」

馬鹿な。

「知らない……俺はその、岩谷って男には会ったこともないし、どんな奴かも知らないよ」

「いっただろう。白ァ切り通せると思うなって」

「知らないものは知らない。だいたい、なんでその岩谷ってのが、町会長をバラすんだ。お前、自分が何いってるか分かってんのか」

そのときだ。

入り口の向こうから、短い咳払いが聞こえた。

陣内の手首を持ったまま、とっさに女が取っ手に手をかけようとしたが、それよりも早く戸は動き出した。ゴトゴトと、上下に揺れながら開き始める。

市村が拳銃を腹に隠す。だがお供の二人は依然、陣内の両手首を極めたままだ。陣内の腹這いも変わらない。

やがて戸と柱の隙間に、皺《しわ》の寄った「ひょっとこ」みたいな顔が覗く。

商店会長の、斉藤吉郎だった。

「……あんたら、そんな話、あたし以外の誰かに聞かれたらどうすんの」

さらに戸を開け、中に入ってくる。

市村が顎で示すと、二人はようやく手を離し、陣内は解放された。

体を起こしながら息をつく。手首も痛かったが、カウンターに押しつけられたとき、手前の角に胸をぶつけた。今はその打ち身の方が痛い。

戸を閉めると、吉郎も大きく溜め息をついた。

「みっちゃんもさ、事情は分かるけど、そういう物騒な真似はよしなさいよ。昔の仲間同士なんだから」

市村は面白くなさそうに口をモゴモゴさせ、ときおりこっちを睨むように見る。

「今日は、もう帰りなさい。あとの話は、あたしがしとくから」

すると、今度は吉郎を睨みつける。

「あんただって当てになんないんだよ。だいたい、あんたらがボヤボヤしてっから、岩谷なんて得体の知れねえのにあちこち掻き回されるんじゃねえか。しっかりしろよ、まったく」

なんのことやら、陣内にはさっぱり話が見えない。

「分かってる。分かってるから……その話はまた今度聞くから、今日のところは帰んなさい。それと、今後こういう話をするときは、もうちょっと場所を選びなさいよ」

市村は舌打ちし、腹に隠した拳銃を、改めて腰のホルスターに収めた。そのまま扉に向かうと、お供の二人も無言のまま市村に従った。

また一往復。ゴトゴトと戸が開《あ》け閉《た》てされる。

急に、店内が静かになった。いつのまにか、BGMにしていたジャズのCDも止まっていた。

吉郎が真ん中の席に座る。さっきまで、カップルの男が座っていたところだ。

「……さっきは、いろいろ雑用を押っつけるみたいになっちゃって、悪かったね。お陰で助かったよ」

昼間の、電話番のことか。それとも杏奈のことか。

「いえ、いいですよ、別に。暇でしたから」

「そういう嫌味いわないでよ」

「いや、ほんとに。大丈夫ですから」

市村たちの飲み残しを片づけ、カウンターを拭く。あれだけの騒ぎがあったのに、グラス一つ割れていないのは幸運だったといっていい。

「何か、飲みますか」

「うん……じゃあ、ぬるめの燗を、一本つけてもらおうかな」

「はい」

なら「東北泉」という、山形の酒を出してみようか。

「つまみ、どうしますか。茄子の辛味噌炒めと、ブリ大根、水菜のサラダと、あとは乾き物になっちゃいますけど」

「南京豆《なんきんまめ》でいいよ」

「はい」

そうはいっても、バターピーナッツしかないが。

ステンレス製のチロリと徳利、猪口《ちょこ》と、小さな菓子器を用意しながら訊く。

「さっきのあれ……何者なんですか、市村が連れてた二人は。組の若いのとは、違うんでしょう」

吉郎は「ああ」と、顎を出すように頷いた。

「あれは、ご同業ですよ。昔のあんたと」

つまり「手」ということか。

「頭数、そろってるんですか」

それには、吉郎はかぶりを振った。

「いや、現状ではあれだけ……ま、必要もなかったけどね。ここんとこはずっと。それより、あいつ。光雄のこと、許してやってね。このところ、ちょいと気が立ってるんだ。例の、岩谷って男のことで」

一升瓶を構え、こぼさないように、ゆっくりとチロリに注ぐ。酒の甘い香りが、ふわりと鼻先に立ち昇ってくる。

「何者なんですか。その、岩谷ってのは」

また一往復、吉郎がかぶりを振る。

「皆目分からない。関西系じゃないって話は、ちょっと前に聞いたけど、それもどうだかな」

チロリをお燗用の電熱器にかける。

「そんなに、厄介な奴なんですか」

「うん……正直あたしも、まだよく分からないんですよ。何が岩谷の仕業《しわざ》で、何が違うのか。だから、光雄だってこんな妙なことをしてくる。疑心暗鬼になってるんだ」

ピーナッツを菓子器に入れて出す。吉郎はそれを見下ろしながら、一つ、咳払いをした。

「……もちろんあたしは、光雄のいったようなことは、思ってませんよ。あんたと岩谷が、通じてるなんてことは」

当たり前だ、と思ったが、ここは大人しく頷いておく。

「そう願いますよ。冗談じゃない。とんだ濡《ぬ》れ衣《ぎぬ》だ」

「だよね……そうだろうけど、でも光雄がいうのも無理ないといえば、無理ないんだよ。実際、和義はあの晩、普段通り元気だったしね。もともと、寒さにも強い方だった。心臓を患ってたなんて話も、特に聞かないしね。ほんと、死ぬなんて思わなかった」

だとしても、だ。

「突然死なんて、いくらだってある話でしょう。年も、六十一でしたっけ。決して、ない話じゃない……それをいちいち、私のせいにされちゃ堪《たま》りませんよ」

今度は、吉郎が頷く。

「そう、あんたのせいにするのは、よくない。でもさ、あんただって、釈明くらいしたいとは思うでしょう」

「どういう意味ですか」

吉郎の乾いた頬に、幾重にも皺が寄る。不気味にも見えるし、愛嬌があるようにも見える、不思議な笑みだ。

「……復帰、してみちゃあ、どうですか」

「ハ？」

「岩谷とは関係ない。その釈明のために復帰するといえば、光雄だって納得しますよ」

「馬鹿な」

何をいっている。

「……十三年前、あなただって覚えてるでしょう。俺たちがどんな目に遭ったか」

突如明かりが消えた雑居ビルの一室。立ち込める煙。男の怒声、女の悲鳴。マキコの、最後のひと言。逃げて、私はこっちから出るから——その直後に起こった、ひと際大きな爆発。

「思い出したくないんだよ。あの頃のことは……もう、静かに暮らしたいんだ」

「それでも、あんたはこの街にいる。歌舞伎町から、出ていかずに留まっている」

「それは……」

あ、しまった。燗をしすぎた。注文はぬる燗だった。

慌てて電熱器に手を伸ばす。チロリを水槽から取り上げる。だが、急ぐとろくなことにならない。チロリの中で熱くなった酒が揺れ、ちゃぷんと跳ねた一滴が、運悪く陣内の目玉に命中した。

「わちッ」

さらに、そのショックでチロリを取り落としてしまい、それが空中で真っ逆さまになり、酒が膝にかかった。

「あっ、リュウさんッ」

吉郎が叫んで立ち上がり、こっちを覗き込んだときにはもう、酒はほとんどスラックスの生地が吸ってしまっていた。

「あっちゃ……ちち……」

だがまあ、熱くなっていたといってもしょせんは燗酒だ。火傷《やけど》になるほどではない。それよりも吉郎が今とっさに、陣内の昔の名前を呼んだことの方が問題だ。

挙句、

「こんばんはぁ……あれ、どうかしました？」

間の悪いことに客が入ってきた。

フリーライターの、上岡――。

今日はなんだか、碌《ろく》でもないことばかり起こる。

5

二日の非番を有効活用し、幸彦は高山和義の件を調べてみようと思っていた。

手始めに、まず身内から情報収集をする。となったら、とりあえず歌舞伎町交番だろう。

「高山氏の、町内での評判なんてのは、どうだったんでしょうね」

相手は、地域課一係の磯江巡査部長だ。今日の昼に、幸彦のおでこにチョップをした先輩だ。

「知らないよ……でも、町会長ってくらいだから、選挙で選ばれたんじゃねえの？　だったら、それなりに人望もあったろうよ」

「誰かに恨まれてたとか、そういう話、聞いたことないですか」

「知らないって、そんなこと……っていうかお前、なんでこんなことに興味津々なの。心不全だっていうぜ、死因は。恨みは関係ないだろう」

違う。きっと裏に何かあるのだ。

「細かいことはいいから、自分の質問に答えてくださいよ」

「お前、刑事課への配転でも狙ってんの」

主にはそうだが、実はそれだけでもない。

「いやいや、まあ……いいじゃないですか」

「いいけどさ、でも心不全だぜ？　穿《ほじく》り返《かえ》したって迷惑がられるだけだろう」

迷惑がられる？

「……え、誰に」

「遺族だってそうだし、他にも」

ほれ、と磯江が戸口の向こうを顎で示す。いま交番の入り口で立番をしている、幸彦と同期の藤井《ふじい》巡査部長がチラチラこっちを盗み見ている。だがこの際、身内の白い眼は無視しよう。

「遺族というと、奥さんとか、お子さんとか」

「そうね」

「どういう家族構成だったんすか」

「しつこいね、お前も……息子さんの家族とは、別々に暮らしてるみたいだから、実質、奥さんとの二人暮らしだったんじゃないの。家は千駄ヶ谷だってよ」

新宿からだと、総武線でふた駅か。歩ける距離ではないが、まあ、近いといって差し支えないところだろう。

「ちなみに、遺産とか、凄いんすかね」

「ああ、歌舞伎町のあちこちにビル持ってるからな。それを相続するとなったら、そりゃ大変なんじゃないの、手続きとか税金とか。俺はよく知らんけど」

「その物件、どことどこにあるか分かります？」

いい加減、磯江の堪忍袋の緒も限界にきたようだった。

「知らないよそんなこたァ」

思いきりテーブルの天板を叩く。

「そんなもん、不動産屋にいって訊いてくりゃいいだろうがッ」

なるほど。それは名案だ。

ちょうど交番の斜め向かいに不動産屋があったので、そこにいってみることにした。日英不動産。磯江に付き合ってもらい、店主に紹介してもらう。

「こいつ、うちの署員なんだけどさ、一丁目町会長の持ちビルの場所、ちょっと教えてやってくんない？」

六十過ぎであろう店主が、訝るような目で幸彦を見る。

「……刑事さん、ってこと？」

「いや、自分は、刑事ではないんですが、ちょっと、調べとけって、先輩にいわれちゃったもんで」

店主は口を尖らせ、別にいいけど、と頷いた。磯江はすぐに、そんじゃあとはよろしく、と帰っていった。

「高山さんっていえば、亡くなられたんですって？」

若干他人事っぽいのは、ここが歌舞伎町二丁目だからか。

「ええ」

「それで、調べてるわけですか」

「まあ、そういうことですね」

八畳ほどの部屋を、衝立で二つに区切った小さな店。店主は奥からファイルを出してきて、えーと呟《つぶや》き、指を舐めながらページをめくり始めた。

「たぶん、一番大きいのは、これね。風林会館の向かいにある、コンビニの隣のビル。それと、叙々苑の路地を入って、右手の三軒目と、五軒目のビル。あとね……ああ、区役所通りの、バッティングセンターの向かいの路地を入って、右側の、二軒目のラブホテルと……あと、どこだっけな……」

メガネのブリッジを指先で押し上げる。

「これか。鬼王神社の手前に、ホストビルがあるじゃない。あの手前の路地を入って右奥に、今だと、洋風居酒屋みたいなのに貸してあるんだけど。その建物も高山さんのだよ。いま持ってる物件は、そんなもんじゃないかな」

だいたい書きとった。

「どうも。ありがとうございました」

店主は最後に「そんなもん」といったが、歌舞伎町にビル五棟といったら、莫大な資産になるはずである。ビル一棟につき、月百万円の家賃が入るとして、毎月合計五百万。一年で六千万。このご時世だ。店子が出ていって次が入らない期間もあるにせよ、年収一千万以下なんてことは間違ってもなさそうだ。

まず一軒目。風林会館の向かい、コンビニの隣のビルまできた。

六階建てで、一階にはチェーンの洋菓子店が入っている。縦に連なった行灯《あんどん》看板を見上げると、二階から六階はすべてキャバクラのような店に貸してあるようだった。歌舞伎町にある貸店舗の家賃は、大雑把にいえば十坪以下で十万円台半ば、十坪を超えるともう二十万、二十坪を超えたら五十万にも百万にもなると聞いている。このビルの感じだと、ワンフロアは二十坪くらいか。

まあ、控えめに四十万と見積もっておいて、掛ける六、で月額二百四十万。年間三千万円弱。やはり、凄い稼ぎになりそうだ。

ちょっと戻る感じになるが、一応、叙々苑近くの二棟も訪ねてみる。こちらはさっきよりも小振りで、二棟とも三階建てで、入っている店舗も居酒屋やラーメン屋という飲食店が中心だった。ここはざっくり、二棟で月百万と見積もっておこう。それでも年間千二百万にはなる。幸彦の年収の倍以上だ。

ちょうどいい。昼飯を食べ損ねていたので、ここでラーメンを食べていくことにする。暖簾《のれん》をくぐって引き戸を開けると、むっとする湯気の匂いに押し返されそうになった。

「エイいらっしゃいッ」

L字型のカウンターに八席のみという小さな店。店員は年配者と若者の二人。メニューもごくシンプル。ラーメン、チャーシューメン、あっさりスープとこってりスープがあり、味はしょうゆと味噌が選べるようだ。

「あっさりの……味噌ラーメンで」

「ヘイ、あっさり味噌一丁」

幸彦のオーダーと交差するように一人、ご馳走さん、と客が席を立った。何を食べたのかは知らないが、若い店員に千円札を渡し、百八十円釣りをもらって出ていく。ねずみ色のジャンパーの、丸っこい背中。そういえば亡くなった高山和義というのは、どんな風貌の男だったのだろう。

そんなことすら知らない自分に、いまさらながらに驚く。

見回すと、幸彦の他に客は一人もいなくなっていた。店が流行《はや》っていないというのではなく、単に時間が半端ということだろう。もう午後も三時を過ぎている。だが、それも好都合といえば好都合だ。

「あの、ここって、町会長さんの持ちビルなんですよね」

麺の玉をお湯に入れようとしていた、年配の方がこっちを向く。

「おや、よくご存じで」

「亡くなったんですってね」

すると、ギュッと眉間《みけん》に皺を寄せる。

「えっ……そうなの？」

「ええ。昨夜、鬼王神社のところで倒れて、そのまま」

うひゃあ、と彼は、大袈裟《おおげさ》なくらい困った顔をした。若い方は関心がないらしく、黙って丼にスープの素ダレを入れたりしている。そうか、ラーメン屋はあらかじめ汁を作っておかないから、そば屋ほどいい匂いがしないのか、などとどうでもいいことに気づく。

「いい人だったのにな……参ったなそりゃ」

「あれ、ご主人は、高山さんのこと知ってるの」

そりゃあもう、と自慢げに頷く。

「ここで三十年やってますからね、この店。長い付き合いですよ」

「ご主人が直接、高山さんからこの場所を借りてるの」

「そうですよ。家賃も滅多に上げないでくれてね……オーナーとしちゃあ、ほんといい人ですよ」

ちなみにおいくら？　と訊いてみたが、それはいえないと断られた。

若いのが丼に湯を注ぐ。主人が麺をお湯から上げ、縦に大きく振って湯切りをする。

「でもご主人。高山さんが亡くなると、何がそんなに困るの。奥さんが相続すると、やっぱ家賃とか上げられちゃうの」

そうじゃなくて、とかぶりを振る。鼻筋に皺を寄せ、さも嫌そうに。

「近頃、この辺のビルを買い叩いてる会社があってね。ここもそうなんだよ。売れ売れって、いわれてたみたいでさ。でも、高山さんは頑として売らないって、頑張ってくれてた」

麺を、スープの出来上がった丼に、丁寧に寝かせる。その上にチャーシューやメンマを並べていく。

「何それ。なんて会社」

急に主人は眉を段違いにし、訝るような目で幸彦を見た。

「……お客さん、なんでそんなこと訊くの」

「なんでって、知りたいじゃない。普通」

「なに、マスコミの人？　だったら下手なこといえないよ」

「違う違う、ただの公務員だよ」

親指で後ろの方を指す。ざっくりいうと新宿区役所の方。主人は上手いこと勘違いしてくれたようで、「ああ」と納得した顔をしたが、幸彦も決して嘘をついたわけではない。区役所のもっとずっと向こうには、幸彦の勤務する六丁目交番もある。騙したことにはならない。

「あんまり、役所で言い触らさないでよ……」

主人は出来上がったラーメンを出しもせず、内緒話のように顔を寄せてきた。

「エンユウシャって……まあ、ヤクザ紛いの会社だよ」

「エンユウシャ？　どういう字」

「丸いエンに、勇気のユウだよ」

円勇社、か。いい具合に話がきな臭くなってきた。

若いのが主人の丸い肩を叩き、ラーメンを指差す。主人は「こりゃ失礼、ヘイお待ち」と、頭を下げながら丼をこっちに差し出してきた。

わりと赤みの強いスープ。太麵。もやしの上にちょこんとバターも載っていて、実に美味《うま》そうだ。

「いただきます」

よし。今日は割り箸も真っ二つに割れた。いい感じだ。

主人は少し幸彦から距離をとり、換気扇の下にいってタバコを銜えた。近くにあったマッチで火を点け、溜め息のようにひと口目を吐き出す。

「……はァ。あるんだよな、歌舞伎町ってのは。いつまで経っても、こういう胡散《うさん》臭いことが」

ちょっと、聞き捨てならない物言いだ。

「ご主人、何それ。それじゃまるで、不動産絡みで、高山さんが殺されたみたいじゃない」

主人は口を尖らせ、小首を傾げるように、クイッと顎を動かした。

「いや、ない話じゃないんだよ。お客さんくらい若い人だと、知らないかもしれないけど」

「え、何を？」

「……歌舞伎町セブン」

なんだ。

「歌舞伎町、セブン？」

「そう。歌舞伎町セブン」

「何それ」

「ああ……やっぱり知らないか」

若い方がゆるくかぶりを振る。倅《せがれ》なのだろうか。また始まったといわんばかりの呆れ顔だ。

主人はタバコの灰を直接床に落とし、それでも幸彦には向けないようにしながら近づいてきた。

「昔はさ……歌舞伎町じゃ、人一人の命は、七十万円っていわれてたんだよ」

幸彦の月給の、ほぼ二ヶ月分。

「その、昔って、いつ頃の話？」

「十年とか、二十年とか、そんなもんよ」

大きく二十年前と解釈しても、一九九〇年代初頭。幸彦が高校に通っている頃だ。世間的にはバブル末期。むしろ今より、日本人の金遣いが荒かった時代だ。

「七十万って、ちょっと、安すぎませんか」

喋ったらひと口、ラーメンをすする。

「そうさ、クソ安いよ。でもそれが、歌舞伎町って街なんだねぇ」

ちょっと待て。

「っていうか、そもそも七十万が、なんだっていうんですか」

主人はもうひと口吸い、足元に吸いさしを落とした。頬には、意味ありげな笑みが浮かんでいる。

「お客さん……鈍いね」

「えっ、なんで」

「俺たち、なんの話をしてたの……町会長が、死んじゃった話をしてたんでしょう。しかも、町会長の不動産を狙ってるあこぎな業者がいる。この歌舞伎町じゃその昔、人一人の命は七十万……そこまでいったら、分かるでしょう」

スープの表面に浮いた脂が、隣り合ったもの同士で繋がり、ぐにゃりと、一つの輪になる。

一つの仮説が、幸彦の頭に浮かぶ。

「……要するに、町会長は、七十万で雇われた、殺し屋に、殺された……って、こと?」

主人は答えず、ただニヤリとしてみせただけだった。

つまりそれが、歌舞伎町セブン?


非番の間中、幸彦は「歌舞伎町セブン」についてばかり考えていた。いや、勤務に戻ってからもずっとだ。

歌舞伎町には昔、たった七十万で殺しを請け負う人間がいた。それは一体、どんな奴なのだろう。

いま交番前を歩いていった、建築作業員ふうの屈強そうな男、あんな感じか。それとも、一見弱々しく見えるが実は燻し銀の殺人術を隠し持っている、そう、すぐそこで販売機に商品の補充をしている、米屋の老店主のような男か。あのハンチング帽の中に、未知の武器が隠されているのか。

　だいたい「セブン」ってなんだ。七十万の「七」か。九十九円ショップを「ショップ99」と名づけるようなものか。あるいは、もっと別に意味があるのか。七日に依頼を受けるとか。必ず七番地で殺すとか。

　でもよく考えてみたら、あのラーメン屋の主人は高山町会長が亡くなったことは知らなかった。当然、死因が心不全であることは考慮に入っていなかったはず。ひょっとして、高山さんは心不全でしたけど、と幸彦が教えていたら、だったら違うねと、あっさり意見を取り下げていたかもしれない。歌舞伎町セブンは、もっと恐ろしい殺し方をするんだよ。ジャックナイフで喉を掻き切って、死体を細かく切り刻んで、最後はミキサーでドロドロにして、下水道に流しちまうんだ。そんなふうに、あることないこと付け加えたかもしれない。

　しかし、その逆だったらどうしよう。高山は心不全だったと教えて、それこそが歌舞伎町セブンの手口だといわれてしまったら、どうなってしまうだろう。そうなったら、幸彦の父親、小川忠典もまた、歌舞伎町セブンに殺された疑いが濃厚になってくる。

　そうなのか。そういうことなのか――。

「……自分、ちょっと、巡回いってきます」

　ずっと交番内にこもっていると、歌舞伎町セブンのことばかり考えてしまい、頭がおかしくなりそうだった。せめて自転車でも漕いで、冷たい風に当たったって、気分転換をしたかった。が、それは許されなかった。

「もうちょっとで交代なんだからよ、大人しくしてろよ」

交番の戸口で立番をしている村松《むらまつ》巡査部長が、さも面倒臭そうに呟いた。時計を見るとまもなく夕方四時。確かに、そろそろ四係の交代要員がきてもいい時間帯ではある。今から巡回に出て、下手に事案を拾ってきて処理していたら、定時には上がれなくなってしまう、なんてこともあり得る。単なる気分転換の代償にしては、大きな痛手だ。

「……そっすね」

結局、四係員がくるまで交番で大人しくしていて、幸彦たちは定時で上がることになった。

「お先に失礼します」

「はい、お疲れさん」

村松と、班長の矢部《やべ》警部補と三人で、自転車にまたがり交番をあとにする。だが、急に幸彦は思い立って二人に声をかけた。

「あの、すみません、自分ちょっと、あっちのコンビニで用足ししていきたいんで、先に戻っててください」

村松が「コンビニだったら途中にあるだろ」といったが、幸彦は「系列が違うんで」と適当に誤魔化して反対に走り始めた。

このまま彼らといくと、靖国通りに出てそのまま右にいき、真っ直ぐ本署に戻るだけになってしまう。それでは歌舞伎町の前を通るだけで、ちっとも幸彦には得られるものがない。どうせ走って帰るだけにせよ、歌舞伎町の中を通っていくくらいはしたい。それくらいしないと、今日という日がまるで無駄だったように思えてきそうで嫌なのだ。

せっかくだから、いったん職安通りの方まで出て、北から南に、歌舞伎町を縦断して帰ろう。それで別に、何かを摑もうとは思わない。ただ自分の意識を、常に歌舞伎町に向けておく。そういう状態を保ちたいのだ。

いったん明治通りまで出て、右折。職安通りまできたら、左折。

ああ、ちょうどいい。高山が倒れていたという、鬼王神社のところから歌舞伎町に入ろう。

第二章

1

上岡は高円寺南《こうえんじみなみ》の自宅アパートでパソコンに向かっていた。

低俗な週刊誌の巻末に載せる、なんとも下らない歌舞伎町リポートだが、致し方ない。こういう下衆《げす》な仕事もこなさなければ食っていけないのだから。

背景は夜空とネオン、ライオンの如く髪を逆立てたホスト二人が摑み合いをしている写真に、キャプション、要するにひと言解説をつける。客引きの縄張り争いが高じて喧嘩に発展、と簡単に書いておいたが、実際は違う。向かって右が老舗《しにせ》クラブの現役ホストで、左でやや体勢を崩されているのは、その老舗からライバル店に引き抜かれていった若手だ。そんな二人が路上でバッティングし、若手の礼を欠く態度に先輩が激怒し摑み合いになった、というのが本当のところだ。

上岡はこの写真を使うかどうか、かなり悩んだ。ホストの顔にはむろんボカシを入れるが、それでも見る人が見れば誰であるかは分かる。二人ともそこそこの売れっ子だから、ひょっとしたら、クラブ事情通なら客でもピンとくる人がいるかもしれない。

　そう思ったからこそ、あえて上岡は使うことにした。こういうことを人前でやっちゃいけないよ、こういうことの積み重ねが歌舞伎町の品位をますます落としていくんだよ。そういうメッセージを受けとってもらえたらと思う。

　次の写真もそうだ。泥酔した挙句、送りに出てきたホストに執拗に絡み、最終的にはビル入り口に放り出された女。彼女に背を向け、エレベーターの方に戻っていくホスト。ここまでなる女もどうかとは思うが、それでも、曲がりなりにもこの人は客なのだから、会計が済んだからって放り出すのはなしだろう。たらふく酒を飲ませたのも、まやかしの色恋で銭儲けをしてるのもお前らなんだから、だったら最後まで面倒見なさいよ。あとちょっと。タクシーを拾ってやって、女の住所を運転手に告げるだけでいいんだから。夢を売るって、そういうことなんじゃないの——というのが、まあ、上岡なりのメッセージだ。ちなみにこの男は、優良店で通っているクラブのナンバー2だ。

　三枚目は、ちょっと切り口が違う。女が泥酔しているのは同じだが、座り込んだ彼女にぴったり寄り添っているのは額の禿《は》げ上《あ》がった中年オヤジだ。自身もネクタイをゆるめ、シャツの裾をズボンから出しているが、だからといって他人を、しかも異性を同じ状態にしようとするのは犯罪だ。むろんそれだけでは終わらない。服の上から胸をまさぐり、頬や首の辺りに口を寄せ、遠慮なくキスをしまくる。だが、スカートの中に手を忍び込ませたところで、ようやくオヤジは上岡の存在に気づいた。というか、上岡自身も立派なオヤジではあるが。

「んなっ、何撮ってんだよォ」

「ああ、気にしないで。週刊誌の取材だから」

「えっ、ちょっと、しゅ……お前いま、顔撮ったろ」

「バッチリ撮ったよ。名刺くれたら、あとでプリントして郵送するけど」

「冗談じゃないぞコラァ」

オヤジが上岡に気をとられている隙に、女は正気を取り戻したか立ち上がり、通りを歩き始めていた。またそこらで倒れ込んで、別の誰かにレイプなどされなければいいがと、ヨタつく後ろ姿を見ながら上岡は思った。ちなみにオヤジは上岡に摑みかかる前に自ら転倒し、タバコの販売機に額を打ちつけて動かなくなった。その後どうなったかは知らない。むろん、オヤジと女の顔にはボカシを入れる。それでも本人には分かるはず。ぜひとも反省の材料にしてもらいたい。

他にもまだまだある。制服警官たちに両手両足を持たれて運ばれていく若い酔っ払い男性。肩を落とし、うな垂れて歌舞伎町交番に入っていくビジネススーツの背中。たぶんボッタクリ被害を訴えにきたのだろう。それらにも適当なキャプションをつける。写真と文章のレイアウトは編集部がやるから、この段階では気にしなくていい。

それにしても、と思う。

歌舞伎町は、確かに楽しむための街だ。日常を忘れさせてくれる刺激に充ちたワンダーランドだ。でも、決して「なんでもあり」ではない。許されないことはやはりある。そしてそれを、ちゃんと見ている人間だっている。この歌舞伎町レポートに何かしら、上岡なりの意味を見出そうとすれば、そういうことになる。

「ああ……疲れた」

バンザイしながら真後ろに寝転がると、ちょうど万年床の枕に頭がいった。整髪料と、皮脂と、ヤニが入り混じった匂いに包まれる。手で探ると、肩の辺りにタバコの包みがあった。上に載ったライターごと鷲摑《わしづか》みにする。

包みを傾け、銜えた一本は少し曲がっていたが、幸い紙は破けていなかった。首だけ起こして火を点け、またすぐ脱力して枕に沈み込む。

そのまま、真上に煙を吐き上げる。

真っ茶色に日焼けした天井板。何度か雨漏りもしているので、木目とは違う模様ができている。冒険物語に出てくる、古い布に描かれた地図のようにも見える。すると、あの黒い節穴《ふしあな》が宝物の在《あ》り処《か》か。そこにいくと一体、どんないいものがあるというのだろう。去っていった女と手に入れるはずだった、幸せな日々か。それとも、病気で手放さざるを得なくなった、テレビ業界人としての華やかな生活か。

違うか。じゃあなんだ。お前なら、何が欲しい。

誰かに人生を狂わされたとは思いたくない。だが、今のこれが望んだ人生かというと、そうとも言い切れない。

表面を撫でればべったりと、濃い肌色をした灰汁《あく》が掌にこびりつく。そんな歌舞伎町を這い回って、自分は一体、何を手に入れたいと願うのだろう。

煙を吐いても吐いても、空気が白むのはほんのいっとき。古い日本家屋は隙間が多く、常にどこかから空気が入り、また勝手に逃げていく。冬は室内でも厚着をするか、電気ストーブくらいは点けっ放しにしておかなくては凍えてしまう。

ああ、もうこんな時間か。

よっこらしょと声に出し、しかし一回では上半身が起き上がらず、仕方なく後ろに手をついて、押し上げるようにして元の姿勢に戻る。四十代も終《しま》いになると、腹筋背筋がガクンと弱くなる。

さっさとこれを、編集部に送っちまおう。そう、こんな昭和臭たっぷりのボロアパートの一室からでも、電話線さえ繋がっていればちゃんとメールは送れる。

現代とは、不思議な時代である。


アパートから高円寺駅までが五分、電車に乗って新宿までが七分。歌舞伎町までがやはり、歩いて五分くらいか。電車の待ち時間を入れても三十分あればここまでこられる。

「こらァ、交差点でビラ撒くなっつってんだろ。もっと引っ込めよ。ほら、お前もォ」

お節介《せっかい》だとは思いつつ、つい口も手も出してしまう。歌舞伎町の正面玄関、セントラルロード入り口では夕方からホスト連中が客引きやビラ配りをしている。そういった営業活動自体を悪いとはいわない。それらにも一定のルールは必要だ。いきなり女性の肩を抱いて誘導していいわけではない。だが、集団で囲い込んで連れていくのも駄目だ。他の通行人が不愉快に感じるほど道路を占拠するのも、ましてや暴力的な空気を醸《かも》し出《だ》すなどもってのほかだ。

「セイヤがそうやって配ってこいっていったのか。なあ、もうちょっと考えろよ。お前たちだけの街じゃないいんだよ」

いわれたホストたちは、口を尖らせつつも歩道まで下がっていった。直にオーナーの名前を出したのが効いたのだろう。

腰を据え、この街について書き始めて四年。このところ、だいぶ上岡も顔が売れてきた。一年以上続いているホストクラブの経営者とはほとんど面識があるし、キャバクラのオーナー、ケツ持ちの暴力団幹部とも、たいてい連絡がとり合える間柄にはなっている。

最初は怖い思いもした。組事務所に軟禁され、覚醒剤を打たれる寸前までいったり、居酒屋の便所で小便をし終わったら、上着の背中がスッパリ切れていたこともあった。自宅アパートのドア前に何かの糞が置いてあったり、電話が鳴り止まない夜も、合計すれば二週間ほどはあったように記憶している。

それでもネット、週刊誌と媒体を問わず、記事はすべて本名の「上岡慎介」名義で書いてきた。区政も裏社会も同じスタンスで取材した。常に「俺は見ているよ」「いつでも書くよ」という姿勢を崩さなかった。それが向こうにも伝わったのだろう。つまらない嫌がらせは半年と続かなかった。

あと、上岡が何を書き、何を書かないかが分かってきた、というのもあったと思う。上岡は基本的に、歌舞伎町のためにならないことは書かない。むやみに怖がらせたり、大袈裟に煽ったりはしない。ただ事実を書く。役人も警官も、ヤクザも来街者も、良いところは良く書くし、悪いところは悪く書く。それが街のためだと思うからだ。

では、なぜ歌舞伎町なのか。その理由は上岡自身にも分からないのだが、もっと魅力ある街にはできると思うし、したいとも思っている。具体的に危険な要素を減らす努力は重要だが、かといって法律で徹底管理された歓楽街など面白くもなんともない、とも思う。そういうことではない、もっと何か別の秩序が必要なのだろう。

もう六年ほど前になるか。「新世界秩序」を名乗るテログループが歌舞伎町を封鎖し、破壊するという前代未聞の事件があった。彼らは歌舞伎町に治外法権を認めるよう国に求め、失敗した。それを是とする気は毛頭ないが、歌舞伎町には一般の法律とは違う、歌舞伎町なりの秩序が必要だという主張には共感する部分があった。

あくまでも、共感できたのはその一点のみだが。


「ご馳走さん」

「はい、毎度どうも」

ゴールデン街で唯一、行列のできるラーメン屋で遅い遅い昼食をとった。今日は夜八時から三田静江新宿区長と会食の予定が入っているだけで、それまではフリーだ。

ちょっくら、例の件を調べてみるか——。

上岡は、区役所前に出てから右に歩き始めた。高山和義が死んでいたという鬼王神社にいってみようと思う。思えば一昨日遺体が発見されてから、一度も現場には足を運んでいない。

夕方五時。日曜日のためか、区役所通りに勤め人ふうの人影は少ない。それよりはカジュアルな若者の方が目立つ。見回すと、去年辺りから流行っているテカテカした素材のダウンジャケットを着ている奴が多い。電車の中で偶然触れたことがあるが、頼りないくらい薄い生地だった。印象としては近いのは、コンビニのレジ袋。あれは、何かの突起に当たって、ピーッと裂けたりはしないのだろうか。まあ、しないのだろう。そんなに簡単に裂けたら、流行るはずがない。

俗に「ホストビル」と呼ばれている、真っ黒いガラス張りの建物の前まできた。その一軒向こうが鬼王神社だ。

一応礼儀というかなんというか、正面の鳥居をくぐって境内に足を踏み入れる。そのまま二、三十メートル、せまい参道をいったところにあるのが社殿だ。

ここの正式はどうだか知らないが、神社なのだから、二礼、二拍手、一礼しておけば間違いないだろう。歌舞伎町でフリーの物書きをしております、上岡慎介です。ちょっと調べものでお邪魔しますが、悪気はないんで。ご無礼がありましても祟《たた》ったりしないでください、と。

一昨日、新宿署で事情聴取を受けたあとで町会関係者に訊いたところ、高山はどうやら、社殿の裏手に倒れていたらしいということだった。まずはそこから始めよう。

時計回りに社殿を迂回していくと、また小さな鳥居があり、裏の路地に出られた。そこまできて、ああ、と合点がいった。高山は、家賃の取り立てでこの辺りを訪れ、容態が急変して死に至ったらしいが、このすぐ先に、確か高山が所有している物件がある。そうか。取り立てというのはそのことだったか。

件《くだん》の建物の前までいってみる。洋館のような外見に造られてはいるが、決して本格的なものではない。遊園地のアトラクション的というか、非日常的な面白みはあるけれど、どう見ても安っぽく、薄っぺらな印象は拭えない。しかも、もう何日も営業していない感じがする。外にメニューや、店の性格を示すものが何もないのだ。要するに空っぽ、抜け殻。夜逃げかな、と呟いてその場を離れる。

歩幅で測りながら鳥居まで戻る。三十メートル強。仮に物件の前で胸が苦しくなって、こっちによろよろきたのだとしたら、ちょっと距離がありすぎる。だったら、何かの用事でこっちに歩いてきて、鳥居の前で胸が苦しくなった、と考える方が妥当だろう。

では、高山はなぜ物件前からこっちに歩いてきたのか。タクシーに乗るなら、ホストビルの前に戻った方が空車は拾いやすい。自宅は千駄ヶ谷。方角からいってもこっち、職安通り側に歩いてくる理由はない。

すると、なんだ。職安通りを向こうに渡ってコリアンタウンにでも飲みにいくつもりだったのか。あの時間から一人で？　まあ、そういうこともあり得ないではないが。

せっかくだから、現場を撮影しておくことにする。正確にどこに倒れていたかは知らないから、鳥居の周辺、人が寝転べそうなところは余さず撮っておく。カメラは一眼レフのデジタルだが、上岡は液晶画面ではなく、いまだにファインダーを覗いて撮る。その方が、なんとなくちゃんと撮れる気がするのだ。

突如、キィーッ、と耳障《みみざわ》りなブレーキ音が右耳に突き刺さる。油くらい差しとけよ、と心の中で呟いたが、どうしたことだろう。自転車の気配は上岡の背後で急停止したまま、そこに留まっている。まさか「油くらい」が思っただけでなく、実際口に出てしまっていたのか。それが聞こえてしまったとか。

肩越しに振り返ると、そこにいたのはなんと、制服姿の警察官だった。白自転車にまたがったまま、こっちを訝しげに見ている。

上岡は、なんとなく頭を下げた。

「……どうも」

向こうも、ゆるく頭を下げ返す。

「あの……失礼ですが、そこで何を、してらっしゃるんですか」

声の感じはわりと若い。三十歳前後だろうか。

「何って、写真を、撮ってるだけだけど」

自転車から降り、スタンドを立ててこっちにくる。警察官にしては細身といっていい体つきだ。

「……なんの写真、でしょうか」

「なんのって、見りゃ分かるでしょ。神社のだよ」

「神社だったら、正面から撮ればいいじゃないですか」

「そんなの、どっから撮ろうと、私の自由だろう」

「何を撮ってたんですか。見せてください」

なんだこいつ。変な奴だ。

「職務質問か、それは」

「あ……ええ。そう思ってもらって、かまいませんよ」

しかも、微妙にオドオドしている。まさかニセ警官じゃあるまいな。

「だったら、あんたの手帳を見せてくれよ」

「えっ、なんでですか」

「それっぽい恰好してるけど、実はただの警察マニアかもしれないからな」

「い、いいですよ、手帳くらい……」

内ポケットから取り出し、しゅるしゅると紐を解く。パスケースタイプのそれを開くと、上にバストアップの写真、下には金の警視庁バッジが納められている。小川幸彦、巡査部長。写真と本人の顔を見比べるが、暗くてイマイチよく分からない。

「あっちの、街灯の方向いてよ」

「こう……ですか」

うん。写真と本人は同一人物のようだ。だが、この手帳が本物かどうかは正直、上岡には分からない。まあ、この場は暫定的に本物の警察官と認めて、話を進めてやろう。

「で、なに。俺に何を訊きたいの」

「えっ、ああ……いや、こんなに暗くなってから、なんでこんなところの写真を撮ってるのかな、って」

「いいだろ別に。俺が何時に神社の写真を撮ろうが」

「はい、いいんですけど、でも、なんていうか……」

こいつ、本物の警官だとしても、相当ダメな部類に入るだろうな。そんなことを思ったら、急に上岡は馬鹿馬鹿しくなってきた。

ポケットからタバコを取り出す。ここは私有地だし、携帯灰皿も持っている。警官に喫煙を咎められる心配はない。

火を点け、ひと口大きく吐き出す。

「……なんでかっていやぁ、ここでこの前、歌舞伎町一丁目の町会長が亡くなっただろう。それってどんなところかなって、ちょっと思ったから、寄ってみただけだよ」

すると、なんだろう。警官、小川幸彦巡査部長は、覗き込むように顔を寄せてきた。

「ん……なんだよ」

「あなた、高山町会長の、お知り合いなんですか」

だったらなんだ。

「ああ……まあ、知り合いっちゃあ、知り合いだよ。亡くなる直前にも、会って話してるしな」

さらに眉間にしわを寄せ、顔を近づけてくる。

「それについて、もうちょっと詳しく、聞かせていただけませんか」

「なんで」

「なんでって……興味あるんですよ」

気持ち悪い奴だ。

「興味って……そんな、一警察官が、興味本位で、職務質問なんてしていいのかよ」

「いいんですよ、興味あるんだから」

「大体あんた、地域課だろう。町会長の死に不審な点があるなら、調べるのは刑事課だろうが。交番勤務は、関係ないだろう」

ニヤリと、その頬を歪める。ヒゲの薄い、見ようによっては少年のような頬だ。

「警察のこと、お詳しいんですね。ご職業はなんですか」

ついこの前も、似たようなことを尋ねられた気がする。

「ライターだよ。フリーライター」

小川巡査部長は、ほんの一瞬だけ真顔に戻ったが、また妙な笑みをたたえて上岡に顔を寄せてきた。

「フリーライターってことは……歌舞伎町のいろんなこと、知ってるんでしょうね」

こいつ、正気か。警視庁、こんなのを雇ってて大丈夫か。

「まあな……あいや、それほどでもないよ」

「謙遜《けんそん》しないでくださいよ。あっそうだ、名刺交換しましょう。私の、差し上げますから……あ、裏に携帯番号書いておきますから、連絡くれるときは、こっちにお願いしますね。本署にされても、なんですから」

上岡は、そっち方面には疎《うと》いのでピンとこなかったのだが、ひょっとして今、自分はゲイにナンパされているのか？　基本的に、警察は警察学校の段階で同性愛者をハジくものと思っていたが、最近はそんなこともないのか？　どうなんだ。

2

今日、陣内は店に出ていなかった。とはいっても、別に「エポ」を休みにしたわけではない。貸したのだ。こういうことはたまにある。ひと晩いくらで希望者に貸す。常連客のボトルだけ触らないでおいてくれたら、他は何を飲み食いしてもいい。そういう条件で明け渡す。これが、ホームパーティをやりたいが適当な場所がないという連中に人気がある。だいたい十日に一度、多いときは月に五回貸したこともある。それでいて、こっちは何もしないで確実に儲けられる。双方にとって、実にいい話なのだ。

だから今夜は、歌舞伎町をぶらぶら歩いている。

陣内は最近の、歌舞伎町の売れっ子を知らない。どのキャバクラが人気で、どの組が力を持っているのか。クスリは何が流行りで、誰が一番儲けているのか。地面を持っている中では誰が強くて、ホームレスを束ねているのは誰なのか。次に流行るのはどんな形態の店なのか。

こっちも歌舞伎町を知らないが、街も陣内のことを知らない。ゴールデン街の中ほどで、さして特徴もないバーをやっている。それだけの男だ。歌舞伎町の「今」とは係わりようもない。だが、それでいい。忘れてくれていい。俺が本当は誰なのか。そんなことには興味を持ってくれない方がいい。

映画でも観ようかと、しばらくシネシティ広場に立って看板を眺めたが、あいにくピンとくるものはなかった。諦めて広場を離れ、一番街方面に進む。何か食って、もうアパートに帰ろうか。

連絡が入ったのはそんなときだ。

『……なにアホ面晒《さら》して、ほっつき歩いてんだよ』

市村だった。どこからか見ているのか。

携帯を片手に周囲を確かめたが、ウォーマーコートを着た割引券配りが三人、ホストクラブのキャッチが五人、あとは来街者しかいないように見える。少なくとも今この瞬間、陣内の視界に関根組の組員らしき人影はいない。

『ばーか。上だよ、上』

そうか、と思い、目だけですぐ近くの雑居ビルを見上げる。一階と二階が中華料理、三階は鉄板焼き。四階には以前、市村が趣味で始めた郷土料理の店が入っていたが、さっぱり客が入らず、今はもう看板もはずされている。その暗い窓に、奴の顔はあった。窓ガラスに張りついて、鼻から上だけを覗かせている。心霊写真のようで気味が悪い。

『……上がってこいよ』

「なんで」

『話がしたい』

「この前のことなら、俺は気にしてないぞ」

『謝る気なんかねえよ。いいから上がってこい』

電話を切り、ひと息吐き出す。

街の喧騒に一枚、膜がかかる。また自分は表社会を離れ、裏社会にすべり落ちようというのか。それも、決して無理矢理にではない。ちょっと誘われたら、容易《たやす》く暗い方に足を向ける。元来、自分はそういう人間だ。何度も死にかけ、すべてを失ってもなお、まだ暗闇から漂う饐《す》えた臭いに引き寄せられる。懐かしいとすら思う。

救いようのない愚か者と自覚しながら、ぽっかりと口を開けた闇の入り口に背を向けることをしない。

中華料理屋の右手、ビルの入り口に進む。短い廊下の突き当たりからエレベーターに乗り込む。男なら三人が限界の、小さな昇降機だ。しかも妙にタバコ臭い。天井を見たが、火災報知機の類は設置されていない。まったく改まらないこの街の危機管理意識に辟易《へきえき》する。

四階で降り、一つしかない鉄製のドアを見る。何かを貼りつけては剝《は》がし、何度もペンキを塗り直した跡がある。今の色は黒。使い込まれた中華鍋の内側に似ている。

ノックも挨拶もしない。ただノブを捻《ひね》り、引き開ける。

ドアの中は暗いが、正面の窓際は明るかった。ブラインドも何もないので、街の明かりが直に入るのだ。

市村はさっきと同じ場所に座っていた。床板も壁紙も剝がされ、コンクリート剝《む》き出《だ》しになった店内になぜベンチソファが残っていたのか。窓際に寄せたそれに腰掛け、さして長くもない脚を組んでタバコを吸っている。

「なんだ。人を呼びつけたわりには、殺風景だな」

関根組の若衆も、先日のお供二人もいなかった。配管らしきものがわずかに残っているだけで、もうここには便所すらない。人が隠れられる物陰は一切ない。

市村が、タバコを足元に落とす。

「贅沢いうなよ。人でなしが」

「話す気がないなら帰るぞ」

すると、調子悪そうに頭を振り、立ち上がる。

「それってよ、どういう心境なんだよ。足を洗ったらもう関係ない、街がどうなろうと知ったこっちゃない、そういう肚《はら》か」

飲んでいるのか。だとしたらタチが悪い。

「用件をいえよ。なんかあるんだろ」

隙間なく整えた髪を両手で撫で、市村はその掌を見て、臭いを嗅いだ。どんな臭いがしたのかは知らないが、上着の裾にこすりつける。

「……あんた、岩谷のこと、なんも知らないっていったけど、本当かよ」

またその話を蒸し返すのか。

思わず吐いた溜め息を、陣内は自身で臭いと感じた。

「本当だよ。名前くらいは聞いたことがあったが、そんなに暴れてるなんて、お前に聞くまで知らなかった」

「だったら説明してやる。座れ」

そのボロボロのベンチソファにか。お断りだ。

首をひと振りすると、市村は苦笑いしながら、またタバコを銜えた。

「……ウチの事務所、今、立ち退き喰らってんだ」

「ハ？」

今度は泣き言か。もしかして、先日「エポ」にきた若頭の津田と、電話で喋っていたのはその件か。

「知っての通り、この歌舞伎町の不動産オーナーは、実際にはほとんど街にいない。どっか別の場所に住んでて、振り込まれる家賃で悠々自適に暮らしてる。斉藤家みたいに、この街で働いて、この街で布団《ふとん》に入るオーナーは、極めて稀《まれ》だ……俺んとこの大家も、この街の住人じゃなかった。もうだいぶ前に、故郷の長野に引っ込んじまってた」

終いの方の過去形が、少々気になった。

「何やってた人だ、その大家さんは」

市村の吐いた煙の輪が、ネオンの明かりを浴びながらほどけていく。一瞬も留まることなく、崩れていく。

「昔は同業者だった。俺の伯父貴に当たる筋の人だった。組を解散して、この街から出ていったが、いくつかビルを持ってたからな。余生は、その家賃を年金代わりに暮らすつもりだったんだろう。……が、最近になってウチに、立ち退き命令の通知がきた。差出人は円勇社代表、岩谷ヒデカツ。慌てて連絡を入れたら伯父貴は、管理会社任せにしといたら、いつのまにか人手に渡ってたっていうんだ。フザケんなって……このご時世、歌舞伎町に組事務所かまえとくのがどれほど大変か、あんただったら分かるだろう」

よく分かる。暴対法施行後、多くの組事務所は表通りから撤退せざるを得なくなり、一部は歌舞伎町を離れるまでになった。街を離れれば影響力が弱まるのは必至。その頃台頭してきたのが中国マフィアだったが、その勢いも今や見る影もない。今まさに、歌舞伎町の裏社会は空洞化の一途をたどっているといわれている。

「まあ、事務所だけだったらいいよ。ウチの伯父貴がヘマしたってだけなら、諦めて別の物件を探すまでだ。だが、それが仕組まれたもんだったとしたら、話は別だろう」

なるほど。

「円勇社の岩谷に、か」

「ああ。調べてみたら、円勇社はここ一年ほどの間に、十七もの歌舞伎町物件を買い上げてやがった。どれも日頃、街には様子見にもこないオーナーの物件ばかりだ。歌舞伎町じゃ、たいていの物件は又貸し、下手すりゃ三重にも四重にも又がかかってる。その途中を、少しだけ弄《いじ》くるんだろうな。オーナーは家賃が振り込まれなくなって、おかしいなと思って調べてみたら、人手に渡ってる。そういうケースが一番多い。じゃなかったら」

最後のひと口を吸い、また足元に落として踏みつける。大嫌いな虫か、あるいはそれ自体が岩谷であるかのように、執拗に靴底をこすりつける。

「……借金の形《かた》に巻き上げるんだ。そっちの手口はまだ調べがついてねえが、いい極道者も被害に遭ってる。体よく巻き上げられた挙句、家賃を倍に上げられて、払えないなら出てけとやられる」

少々、疑問が湧いてきた。

「なあ、さっきから聞いてると、その岩谷ってのは、ただのヤクザもんにしか思えないんだがな」

市村は野良犬のように前歯を剝き、陣内を斜めに睨んだ。

「んなわけねえだろうが、馬鹿が」

「だったらどう違うか説明してみろ」

目線はそのまま、舌の先を出して小さく唾《つば》を吐く。

「いまどきそんなことやったら、普通の極道は手が後ろに回っちまうよ。ところが岩谷は、そこを上手いこと処理してる。書類作りも滅法《めっぽう》上手い。うちの弁護士も舌巻いてた。穴がねえ、これを引っくり返すのは容易じゃねえってよ……このままじゃ歌舞伎町の地面は、あの岩谷ってのに食い荒らされちまうぜ」

本意ではないが、相手がヤクザ者だと、どうしてもこっちの発想まで荒っぽくなってくる。

「だったら、その岩谷ってのを、シメちまったらどうなんだよ」

「アア？　どうやって」

「そんなの、事務所に乗り込んでって、何発かブチ込んで……得意だろう、そういうの。ヤクザなんだからよ」

怒って胸座《むなぐら》の一つも摑みにくるかと思ったが、意外にも市村は肩を丸め、深くうな垂れた。

「できることなら、そうしてえけどよ。できねえんだ」

影になった横顔でもそうと分かるほど、眉間に皺が寄っている。

「なんで」

「分かんねえんだよ」

「何が」

「岩谷が、誰なのか」

今まで散々その手口を語ってきて、何をいう。

「円勇社の登記はある。会社としては完全に活きてる。代表の岩谷という男の戸籍も、住民票もちゃんと存在してる。だが、現住所にあったのはただの廃墟だ。朽ちかけて傾いた大きな屋敷だ。会社の住所には確かに事務所があるが、ほとんど空っぽだ。郵便物は処理されてるらしいから、まったくの無人じゃないんだろうが、その尻尾もまだ摑めてない」

それは変だろう。

「だったら、誰が立ち退きの話をしにくるんだ」

「弁護士が直接くる」

「そいつに訊けばいいだろう」

「上手く撒かれるんだよ」

「弁護士事務所の方に押しかけりゃいいだろう」

「個人だからないんだよ。ちなみに自宅にいっても、そいつには会えない。やたらとガードの固いマンションでな。政治家なんかが住んでる最新の億ションさ。ウチの若いのじゃ手も足も出ねえ」

まったく。情けない限りだ。

「……で？　そんな話を俺に聞かせて、どうしようってんだよ」

市村は、初めて陣内に正面を向けた。両手を膝に載せ、中腰に屈む。ヤクザなりに、丁寧に頭を下げているのは分かる。

「頼む。力、貸してくれ」

そんなことだろうと思ってはいたが、はい分かりましたと受け入れることはできない。

「今の俺にできることなんて、何もないよ」

「そんなこといわねえで。この街の住人だろう、あんただって」

「だからって、今の俺は、ただの飲み屋のオヤジだ。力なんて、何も持ってないよ」

いっそう深く、市村が頭を下げる。

「復帰してくれよ。歌舞伎町のために」

「よせよ。あんなことやったって、街のためになんかならないよ」

「なるさ」

市村が頭を上げる。乞うような表情が、なんだか懐かしかった。まだ陣内が陣内ではなく、市村も親分ではなかった、あの頃の記憶が蘇りそうになる。

「リュウさん、力貸してくれよ」

「やめろよ。俺はもうリュウじゃない」

「だから戻ってくれっていってるんだ。復帰してくれ」

「できない」

懐かしい記憶の終着点は、いつだって同じ、煙の中だ。

「無理だ。できないよ……怖いんだ」

そう。あの闇を思い出せ。そして恐れろ。目を潰され、呼吸を奪われ、生きながらにして体を焼かれた痛みを忘れるな。このほとぼりが冷めることなど、一生ないのだと胆に銘じろ。

さもないと、自分はまた必ず、同じ過ちを犯すことになる。


ビルから出たところで携帯が鳴った。ディスプレイを見ると、今夜「エポ」を貸した女からだった。

『あー、ジンさぁん？　今どこぉ？』

いい具合に出来上がった声だった。周りも盛り上がっているらしく、少々声が聞きとりづらい。

「俺は、一番街の辺りだけど」

『ああーっ、じゃーあー、ちょっと頼んでもいいかなぁ。ビールとウィスキー、ちょっとどっかで買ってきてくれないかなぁ。あとちょっと、あとちょっとだけ、飲み足りないのよぉ』

「ちょっとって、どれくらい」

『ビールぅ、ワンケースとぉ、ウィスキー……二、三本？』

ワンケースというのは、瓶で一ダースのことか。それとも五百ミリ缶とかをひと箱という意味か。どちらにせよ持って運べる量ではない。配達してくれる店に頼むしかないだろう。

「分かった。なるべく早く持って帰るよ」

『ごめんねぇ。よろしぃくぅねぇ』

電話を切ったときには、もう考えはまとまっていた。歌舞伎町一丁目と二丁目の境、花道通りにある、あそこにいくしかないだろう。

小走りでシネシティ広場前を通過し、花道通りまで出たら右、歌舞伎町交番とは反対方面に進む。すると、五十メートルもいけば右手に見えてくる。リカーショップ信州屋。商店会長である斉藤吉郎の店だ。

信州屋は、物販は続かないといわれている歌舞伎町では老舗中の老舗だ。かといって店構えは古ぼけてなどいない。店の前に張り出した真っ赤なテントはイタリア風で洒落ているし、実際イタリアンワインの品ぞろえも豊富だ。何しろ間口が広いので夜も明るく、清潔な感じがいいと評判は上々だ。

「……こんばんは」

自動ドアを通ったところでひと息つく。するとレジの手前、袋菓子を陳列した棚から誰かが顔を覗かせた。

「いらっしゃいま……あ、ジンさん」

杏奈だった。

「あれ、珍しいね……こんな時間に、杏奈ちゃんが」

「うん。バイトの子が風邪ひいちゃったから、代打」

頭に巻いた赤いバンダナ、濃い緑のエプロン。両方よく似合っている。

「ジンさんこそ何。こんな時間に息切らして。お店は？」

「今日は、ほら、舞台女優やってる、ミカちゃんに貸したんだけど、ビールとウィスキーが、足りないっていうからさ、急遽……注文しにきたわけ」

「それって、どんくらい」

「ビールは、できれば冷えてる、五百ミリ缶をひと箱。ウィスキーは、アーリーでいいかな。三本」

「微妙に配達の量じゃん」

「うん、そう。だからきたんだ」

すると杏奈は、小鳥のような仕草で首を動かし、何かを見てから、またすぐ陣内の方を向いた。

「ごめん。おじいちゃん今いないし、見ての通りあたし一人だから、すぐには配達出らんないよ」

それは困った。他の量販店にいってみるという手もないではないが、そこも頼んですぐに配達してくれるとは限らない。

「そっか……じゃ、一応あっちの、チェーン店も当たってみるけど、あっちが駄目だったら、また連絡入れる。それで吉郎さん戻ってきてたら、悪いけど、配達してよ」

「うん、分かった。でもどっちにしろ、電話して」

手で、受話器の形を作った杏奈が、微笑《ほほえ》む――。

そう。もう、あんな世界に足を踏み入れてはいけない。自分にはまだ、守るべきものがある。そのことを、胆に銘《めい》じる。

「じゃあ」

信州屋を飛び出して、そのまま向かいの道を真っ直ぐいく。あのチェーン店は確か、二つ先の角を右に曲がった辺りではなかったか。

左右にラブホテルが並ぶ通りをひた走る。しかし全力というのは、もう無理だ。靴は踵《かかと》の硬いブーツだし、何しろ息が続かない。乾いた空気を吸いすぎたせいか、鼻腔もキンキンと痛くなってきた。喉も渇いた。こういうときに飲みたいのは、やはりビールより、水だ。公園の水飲み場の、冷たい水の喉越しを思う。

ふいに背後で、鈍い物音が連続して起こった。衣擦《きぬず》れと、体が地面に落ちるような音と、あとひょっとしたら、呻《うめ》き声《ごえ》。

なんだろう。

転ばないようにスピードをゆるめながら振り返ると、十メートルほど後方、いま陣内が通ってきたばかりの道に、人が一人倒れていた。そのすぐ近くには、やけに背の高い男が立っている。誰だろう。見覚えがあるような。ひょっとするとあれはこの前、市村が店に連れてきたお供の男の方か。

だが、もしそうだとしても陣内が戻る理由はない。再び前に向き直り、目的の酒屋を目指して角を曲がった。しかしそこで、今度は別の誰かに袖を摑まれた。見ると、

「……あっ」

この前、市村が連れてきた女の方だった。

「あんた」

「きて」

女は陣内の袖を持ったまま、酒屋とは違う方向に引っぱっていく。三、四軒ラブホテルの前を通り過ぎたかと思うと角を曲がり、すぐ分厚いビニールの暖簾を掻き分けて駐車場に入ろうとする。

「なんだよ、あんた」

「シッ」

センサーが働いたのだろう。自動で照明が点いたが、入り口脇に身を寄せていると、ものの十数秒でそれは消えた。

向かいのホテルの案内看板、それを囲む電飾の明かりが、女の横顔を暗がりに浮かび上がらせる。整った顔だが、そこに感情と呼べるようなものは何一つ浮かんでいない。極端な無表情。よくできたゴムマスク。ひょっとしたら、整形して顔を変えたことがあるのかもしれない。

「どういうことだ。説明しろよ」

女はしばらく周囲の様子を窺い、それから初めて陣内に向き直った。

「……あんた、つけられてたんだよ。気づかなかったの」

なんの話だ。

「つけられてた、って、誰に」

「分からない。でも今、ジロウが締め上げてるだろうから」

ジロウ。あの、背の高い男のことか。

「それにしても……あんた、ほんとに〝手〟だったの？」

それは、今ここで肯定することも、否定することもできない。

「あんな素人の尾行に気づかないなんて。いくら引退したからって、錆びつくにもほどがあるだろ。ほんとにあんたは、市村がいうほどの〝手〟だったのかね……あたしには信じられないね」

何も答えられない。この女にどこまで喋っていいのか、まったく判断がつかない。

「あの杏奈って子、あんたの実の娘なんだって？　巻き添えにしたくなかったら、しばらく近づかない方がいいよ。なんかおかしいよ、あの子の周辺」

杏奈の周辺が、おかしい？

それ以前に、市村。どこまでこの女に喋ったんだ。

3

自分にはやはり、刑事の才能がある。

幸彦はそう確信していた。

なんとなく歌舞伎町を通って帰りたいと思い、先輩と別れて走り始めた。すると、鬼王神社の裏手で写真を撮っている中年男を発見した。それも、鳥居や社殿を撮っているのではない。主に自分の足元。石畳や、鳥居の柱の根本、土の地面を撮っている。

不審に思って職務質問すると、なんと高山元町会長の知り合いだという。亡くなる直前に会っており、話もしたという。

ピンときた。

あの日、東警部補はいっていた。高山と最後に話をしたのは、カミオカシンスケというフリーライターだと。

改めて見てみると、男の風貌は実にそれっぽかった。野暮《やぼ》ったいラクダ色のジャンパー、皺の寄ったチノパンツ。ボロッちいリュックサック。それでいて、カメラは豪華に一眼レフ。

さらに職業を訊くと、ドンピシャ。あっさりとフリーライターであることを認めた。

幸彦は、自分で自分が怖くなった。捜査の鬼とは、自分のような警官をいうのではないのか。

名刺を受けとった瞬間などはもう、震えを禁じ得なかった。

フリーライター、上岡慎介。

後日改めて会いたいと半ば強引に約束をとりつけ、とりあえずその日は別れ、署に帰った。

ちょうど週末が非番になり、上岡も空いているというので会うことになった。場所はもちろん歌舞伎町。待ち合わせは第二東亜会館の屋上、アジア屋台村になった。

「あ、小川くん、こっちこっち」

そこは籐でできた屏風でいくつかのエリアに仕切られており、上岡は入ってすぐ左、ネパール料理屋のテーブルにいた。すでにカレーとビールがテーブルにある。

「どうも、お時間いただいちゃってすみません」

「いや、いいよ。大丈夫」

二度目だからか、それとも少し酒が入っているからか。上岡の態度は前回と比べて格段に軟化していた。ひょっとすると、今日は幸彦が制服ではなく、私服を着ているというのもあるかもしれない。逆に制服を着ていないのに、よく幸彦だと分かったものだ。フリーライターの観察眼は侮れない、ということか。

「小川くん、飲めるんでしょ」

「ええ。そんなに強くはないですけど」

上岡は勝手に中ジョッキをオーダーし、何がいい？　とメニューをこっちに向けながら訊いた。よく分からないので、オススメをお願いします、といって任せた。

すぐに中ジョッキが運ばれてきて、乾杯。

「今日は、ありがとうございます」

「うん、お疲れさん」

最初のうちは、何係の誰々さん知ってる？　みたいな話だった。上岡は新宿署内に十人ほど知人がいるらしく、部署によっては幸彦よりよほど事情通だった。生安（生活安全課）の課長はイボ痔だとか、交通捜査の係長は女好きだとか、副署長の趣味は軍艦のプラモデル作りで、休み明けは爪の間に塗料が残っていたりする、とか。

だいぶ笑わせてもらった。交通捜査係長の女好きは幸彦もなんとなく聞いていたので、ほんとだったんだ、と変に納得してしまった。

だが、そんな馬鹿話ばかりもしていられない。

幸彦は、上岡が三本目のタバコに火を点けたところで切り出した。

「あの……そういえば上岡さん、高山さんが倒れていた辺りの写真を、撮ってらっしゃいましたよね」

　上岡は「きたね」と、煙を吐きながら呟いた。

「ひょっとして上岡さんは、高山さんが亡くなったことについて、何か不審に思われる点があるんじゃないですか」

　短く爪を切りそろえた指先が、平べったいナンをつまみあげる。すぐさま、オレンジ色のカレーの中に半分ほど沈める。

「ああ、あるよ……ただそれは、俺だけの印象じゃないけどね。おたくの刑事課の、東係長。あの人だってたぶん、変に思ってる。思ってるけど、事件として扱うべきか否か、迷ってる……なんか、そんなふうに感じたな。俺は」

　あの東警部補が？　幸彦には「事件ではない」と言い切ったのに。

「じゃあ、上岡さんは、どういうところが怪しいと感じたんですか」

　うーん、と首を捻る。もう一枚、ぺろりとナンをつまんで口に運ぶ。

「まず……死ぬ直前まで元気だったこと。それは、やっぱり大きいよな。あと、近頃この辺りじゃ……」

　ふいに上岡は頭を低くし、辺りを窺うような目で見回した。幸彦も、なんとなく顔を寄せる。

「近頃、なんですか」

「ああ。円勇社ってのが、不動産を買い漁ってる」

　ここでも円勇社、か。

「それ、自分も聞いたことがあります。高山さんのビルも、売ってくれって声かけられてたみたいです」

上岡が、驚いたように両眉を吊り上げる。

「あそう、やっぱり……やっぱりそうなのか」

「ええ。自分は、そう聞きましたけど」

「誰から」

「叙々苑の近くの、ラーメン屋のご主人からです」

おっと。調子に乗って喋りすぎたか。

上岡は何度も頷きながら、いつのまにか指の間で燃え尽きていたタバコを灰皿に転がした。

「そう。あの辺りには、飛び石で高山さんのビルがあるんだよな。あそこを円勇社が手に入れれば、確かにどっち向きにも展開はしやすくなる……」

「あの、すみません。ちなみに円勇社って、そんなに不動産を買い漁って、何をするつもりなんですか」

急に上岡は真顔になり、幸彦を軽く睨んだ。どうやら、少し声が大きくなっていたようだ。

「すみません」

「気をつけてよ。どこで誰が聞いてるか分かんないんだから……いや、円勇社が何をしようとしてるかは、正直分からないんだ。買ったビルから店子を全部追い出す場合もあるし、家賃を吊り上げて入れておくケースもあるっていう……今一つ事業に方向性が見えないし、何か大きな計画を持っているという話も聞かない。……そうだな。いっちょ本腰入れて、円勇社を調べてみるってのも、面白いかもしれないな」

「あ、いいですね、それ」

幸彦が中ジョッキを差し出すと、上岡も同じように持って合わせてきた。今日二度目の乾杯。意気投合ついでに、もう一つ重要なことを訊いておこう。

「えっと、それとですね……上岡さんは、歌舞伎町セブン、というのを、ご存じですか」

上岡は、眉毛をくいっと捻るように傾けながら、不敵な笑みを浮かべた。

「小川くん……けっこうマニアだね」

「やっぱり、ご存じなんですね」

しかし、それにはかぶりを振る。

「いや、俺にもよく分からない。裏稼業に関する、ある種の都市伝説みたいなもんで、でも具体的なこととなると、なかなか……ここの住人は、知らぬ存ぜぬを決め込むんだ」

そうなのか。

「でもですね、さっきいったラーメン屋のご主人は、一人七十万で請け負う殺し屋だって、教えてくれましたよ」

上岡は目を丸くし、仰《の》け反《ぞ》るような仕草を見せた。

「……それ、ほんとなの」

「いや、もちろん本当かどうかは知りませんけど、でも、そういってましたよ」

「何それ。小川くん、どんな手使って聞き出したの」

「別に、聞き出したわけじゃないですよ。世間話……それこそ、高山さんの噂話をしてたら、なんとなく、そんな話になっちゃったんですよ」

へえ、と上岡は、大袈裟に驚く振りをした。

「小川くん、何気に凄いね。天才的だね」

「えっ、何がですか」

「情報を引き出すのがさ。俺、歌舞伎町セブンにはけっこう前から興味持ってて、確かに、殺しが絡むようなヤバい筋の話だろうとは思ってたけど、でも、そこまで具体的に住人が語ったってのは初めて聞いたよ。しかも、一人七十万って……それ初耳だわ。凄いわ、小川くん」

天才だなんて、生まれて初めていわれた。多少はおだても入っているのかもしれないが、だとしても、こうまで褒められたら素直に嬉しい。思えば刑事課時代、幸彦は上司に褒められたことなど一度もなかった。ひょっとすると自分には、警察でやるような組織捜査よりも、こういう単独で行う調査の方が合っているのだろうか。


歳末の日勤は休みにならず、特別警戒や一斉取り締まりの助っ人に駆り出されることが多い。幸彦もその夜は、歌舞伎町の巡回警備に回されていた。相方は同じ三係の重野巡査部長。風俗好きの、あの重野だ。

「駄目ですよ、そこ、自転車置いちゃあ。通行の邪魔でしょう」

さらにいえば、明日は国家公安委員長による歌舞伎町特別視察が予定されている。その露払いというのではないが、できるだけ多くの警官を歌舞伎町に配置して街の雰囲気を引き締めておこう、という狙いが新宿署側にはある。

「小川……見た？　今の」

「えっ、何がですか」

「ホテルから出てきたカップル」

そう。いま幸彦たちが巡回しているのは、歌舞伎町二丁目のラブホテル街なのだ。

「いえ、見てませんけど」

「女、すげーブスでさぁ」

なんとも嬉しそうに笑いを嚙み殺す。

「イケんのかね、あんなブスで。俺だったら無理だなぁ。萎《しぼ》んじゃうなぁ」

「重野さん、やめましょうよ。勤務中ですよ」

などといいながら角を曲がったら、前方から怒声が聞こえてきた。

「お前、フザけんなよッ」

西欧のお城のような外観のホテルの横に、白い乗用車が停まっている。たぶんトヨタ・レクサスだ。その横ででっぷりとした、髪の短いダークスーツの男が、紫のダウンジャケットを着た細身の男を怒鳴りつけている。

幸彦は小走りで近づいていった。

「ちょっとちょっと、なに騒いでるの」

スーツの男は、一瞬嫌そうな顔をした。ダウンジャケットの方はこっちを見もしない。

「どうしたの。喧嘩？」

「アア？　違うよ。喧嘩なんかしてねえよ」

ペッと唾を吐き、スーツの男はレクサスの右後輪を指差した。

「こいつ、俺の車に小便しやがったんだ」

「えっ、そうなの？」

見ると、ダウンの彼は眠そうに目を瞬いている。夜八時。眠いというよりは、酔っていると見た方が正しいのだろう。明るいところで見たら、顔も相当赤いのではないだろうか。

「オシッコ、引っかけたの？」

依然、ダウンの彼は無反応。

「オイ、答えろよコラ。白ばっくれたって許さねえぞ。見てたんだからな、俺は」

路上で小便をしたのだとすれば、ダウンの彼は当然悪い。だがスーツの男も、決してお咎めなしではない。

「でも、あなたもね、ここ駐車禁止だよ。あそこに標識が立ってるでしょ。見えるでしょ」

「フザケんなよ。いま駐禁は関係ねえだろ」

「いやいや、でも停めておいたから、オシッコされちゃったわけでしょ？」

重野はスーツの男の背後に回って様子を見ている。厄介を起こすとしたらこっちだと踏んでいるのだろう。

「おい、お前は交通課じゃねえだろ。駐禁のことというなよ」

「交通課じゃなくても、取り締まりはしますよ」

「違うだろ。今ここにこうしてんのは、こいつが小便したからだろ。そっちの罪を先にどうにかしろよ」

「いや、それはそうだけど、それもちゃんとやりますけど、でもオシッコされちゃった、そもそもの原因をたどれば、駐禁してたからですよね」

「だからァ、そもそもはいいだろ別に。そんときは駐禁じゃなかったんだからよ」

「いや、ずっと駐禁は駐禁ですよ」

「テメェ、俺はそういうことといってんじゃねえんだよッ」

スーツの男は地団太を踏み、内ポケットに手を入れた。何か凶器でも出すのか、と一瞬身構えたが、違った。

「ちょっと待っとけ。電話だ。こらガキ、お前も逃げんなよ……アアー、もしもォーしッ」

重野がまたクスクス笑っている。幸彦が凶器を警戒して身構えたのが可笑しかったらしい。

スーツの男は幸彦たちに背を向け、口を囲うでもなく大声で喋っている。

「アアーッ、なにィ？　聞こえねえよ。歌舞伎町、なに……歌舞伎町セブン？　なんだそりゃ」

思わず、幸彦は男の方を見てしまった。

歌舞伎町セブンが、どうしたって？

「知らねえよそんなもん……誰にって、俺だって知らねえんだから、誰に訊いたら分かるかなんて分かんねえよ……ハァ？　なに……ハクビのリュウ？　えっ？……アクビ？　欠伸のリュウ？　知らねえよそれも……うるせェ馬鹿。いま忙しいんだからよ。切るぞ」

まったく、と呟きながらポケットに携帯をしまい、こっちに向き直る。

「……悪かったな。おう、それでどうしてくれんだよ」

申し訳ないが、小便のことも駐禁のことも、もうどうでもよくなってしまった。

「あの、いま電話で、歌舞伎町セブンがどうとか、仰《おっしゃ》ってましたね」

男は眉間を皺だらけにし、幸彦を睨みつけた。

「テメェ、他人の電話、盗み聞きしてんじゃねえよ」

「あれだけ大声で喋ってたら、嫌でも聞こえますって……ねえ、いってましたよね、歌舞伎町セブンって」

「ああ……なんか、そんなこと、いってたな」

幸彦が詰め寄ると、男の目にあった険しい色が、次第に訝るようなそれへと変わっていった。

「電話のお相手は、どなたですか」

「舎弟だよ、俺の」

「あと、欠伸がどうとかも、いってましたよね」

「あ？　ああ……欠伸、なんだっけ」

「確か、欠伸のリュウ、とか」

よく聞いてやがんな、とまた幸彦をひと睨みする。

「まあ、いってたな」

「歌舞伎町セブンと、その欠伸のリュウってのは、関係あるんですかかね」

「知らないよ。そんなこたぁ」

「じゃあ、舎弟の方なら、ご存じなんですか」

「馬鹿か。ご存じじゃねえから、俺んとこに電話してきて訊いてたんだろうが」

「では、舎弟の方は、どなたからそのことを聞いたんですかね」

男は「知るかッ」と怒鳴り、また内ポケットから携帯電話を取り出した。

「そんなに知りたけりゃ、テメェで電話して直接訊きやがれッ」

あ、ほんとですか。じゃあぜひ、そうさせてください。

4

上岡は、高島屋タイムズスクエアにある中国茶専門店の、窓際の席に座っていた。

やや傾いた西日が、ほどよく両肩を温めてくれている。目の前、正方形のテーブルにあるのは白いティーポット、白い湯飲み茶碗、砂糖菓子を載せた白い小皿。注いだ茶の色は薄い赤。香りはジャスミンティーより少しツンとくるが、さて、味の方はどうだろう。

うん。思った通り酸味が強いが、まあまあ好きな味だ。

「じゃあ、上岡さんは族議員ネタってことで、オッケーですね」

これで打ち合わせの相手がスーツの似合う美人秘書とかならいうことなしなのだが、あいにく向かいで眼鏡を拭いているのはやや年下の男性編集者だ。彼のハゲ頭にもヒゲ面にも文句をつけるつもりはないが、その鼻毛だけはどうにかした方がいいぞ、と毎度のことながら思う。こっちまで鼻の下がむず痒くなってくる。

「うん、いいよ。要は道路族とかの、いかにもなヤラしい話を書けばいいんでしょ」

「ええ、そっち系で。お願いします」

今回上岡が引き受けたのは、「あなたの知らない特権階級」という企画本のワンコーナーだ。

最初にこの話を聞いたとき、上岡はキャリア官僚ネタでどうだと提案したのだが、それは別のライターが書くから駄目だといわれてしまった。逆に編集部は、新宿区長とかの暴露ネタはないか、と振ってきた。だがそれは、今現在の立ち位置が近すぎるから勘弁してくれと上岡が断った。そんなこんなで、最終的には族議員ネタに落ち着いた。

「……なんだ。打ち合わせ、終わっちまったじゃないか」

まだ、茶はひと口しか飲んでいない。

「そう、っすね。まあ、もうちょっと踏み込んだところまで、詰めてもいいですけど」

そうはいっても、実際に書くのはまだふた月も先の話だ。いまネタを詰めたところで、その通り書くかどうかは上岡にも分からない。

もうひと口茶を含む。さっきの酸味が、少し渋みに変化したように感じたが、これはこれで美味い。

湯飲みを、同じく白い茶托《ちゃたく》に戻す。

「しかし……なんで鈴木《すずき》くん、新宿区長の暴露ネタがほしいなんていったの」

彼が飲んでいるのは烏龍茶《ウーロンちゃ》。特に香りは届いてこない。

「いや、あれは編集長が。なんか急に、いいんじゃないかっていってきて。上岡さんなら、なんか書けるんじゃないかって」

確かに。現新宿区長、三田静江はなかなか面白い人物だ。

以前はＮＰＯ法人で福祉事業を手がけていたが、前区長、安田圭太郎《やすだけいたろう》が脱税疑惑で辞職したのを受けて、区長選に初出馬。「私は、全身全霊で、新宿区を愛しているんです」のキャッチフレーズが有権者にウケ、見事当選。就任直後には歌舞伎町再開発推進委員会「歌舞伎町リヴァイヴ」を立ち上げ、目下精力的に活動中、と。表立って知られているのはそんなところだろう。

ただ一方で、そのNPO法人にもいろいろ裏があったとか、選挙に勝てたのはそういった怪しげなコネクションのバックアップがあったからだとか、もともとは銀座で水商売をやっていた女だとか、いずれも噂レベルではあるが、そんな話もちらほら上岡の耳に入ってきている。まあ、水商売自体は違法でもなんでもないのだが、選挙時に「元ホステスです」とやって当選できたかは、甚《はなは》だ疑問ではある。

そう思って見てみると、確かに三田は、ときおりそれっぽい目つきをすることがある。双方酒が入っていたからそう見えただけかもしれないが、普段の「明るく元気で、かつ上品」なそれとは明らかに違う艶っぽい目で、男を見ていたのは印象に残っている。あのとき三田が見ていたのは誰だったろうか。長谷田大学の教授だったか、それとも元警察官僚の政治家崩れか。

むろん、その程度のことで三田について書こうとは思わない。今は彼女の過去に関するスキャンダルより、むしろ区長としての手腕に興味がある。よって、もし上岡が将来彼女について書くとしたら、何か手柄を挙げたときか、大コケをしたときということになる。今の状況からするとどうだろう。やや後者の方が近いかもしれない。歌舞伎町リヴァイヴの運営しかり、消防法違反取り締まりの件しかり。また先日会食をしたとき、彼女は歌舞伎町を全面禁煙にする条例案を作成中だともいっていた。通りも、店舗内もすべて。上岡も、さすがにそれはどうかと思った。どうもこのところの彼女は、勇み足が過ぎる感が否めない。

いや。それよりも何よりも、いま上岡が最も興味を持っているのは町会長の突然死だ。それに絡んで新宿署の小川は、「歌舞伎町セブン」とは一人七十万で仕事を請け負う殺し屋のことらしい、といった。しかも、その噂は町会長の突然死に絡んで、歌舞伎町のラーメン店店主から聞き出したものだという。

果たして、そんなことがあり得るのだろうか。

「ねえ、鈴木くん」

砂糖菓子を一つ口に放り込んでから、彼は「はい？」と上岡を上目遣いで見た。

「心不全ってさ、人為的に、引き起こせるものなのかな」

すると茶をひと口含んでから、小首を傾げる。

「……さあ。っていうか心不全って、なんらかの事情で心臓が動かなくなることをいうんでしょう。死ぬときは、たいてい最後は心不全、みたいな」

「いやいや、そういうことじゃなくて。それまで健康だった男が、突然路上で心不全になり、死亡する、みたいな。そういうことって、人為的に起こせることなのかな、ってことなんだけど……どうだろう」

鈴木はもうひと捻り、反対に首を傾ける。

「普段から持病とかがあれば、そこに作用する薬とかを飲ませれば、可能なんでしょうけど」

「前提条件として、普段は健康、ってのは必須なんだよ。しかも、薬物を使用した痕跡は残さずに、ってことなんだけど……」

自分でも馬鹿げたことを訊いているのは分かっている。常識的にいって、ないのだ、そんなことは。薬物で心臓死を起こさせれば必ず体内にその痕跡は残るし、それ以外の方法ではおそらく胸部に外傷が残る。高山和義の遺体がまさにそうだが、東京二十三区内で変死体が発見された場合、それらは大塚にある東京都監察医務院に運び込まれ、検案、場合によっては行政解剖される。薬物の痕跡や外傷は、よほどのことがない限りそこで発見されるはずである。むろん、殺人者が監察医務院に圧力をかけられるならば話は別だろうが。

「……上岡さん。それって、なんの話ですか」

鈴木がテーブルに身を乗り出す。さて、今の段階でどこまでこの編集者に喋ってよいものか。まあ、高山に関する事実関係くらいはかまわないか。

「ああ。歌舞伎町一丁目の町会長が二週間くらい前に、心不全で突然亡くなったんだ。別に、そんなに疑わしい状況でもないんだけど、ただ、彼の周辺には不動産取り引きにまつわるキナ臭い話もあったからね。本当に事件性はないのかなって、ちょっと、思っただけで」

ふぅん、と鈴木は唇を尖らせ、頷きながら視線を窓の方に移した。

「……なんか、歌舞伎町らしいっていえば、歌舞伎町らしい話ですよね」

少々、引っかかる物言いだ。

「なに。どういう意味」

鈴木は両眉を持ち上げ、だから、と前置きした。

「前にもあったじゃないですか、そういう話。確かあれって、新宿区長じゃなかったでしたっけ。何代か前の」

サッと後頭部が冷たくなった。恥ずかしながら、まったく心当たりがない。

「何それ。どういうこと」

「あ、上岡さん、知らないでいってたんだ……そっか」

「なんのことよ。いいから教えてよ」

鈴木はもうひと口茶を飲み、頷いてから始めた。

「……ですから、今のから数えると、何代前になるんですかね。十何年か前ですから、二代か三代前なんじゃないですかね。新宿区長が歌舞伎町で、心臓麻痺《まひ》か何かで亡くなってるのが発見されたんですよ」

「十何年かって、正確にはどれくらい」

「んー、十四、五年、ひょっとしたら、十五、六年前、かなぁ」

十五年前だとすると、上岡は三十三歳。まだテレビ局でバラエティ番組の制作をしており、芸能関係者と毎晩飲み歩いていた頃だ。新宿区長の突然死なんぞ、まったく興味がなかった。かろうじてアンテナにかかったとしても、おそらく記憶に留めなかったはずだ。

これは、ひょっとすると、ひょっとするかもしれない。


アパートに帰るのは面倒だったので、近くのネットカフェに飛び込んだ。そこで歴代の新宿区長について調べてみると、意外と簡単に分かった。

前区長、安田圭太郎は四期目の二年目で辞職していた。つまり初当選は、任期四年が三回、プラス二年だから、約十四年前。そのときの選挙が行われた理由の欄には「死去による辞職」とあった。普通は前任者の「任期満了」か、何らかの事情による「辞職」が選挙理由として挙げられるのだが、「死去による」というのは珍しい。残念ながら、その死因まではネットではよく分からなかった。

ただ、それよりももっと気になる発見があった。

その、前々区長の名字だ。


電話で小川に連絡をとると、来週の月曜の夜なら会えるということだった。それでかまわないと答え、上岡が場所を指定した。新宿駅西口にあるファストフード店。かえってそういう場所の方が、密談には向いていると思ったのだ。あえて歌舞伎町をはずしたのは、なぜだろう。自分でもよく分からない。

時間は七時半。上岡はその五分前に店に入ったが、小川はそれよりも早くきていたようだった。窓際に席をとり、すでにハンバーガーを一つ平らげている。さらにバーガー類がもう二つと、ポテトとチキンナゲット。細いわりに大食いのようだ。それとも、地域課警官という職務が上岡の認識よりハードなのか。

「すみません、先にやってます……もう、この時間だと腹減っちゃって」

二人用のテーブル。上岡のチキンバーガーセットを載せたトレイをそこに並べたら、もう一杯だ。

「ああ、全然いいよ」

リュックを床に置き、脱いだジャンパーを背もたれに掛ける。その間も小川はポテトを頬張り、今また次のバーガーの包みを剝こうとしている。上岡の用向きなど、さして気にはしていない様子だ。

上岡も座り、申し訳ないが先に一服させてもらうことにした。そもそも大して腹は減っていない。なんだったら、これは小川が食べてくれてもかまわない。

ひと口目を、高く天井に吹き上げる。店内は暖房が効きすぎており、心なしか空気が悪い。喫煙者にいわれたくはないかもしれないが、こういうところでタバコを吸ってもあまり美味くない。

ふた口吸って、灰皿に潰した。

「小川くん……今日はちょっと、訊きたいことがあるんだ」

「ああ、はい。僕も上岡さんに訊きたいことがあったんで、ちょうどよかったです。なんでしょう」

変に明るい声に、調子を狂わされそうになる。

「うん……いや」

ストローを銜え、アイスコーヒーをゆっくりと吸い上げてタイミングを計る。

「まず……そう。小川くん、君はなぜ、あんなに高山和義さんの突然死に、興味を持ったのかな」

小川が、ガブリとひと口、大きく頬張る。

「……それはまあ、ご存じの通り、僕いま、地域課じゃないですか……これでも前は、刑事課にいたんですよ。今年の秋までいた、四谷署では……だからまあ、なるべく早く、捜査畑に戻りたいなって……その足掛かりっていったら、亡くなった高山さんに、申し訳ないですけど」

表向きの理由としてはそれでいいだろう。だがそれだけでは、説明不十分だ。

「ひょっとして、小川くん。高山氏の死に興味を持ったのは、他にも何か、理由があったからなんじゃないのか」

口をもごもごさせたまま首を傾げる。愛嬌のある表情が、今は逆に苛立たしい。

「……というのも、実は、ちょっと気になる情報を入手してね。たまたま、仕事で一緒になった人から聞いた話なんだが……今の新宿区長は、三田静江っていう、女の人なんだけど、その、前の前の区長ね。実は、心不全で突然死してるらしいんだよね」

反応を見ようと思い、わざと言葉を区切ったのだが、小川はこれといったリアクションは見せなかった。手の動きを止めるでもなく、ポテトを二本まとめて口に運ぶ。

「へえ……そうなんですか」

なんだ、その無関心は。いや、芝居か。

「十四年前の話、なんだけど」

これにも頷くだけ。それ以上の反応はない。

「ほんと、突然亡くなったらしい。特に心臓が悪かったとか、そういうこともなかったのに、ある夜急に……これ、高山和義さんのケースと、よく似てるよね」

なお、小さく唸りながらハンバーガーにかぶりつく。

そうか。そっちがそのつもりなら、こっちは用意してきたネタをぶつけるまでだ。

「実は、何軒か図書館を回って、調べてきたんだ。あるところにはあるんだね……区報のバックナンバー。何十年分も保管されてたよ。俺はその、前々区長の在任期間の区報を、亡くなった時点からさかのぼって読んでいった。……毎号じゃないんだが、『いしずえ』ってタイトルの、区長のシリーズコラムがあってね。亡くなる六年前、つまり、今からちょうど二十年前の十月号には、こんなことが書いてあった……うちの息子も来年は高校受験。近頃はほろ酔い気分で鼻歌でも唄って帰ろうものなら、玄関を開けた途端、家内に大目玉を喰らいます……ここでいう来年というのは、まさに年が明けてから、という意味だと思う。だから単純計算で、その息子さんは今、三十五歳になってるはずなんだ」

黙々とハンバーガーを嚙み、飲み下す。その目に、薄っすらと涙が浮かんでいるように見えたのは気のせいか。

「前々区長、小川忠典さんは……君の、お父さんなんじゃないのかな」

それでもまだ、彼は反応を保留したままだ。

「小川くん。君は、お父さんの死亡状況とよく似ていたから、高山氏のケースにも興味を持った。いや、むしろ高山氏の死の謎を解くことによって、お父さんについても何か分かるんじゃないか。そう考えた。違うかい？」

ようやくだ。ようやく小川は、真正面から上岡に目を合わせてきた。

「だとしたら……上岡さんは、僕に力を貸してくれるんですか」

その瞬間、初めて上岡は、小川幸彦という男の正体を見たような気がした。

悲しい顔だった。いつもの柔和な笑みの下にあったのは、こんなにも真剣な眼差しだったのか。こんなにも引《ひ》き攣《つ》った頰だったのか。

そう。警察官は、自分で好きに事件を選ぶことなどできない。ましてや今の彼のように、捜査畑ではない部署に配属されてしまえば刑事捜査に携わることは実質不可能になる。たとえ肉親の死に疑問があろうと、よほどの偶然が重なって迷宮入り事件を扱う部署に配属され、さらにタイミングよく再捜査が必要と判断されるような新たな証拠でも出てこない限り、それについて捜査することはできない。

「上岡さんは、僕の父の死について、一緒に調べてくれるんですか」

三十五歳の男の物言いとしては、いささか子供じみて聞こえる。だが、彼の体内時計はひょっとしたら、十四年前で止まってしまっているのかもしれない。それを再び動かすためには、やはり父親の死の謎を解く必要があるのかもしれない。そして彼は、自分でそのことをちゃんと、認識しているのかもしれない。


近所のバーに移動した。二十人ほど座れる長いカウンターと、背の高いパーテーションで囲われたボックス席が五つ。ほぼ満席に近かったが、運よく上岡たちはボックス席に案内された。

小川はフォア・ローゼズをロックでオーダーした。上岡はジェムスンをショットで。

「父は、歌舞伎町で死にました。当時二丁目にあったコインパーキングの、一番奥まったところの壁に、寄りかかるように座っているのを発見されました……六十三歳でした。仰る通り、心臓疾患などはなく、動脈硬化の兆候もほとんどありませんでした。高山さんと同じように、会議で遅くなって、その帰り道でのことでした。ただ、なぜ父があの駐車場にいったのかは、ついぞ分かりませんでした。秘書の方も首を捻っていましたし、目撃証言などもないようでした……そもそも事件性はないと判断されたわけですから、警察もさほど真剣には調べなかったんだと思いますが」

ちなみに小川忠典が亡くなったのは九月二十三日。夜でも気温は二十度近くあった。そこは高山のケースと大きく異なる。

「僕は、父が四十を過ぎてからの子ですから……相当、甘やかされて育ったクチだと思います。父が亡くなったとき、僕は二十一でした。まだ大学生で……だから大人として、一人の人間として、父と向かい合ったことがないんです。向かい合う前に、父は亡くなってしまって……母は、僕が警察に入ってまもなく病気になりまして、しばらく入退院を繰り返していたんですが、五年ほど前に亡くなりました」

区長の息子、か。忠典が突然死などしなければ、彼も警察官ではない、まったく別の人生を歩んでいたのではないだろうか。ひょっとしたら父の地盤を継いで、区議会議員くらいにはなっていたかもしれない。

「だから……って、それが本当の理由なのかは、自分でもよく分からないんですけどね。ただ僕は、あの歌舞伎町で、大きなものを失って……いや、呑み込まれて、失くしてしまったんだと思うんです。人間の、あらゆる欲望を呑み込むあの街に、僕の人生のスタートは、捻《ね》じ曲《ま》げられてしまった……とはいっても別に、警察官になったことを後悔してるとかじゃないんです。歌舞伎町がきっかけだったとしても、今の自分が警察官であることに疑問はない。むしろ、もっと根本的なことなんですよ」

小川は右手を目一杯使ってグラスを摑み、一気に傾けて流し込んだ。

「ンッ……効く……」

しばし目を閉じ、フォア・ローゼズの熱をやり過ごしてからグラスを置く。

「上岡さん……」

また少し、涙目になっている。

「ん？」

「返事を、聞かせてください。父の死について、一緒に調べてくれるんですか。調べてくれないんですか」

　そのことか。それならもう、答えはとっくに決まっている。

「ああ。そのつもりだよ」

「そのつもりって、どういうつもりですか」

　もう酔ったのか。呂律《ろれつ》が怪しい。しょうがない坊やだ。

「……俺には、刑事みたいな手帳もなけりゃ、令状もない。でも、自分の嗅覚を信じて動く、自由はある。書きたいか、書きたくないか。面白そうか、つまらなそうか。それだけの理由で、動く自由がある。……一緒に、やらせてもらうよ。親父さんの死の真相が、いまさら分かるかっていったら自信はないけど、でも、俺も知りたいよ。君の人生のスタートを呑み込んだものの正体が、なんなのか。見てみたいよ」

　小川はうんうんと頷きながら、徐々に眠そうに、目を細めていった。おい、と向かいから肩を叩くと、ハイ、とその瞬間だけは背筋を伸ばす。だが目は、もうほとんど塞がっている。

　だから、それが真面目な質問なのか寝言なのか、よく分からなかった。

「ねえ、上岡さん……アクビのリュウ、って、知ってますか」

　アクビ？　欠伸の、リュウ？

「いや、知らないな。何それ」

「ああ、この前ね……路駐と、立小便が……仲裁に、入ったんれすけど……電話が、かかってきて……そいつがね……歌舞伎町セブンと、欠伸のリュウって……おい君、それはなんなら、って……」

欠伸のリュウ。リュウ――。

そういえば最近、どこかで聞いた覚えがあるような、ないような。

5

陣内をつけていたという男は、とりあえず中野区内にある廃ビルに運び込んだ。ホスト崩れのチンピラといった風体。長めの金髪は半分黒く戻っている。

ビルは三階建て。その一階。もとは工場か何かだったのだろう。今も金属製の頑丈な作業台が残っている。チンピラはその作業台に太い鎖で、仰向けに括《くく》りつけられている。

「お前、なぜこの男をつけた。ん？　いえよ」

質問は市村。すぐ隣に控えているのは「ジロウ」と呼ばれた長身の男。例の女は少し離れた出入り口付近でタバコを吹かしている。彼女は陣内に「ミサキ」と名乗った。

作業場の明かりは、電球部分を金属フレームで覆った作業用ランプ一つだけ。それをチンピラの顔の真横に置いている。かなり熱そうだ。ちなみに鎖は口にもかかっており、そもそも満足には喋れない状態にある。

「誰に頼まれた。おい、さっさといわねえと、切り刻んでラム肉に混ぜ込んで売っ払っちまうぞ」

それでもチンピラはかぶりを振った。錆びた鎖がジャリジャリと前歯を削ろうと、頬がランプに当たって火傷しようとかまわないようだった。本当に知らない、知らないものは知らない。そういうことなのだろう。涙を流しながら必死で首を振り続ける。

「じゃあ、お前が自発的に尾行したのか」

それも違うらしい。振れ幅が一層大きくなる。途中で「ウッ」と呻き、何かと思ったら前歯が二本折れていた。血の絡んだ白い粒が、真っ茶色の鎖に引っかかっている。

「じゃあ、全然知らない奴に、この男を尾行しろとでもいわれたのか」

ようやく頷く。小刻みに何度も。他人に自分を理解してもらうというのは、基本的にはどんな状況でも嬉しいものなのか。頬が笑いの形に引き攣っている。

「なんでそんなこと引き受けんだよ。馬鹿じゃねえのか……いくらかもらったのか」

これも図星らしい。頷くたびに、鎖がジャラジャラと鳴り響く。

「三万くらいか」

横にジャラジャラ。

「五万か」

さらに激しく、横にジャラジャラ。

「逆か。もっと安いのか。二万か」

そうらしい。縦にジャラジャラ。

「馬鹿だな……二万でこんな目に遭ったら、合わねえだろう」

市村は首を傾げ、作業台を離れた。さもダルそうに、ミサキの方に歩いていく。陣内もそれに続いた。

なんとなく、二人してタバコを銜える。ミサキが差し出したライターの火を借り、それぞれひと口ずつ吐き出す。曇りガラスの前。射し込んでくる明かりの幅で、黒かった闇が白く濁る。

市村が短く舌打ちをする。

「チクショウ……今んなって、ようやく思い出したぜ。あいつ、ちょっと前まで風林会館の前でキャッチやってた野郎だ。何度か見たことがある。本当に、ただのゴロツキだよ。俺にいわせりゃ、ホームレスと変わんねえよ……絞るだけ無駄だな。あとで、どっかに沈めてくるか」

思わず手が出た。市村の肩を小突いていた。

「よせよ。これっぱかしのことで、一々そういうことすんなよ」

すると市村は、斜め下から抉るように陣内を睨《ね》め上《あ》げた。

「おい、寝ぼけたことといってんじゃねえぞ。狙われたのはあんただ。それをこっちがケツ拭いてやろうってんだ。偉そうに指図すんじゃねえよ」

確かに。それはそうかもしれないが。

「でもよ、そもそも俺がつけられてたって、それ本当なのかよ。俺はどっから、いつからつけられてたんだよ」

すると市村が、目でミサキに訊く。ミサキは作業台の方を気にしながら、呟くようにいった。

「……そこんとこは、なんともいえないね。ひょっとすると狙われてたのは、あんたなのかもよ」

ミサキが目で示したのは、市村だ。

「二人があのビルで話をしてて、先に出てきたのがたまたまあんただった。で、尾行を始めたら酒屋に寄って、すぐ飛び出てきて走り始めた。だから、奴も慌てて走って追った……そこで、ジロウに足を引っかけられたと。そういうことなのかもよ」

市村は作業台に戻った。誰を尾行しろといわれたのか、と再び問い詰めるが、明快な答えはなかなか得られなかった。無理もない。口に鎖の猿轡《さるぐつわ》をされているのだから。だが、何度か質問した結果を繋ぎ合わせると、どうもミサキのいう通り、あのビルから出てきた男をつけろ、と命じられたらしいと解釈できた。

首を振りながら市村がこっちにくる。

「何がどうなってんだ……」

馬鹿をいうな。それをいいたいのはこっちだ。

「おい……そもそもお前、俺のこと、どこまで喋ったんだよ」

いいながら、陣内は顎でミサキを示した。この女は、陣内と杏奈が実の親子であることを知っていた。

市村は「ああ」と漏らした。

「大まかなところは全部教えたよ。あんたの過去も、十三年前に何があったのかも」

「なんで」

「なんでって、今はこいつらが現役メンバーだ。あんたを復帰させるとしたら、どういう人間かくらいは知る権利があるだろう」

「フザケるな」

胸座《むなぐら》に手を伸べたが、またもやすんでのでミサキにキャッチされた。だが「エポ」のときとは違い、手首を捻《ひね》られはしなかった。

「よしなよ。ここで仲間割れしたってしょうがないだろ」

「仲間じゃない」

市村が、押し殺した笑いに肩を震わせる。

「一緒だよ……仕掛けてる方からしてみたら、あんたも俺も、同じ穴のムジナなんだよ」

「誰だよ、仕掛けてる方って」

訊いてから、馬鹿な質問だったと後悔した。

「決まってんだろ……岩谷だよ。こっちがいろいろ嗅ぎ回ってっから、逆に向こうからも仕掛けてきたんだろう」

「だったら、これはお前のとばっちりじゃねえか」

クソ。なんてこった。


何がいけなかったのだろう。

これから何に注意し、何を避けて暮らしたらいいのだろう。

だが、どんなに考えても答えなど出るはずがなかった。

誰も敵を見たことがない。戦う方法も、何を争うのかすらも分かっていない。

結局、あのホスト崩れからは何も情報を得られなかった。一番街を歩いていたら声をかけられ、あのビルから出てきた男を尾行しろと二万円握らされた。尾行してどうするのだと訊いたが、三十分、ただ追いかければいいとしか相手はいわなかった。その後にどういう報告をするとかの決め事も一切なし。ちなみにミサキもジロウもすぐ近くにいたはずなのだが、残念ながら二人が話している場面は目撃していなかった。

尾行を頼んだ男の風貌を聞いたが、それもあまり参考にはならなかった。ニット帽をかぶっていたので髪形は分からない。背は百八十センチくらい。瘦せ型《やがた》。サングラスをかけていたので目は見えなかったが、それでもなかなかの美男子だったという。他に特徴はなかったかと訊いたが、分からないの一点張りだった。

どちらにせよ、その男が岩谷、ということだけはなさそうだった。ヤクザ業界に流れている噂では、岩谷というのは六十前後の、白髪頭の太った男だという。体形だけをとっても、ニット帽の男のそれとは合致しない。ただし、ニット帽が岩谷の仲間である可能性は充分ある。注意するに越したことはない。

次に見かけたら必ず連絡しろと、市村が名刺と一万円札を渡したら、もう一枚ねだられた。敵と同額では恰好がつかないと思ったのか、市村はもう二枚渡し、彼を解放した。

陣内は、尾行されていないか注意しながらアパートに戻った。携帯を見ると杏奈や、「エポ」を貸したミカから何度も連絡が入っていたが、もうそれも何時間か前のことである。

詫びは明日、電話で入れるしかあるまい。

しばらく店を休んだ。常連の何人かから電話をもらったが、風邪をこじらせてしまったようだと言い訳しておいた。

斉藤吉郎も連絡してきた。事のあらましは市村から聞いているらしかった。

『杏奈が、ひどく心配してる……もう少ししたら、また店にでも、顔見せにいらっしゃいよ』

気遣うような物言いが、今日はやけに癪《しゃく》に障った。

「もう少しって、いつまでですか」

『そりゃ、なんともいえないけどさ。光雄とも連絡とって。その後、特に何もないようだったら、それでいいじゃない』

「吉郎さん。一体いま、歌舞伎町で何が起こってるんですか。俺にはさっぱり分かりませんよ。説明してください」

答えは、なかった。ただ、溜め息をつくような間だけが生じる。

いつのまにかカーテンの向こうが翳り始めていた。普段なら何か料理を作り始める時刻だが、どうも、今日もそういう気にはなれそうにない。

何か分かったら連絡する。そういって、吉郎は電話を切った。

携帯を閉じる。やがて、小窓に灯っていたバックライトも消える。

ふいに、現在という時間から切り離されたような。そんな錯覚を覚えた。

刻々と暗くなっていく部屋の中で、自分という存在の在り処を確かめようとするけれど、何もなかった。あるはずがなかった。

リサイクルショップで買ったベッド。それ以外の家財道具といえば、冷蔵庫と電子レンジ。それくらい。テレビは携帯の小さな画面でたまに見るだけ。パソコンの類はない。オーディオ類も一切置いていない。

ただ、生きる。歌舞伎町の近くで、杏奈にすぐ手が届く場所で寝起きする。それだけのために借りた部屋だ。十三年前、吉郎に杏奈を引き取ってもらい、籍にまで入れてもらったが、それでも自分が杏奈から遠く離れて生きることは考えられなかった。

あの事故のあと、吉郎の手配で「陣内陽一」の名前を得、顔もまったくの別人に作り変えた。だが二年半経って、吉郎の店で再会した杏奈は、まず最初に陣内を見上げて「パパ？」と訊いた。大きな瞳に涙を浮かべ、それでいて半分笑ったような顔で「パパでしょ？」と重ねて訊いた。

「違うよ、杏奈。この人はね、陣内さん。おじいちゃんのお友達だよ」

吉郎がいうと、それだけで杏奈は「そう」と納得し、「ごめんなさい、間違えちゃった」と頭を下げた。十一歳になり、少し大人っぽくなっていた杏奈は、悲しみや疑問といったものを、意識して胸の奥に引っ込める術を覚えてしまっていたようだった。

謝りたいのはこっちの方だった。杏奈が味わった悲しみや、不安、苛立ちや疑問の原因は、すべて自分にある。自分の娘でさえなければ、杏奈はこんな寂しい思いはしなくて済んだはず。そう考えると、死ぬという選択肢は排除せざるを得なくなった。

杏奈のために生きる。杏奈のためにも、もう死ねない。

それが、この下らない人生を継続させる唯一の理由だった。

都合一週間、店を休んだ。それで何か安全を確保できたのかというと、そんなことは何一つないのだが、だからといっていつまでも引き籠もっていられるものではない。連絡をとってみると、市村もその後は特に変わったことはないという。思いきって外に出てみることにした。久々に、歌舞伎町に足を踏み入れた。

雨上がりの夕方。重たく湿った風を受けながら花道通りを歩く。歩道にはヤクザ、キャッチ、学生風の若者、出勤前のキャバ嬢などが多く目につく。時間的にいって、サラリーマンはまだ少数派だ。

叙々苑の次の角を右に曲がったら、左手。ソープランド「愛ＤＯＬＬ」の自動ドアを通る。

「いらっしゃいませ」

予約しておいたので、スタッフに名前を告げるとすぐ奥に案内された。

待合スペースで、指名した女性と落ち合う。

「ジンさん、久し振りぃ」

彼女の源氏名は「楓《かえで》」。本名は松永彰子《まつながあきこ》。そう、よく「エポ」に飯を食いにくるアッコだ。嬉しそうに陣内の手を引き、自分の個室まで連れていく。

「はい、どうぞぉ」

換気扇をフル稼働させたのだろう。バスタブがあるわりに室内の空気は乾いていた。廊下よりむしろひんやりしている。

アッコが陣内の上着に手を掛ける。逆らわず、軽く腕を開いて脱がせてもらう。

「風邪、もういいの？」

「ああ、なんとかね……一週間風呂入ってないから、念入りに頼むよ」

「げ、マジで」

アッコが、眉をひそめながらクンクン臭いを嗅ぎ始める。首周り、腕を上げさせて脇の下、股間と、順番に下りていく。

「うそだぁ。全然臭わないじゃん」

「なんだよ。臭った方がいいのかよ」

「そりゃ、相手にもよるけどさ。あたしはそんなに嫌いじゃないよ。男の人の脂ぎった臭い」

この変態女、と悪態をつきながら、残りの服を自分で脱ぐ。まあ、一週間風呂に入ってないというのは冗談だが。


ぬるめに入れてもらった湯にゆっくり浸かり、それから体を洗ってもらう。アッコはいつも、背中から腰、左腿《ひだりふともも》にまで広がった火傷の痕を、特に丁寧に手で洗ってくれる。そして石鹸《せっけん》の泡を流したあとで、背中に頬ずりしながら、脚の間に手を伸ばしてくる。

最初、陣内のそれが使い物にならないことを、アッコは自分のせいだと思い込み、何度も詫びた。違う、君じゃなくても駄目なんだといっても、アッコは「ごめん、デブで」としょげてみせた。反応がまったくないことについて何もいわなくなったのは、ほんの、つい最近のことだ。

それでもアッコは、無駄だと分かっていても手や口で奉仕しようとする。時間一杯、陣内の傷を清めようとしてくれる。それだから、陣内もつい、アッコを指名してしまう。彼女を傷つけると分かっていても、その手で慰めてほしいと思ってしまう。

「あたしは……傷ついてなんてないよ」

火傷のない胸板に手を這わせながら、アッコが呟く。

「こんなあたしでも、必要としてくれる人がいる。お金を払ってでも、あたしの時間を買ってくれる人がいる……人間がね、一番つらいのって、たぶん、誰からも相手にされなくなることだよ。だから、あたしはまだマシ……もちろん、嫌な客だっていっぱいいるけど、でもそんなの、なんの仕事してたって一緒でしょう。そんな、悪いことばっか数えてないで、一日イッコでもいいから、よかったことを数えた方がいいよ。客に乱暴に扱われても、お前のせいで勃たないって嫌味いわれても、ジンさんの料理食べれた日は、なんか頑張れるもん。あたし」

白く、柔らかな肩を抱き寄せると、懐かしい誰かの匂いがした。

しばし目を閉じ、記憶の海をたゆたう。

誰だろう。誰の匂いだろう。子供の頃の杏奈か、マキコか、母親か。それとも姉か。

分からない。思い出せない。

暗くなってから「エポ」にいってみたが、中は予想以上にひどい有り様だった。貸切でパーティをさせたまま一週間放置したのだから無理もないといえばそれまでだが、さすがにカウンターの上で6Pチーズを齧っているネズミと目が合ったときは、いつ漫画の世界に迷い込んだのかと、自らの精神を疑いたくなった。

とりあえずネズミを追い払い、汚れ物を片づけ、ゴミをまとめ、テーブルや椅子、床を綺麗に拭き終えるまでに一時間半かかった。それからようやく、在庫の何がなくなっているかをチェックし始めた。途中で常連が何人か訪ねてきたが、まだ今日は病み上がりで開けられないというと、たいていは「またね」と大人しく帰っていった。

しかし。さすがに、足りないから持ってこいと電話してきただけはある。ビールとウィスキーは一滴も残っていなかった。いい機会だから、この際少しウィスキーの銘柄を絞ろうか。たとえばバーボンは、アーリータイムズとI・W・ハーパーのみにする。フォア・ローゼズやワイルドターキーは置かない。スコッチはバランタインだけ。

そんなことを考えていたら、また誰かの足音が階段を上がってきた。二人連れのようだ。しかも、両方とも男。

さっき油を差したので、少しすべりのよくなった戸が横に開く。

「……こんばんは。今日は、やってんですか」

相手が誰であろうと帰ってもらうつもりだったが、なんとなく、こいつだけは上手く追い払える気がしなかった。

上岡慎介。隣にいるのは見たことのない若者だ。

「いや、まだ病み上がりでね。今日は片づけにきただけなんだ」

「そうなんですか……でも、せっかくきたんだから、一杯くださいよ」

案の定。上岡は遠慮する素振りすら見せず、連れを促して中に入ってきた。

「そうはいっても、貸切にしちゃったままで、主だったところは在庫がないんだよね。ビールもウィスキーも、全然残ってないんだ」

「日本酒とか、焼酎は？」

「焼酎は、どうだったかな……ああ、『いいちこ』しかないな」

「それでいいですよ。お湯割りで、梅干《うめぼし》入れて」

「梅干……うん。あればね」

二人は店の奥までいき、どういうわけか上岡は、連れをどん詰まり、壁際の席に座らせた。

仕方なく湯を沸かし、焼き物のグラスを用意する。ツマミになるものを探したが、あいにくサキイカしかなかった。せめて食べやすいように、長さを半分くらいに切りそろえて出す。

「ごめんね、こんなもんしかないや」

「はい、すんません」

連れは若いと思ったが、よく見れば三十は超えていそうだった。髪は黒。癖の強い髪質のようだが、適度に短くしているため撥ねもなく、かえっていい形に整っている。

運よく梅干は残っていた。ちょうど湯も温まったので、お湯割りに添えて出す。二人は乾杯をするでもなく、それぞれ好みの量だけ梅干を入れ、自分のタイミングで飲み始めた。

二人の関係が読めなかった。上岡の年は陣内とさほど変わらない。つまり五十前後と、三十過ぎの男。友達というには年が離れている。だが若い方が、上岡にそれなりの気を遣っているかというと、その様子はない。一緒に入ってさえこなければ、たまたま席が隣り合った他人にしか見えない。

上岡がタバコに火を点けた。換気扇を弱で作動させてから、陣内もタバコの箱に手を伸ばす。

「あ、そういやジンさん。例のあれ、ちょっとずつ分かってきましたよ」

タバコをはさんだ指を、陣内の方に向ける。

「例のって……なんだっけ」

「やだな、忘れたんですか。歌舞伎町セブンですよ」

ある程度警戒していたので、顔には出さずに済んだと思う。だがそれが最も自然な反応だったかと考えると、自信はない。

「へえ。分かってきたって、どんな」

「要するに、そう……殺し屋のことなんですよ。一説によると、一人七十万で請け負うともいわれている」

当たらずとも遠からず、といったところか。

「ふぅん……しかし七十万ってのは、なんとも、貧乏臭い話だね」

「でしょう。ちなみにジンさんなら、いくらで請け負います？」

どういう意味だ。どこまで知っていて訊いているのだ、この男は。

「そう、ね……七十万でできる仕事だとしても、とりあえず、百万は吹っ掛けとくだろうな。やっぱり、ウン十万っていうケタはマズいでしょう。それじゃ、殺される方だって気の毒だ。ひと頃、中国人はひと桁でも殺《や》るっていわれてたけどね」

呆れ半分、笑い半分、ようは他人事。そういう芝居を決め込む。

若い方は、じっとお湯割りの水面に視線を落としている。話は聞いているようだが、興味の有無は判然としない。

上岡がひと口、お湯割りをすする。美味い、と呟いたわりに物足りなかったのか。小皿の梅干をまた箸でほぐし始める。

「それと、もう一つ気になってることが、あるんだよね……」

梅肉をひとつまみグラスに落とし、箸の先をぺろりと舐める。

「なに」

「たぶんこれ、ジンさんなら知ってると思うんだ」

上岡は、挑発ともとれる強い視線を向けてきた。

「……欠伸の、リュウ」

その瞬間、上岡の姿が視界から掻き消えた。違う。無意識のうちに、自ら目を逸らしていた。そうと気づき、視線を戻したときにはもう遅かった。上岡はもとより、連れの男までもが陣内を凝視し、挙動の微細な変化も見逃すまいと狙っていた。

「……欠伸、の、リュウ……さあ、何かな。どっかの、寺の天井にでもある、絵のことかな」

下手な言い訳を、上岡は鼻で笑った。

連れの男は、じっと睨むように陣内を見ていた。

第三章

1

　幸彦とバーで話しているとき、上岡は「欠伸のリュウ」について、ちょっと気になる発言をした。

「そういえば、商店街協力会の会長、サイトウヨシロウさんが、『エポ』って店で、リュウさんッ、て大声でいったのを聞いたことがあるな」

　残念ながら、幸彦は商店会長のサイトウという人物も、その「エポ」という店もまったく知らなかった。

「『エポ』ってのは、ゴールデン街にあるバーでさ。その階段を上ってるときに、偶然聞こえたんだ。ひどく慌てた様子で、リュウさんッ、て。でも、俺が店に入ったら、中にはそのサイトウさんと、マスターのジンナイさんがいるだけだった。そうなると必然的に、サイトウさんがジンナイさんを、リュウさん、って呼んだことになるんだよな」

ロックの一気飲みで回った酔いが、にわかに醒めていくようだった。

「そのジンナイって人の名前が、リュウ、なんですか」

「いや、ジンナイさんは確か、ヨウイチって名前だ」

漢字を確認すると、たぶん「陣内陽一」だろうという。

「じゃあ、リュウってのは、渾名《あだな》ですかね」

「うん。そう考えると、欠伸のリュウってのも、異名というか、ある種の通り名っぽいというか……」

早速確かめにいこうと盛り上がったのだが、その日を含めた数日、どういうわけか「エポ」は休みになっていた。

ようやく「『エポ』が開いてる」と上岡から連絡が入ったのは、年の瀬も押し迫った十二月二十九日のことだった。

ゴールデン街にあるバーと聞いたので、さぞかし小汚いところなのだろうと覚悟していたが、「エポ」はいい具合に小ぢんまりとした、想像より遥かに清潔な印象の店だった。

初めて見る陣内陽一も想像とだいぶ違っていた。ヒゲ面で小柄で、もっと灰汁の強い、アングラ劇団の演出家みたいな感じかと思っていたが、意外なほど背の高い、あえていうとしたらダンディな雰囲気の男だった。濃い緑の、手編み風のニットがよく似合っている。上岡と同年配だというが、ぱっと見は陣内の方が五つくらい若く見えた。フサフサした髪には白髪もほとんど見当たらない。

上岡は、最初はあまりジロジロ見ず、「欠伸のリュウ」という言葉にどんな反応を示すかだけ、しっかり見ておくよう幸彦にいった。そのいいつけ通り、あまり陣内の顔は見ないようにしていたが、決定的瞬間は意外と早く訪れた。

「たぶんこれ、ジンさんなら知ってると思うんだ……欠伸の、リュウ」

直後の陣内は、明らかに動揺していた。瞬間的に目を逸らし、だがそれを取り繕おうとするように、中途半端な笑みを浮かべた。どこかの寺の天井にある絵か、などと冗談めかしていっていたが、頰はずっと引き攣ったままだった。少なくとも、幸彦にはそう見えた。

「そっか。知らないのか……この前きたとき、ほら、商店会長が、ジンさんのことを『リュウさん』って呼んでたから、てっきりジンさんがそうなんだとばかり思ってたんだけど」

陣内は、ずっと手に持っていたタバコをようやく銜え、火を点けた。吐き出す煙に乱れは生じていないか。幸彦はじっと見ていたが、さすがにそこまでは分からなかった。

最初にいった通り、一杯だけ飲んで帰ることにした。払いは上岡が持ってくれた。


深夜までやっている喫茶店に移動し、もう少し話をした。

「陣内氏、完全に動揺してましたね」

幸彦がいうと、上岡もニヤリとしながら頷いた。

「あれって要するに、どういうことなんだろうな。ジンさんがリュウってことで、決まりと思っていいのかな」

「さあ。それはどうですかね。他の誰かのことでも、ギョッとすることはありますからね」

上岡がテーブルに身を乗り出す。

「そういやその、欠伸のリュウのネタ元になった舎弟ってのには、話聞けたの」

それには、かぶりを振るほかない。

「駄目でした。っていうか、話は一応聞いたんですよ。そしたら、たまたまクラブで一緒になった女の子に、歌舞伎町セブンって知ってる？　欠伸のリュウって知ってる？　って訊かれて、じゃあ兄貴に訊いてやるって、その場で電話しただけだっていうんです」

「じゃあ、その女の子ってのも」

「ええ、たどりたくてもたどれないんです。しかも、その女の子も他のところで、知らない男から訊かれたとかいう話で」

上岡とは、今後も歌舞伎町セブン、欠伸のリュウ、および陣内陽一について各々が調べ、得られた情報は隠さず、必ず交換しようと約束し、その夜は別れた。

以後は幸彦も、当番非番を問わず、以前にも増して歌舞伎町に足を運ぶ回数を増やし、聞き込みに回ったが、これといって目ぼしい情報には行き当たらなかった。

行き詰ったら現場に戻れ、ではないが、原点に立ち返って例のラーメン屋を再び訪ねてみた。しかしあの店主さえも、前回ほど屈託なく喋ってはくれなかった。

「ねえ、ご主人。欠伸のリュウって、聞いたことない？」

手の空いた頃を見計らって尋ねても、さあ、と首を傾げるだけ。まるで別人の対応だった。穿《うが》った見方をすれば、前回幸彦が訪れたあとに何かしらの圧力がかかり、店主の口が重くなった、と考えることはできる。ただ、前回のが単なるビギナーズラックで、この主人はもともとこういう人なのだ、といわれたらそんな気もする。

舎弟が質問されたというクラブにも、何度かいってみた。

入るとまずクロークを兼ねた受付があり、そこで料金を払ってから地下一階のメインフロアに下りる。そもそも暗いのでどんな内装なのかはよく分からないのだが、幸彦には、どこもかしこも黒光りしているように見えた。

下りて右手奥がステージ。照明がぐるぐる回っており、たいていはキャップにサングラスに顎ヒゲ、といういかにもな恰好の男が、片耳にヘッドホンを当てながら手元の機材を弄っている。何回かきているから思うのだが、この店の音質は、はっきりいって悪い。低音ばかりボワンボワンしていて、気持ちのいい中域がちっともヌケてこない。

バーカウンターは正面。とりあえずそこでビールをもらう。

客の入りは日によってだいぶ違う。今日は六割といったところか。十代、二十代が多い日もあるし、幸彦と同世代が多いときもある。男女比はいつも半々くらい。話を聞くなら、端っこのハイテーブルで休憩してるカップルがいい。ナンパと間違われてはいけないので、幸彦はあえて男の方に声をかける。

ちょっといいかな、から始まり、よくここにはくるの、といった具合に話を繋げていく。初めてだけど、といわれたら早々に切り上げ、次のカップルを物色する。多少怪訝な目で見られはするが、聞き込み捜査だと思えば苦にはならない。ただ、刑事っぽくはならないよう、そこだけは注意した。そのためにも片手にビールというスタイルは必須だった。

そして今日、ようやく実のある話が聞けた。壁にもたれて、瓶ビールをラッパ飲みしていた二十代のカップル。ねえ、歌舞伎町セブンって知ってる？　という幸彦の問いに、女性の方が頷いた。

「アア、なんか最近、よくそれ、訊く人いるよねェ」

「エッ、それって、どんな人が訊くのォ？」

幸彦も彼女も、かなりの大声で喋っている。

「別に、いろんな人ォ。友達からも訊かれたしィ、友達も、彼氏から訊かれたとかいってた。あと、歌舞伎町セブンの他にも、なんかあったっしょ……あれ、なんとか、なんとかのリュウ」

さすがにこれを聞いたときは、全身に鳥肌が立った。

「欠伸のリュウ、じゃない？」

「ああーッ、そーそーッ、欠伸のリュウ。なんだ、オジサン知ってんじゃん」

かなりショッキングな言われ様だったが、それを無視できるだけの大きな収穫があった。

幸彦以外にも「歌舞伎町セブン」について嗅ぎ回っている人間がいる。それは間違いないようだった。しかも向こうは、早くから「欠伸のリュウ」をセットで話題にしている節がある。

なんだこれは。どういうことだ。

地域課警官は、第一当番に就く前にたいてい武道の朝稽古をする。男性であれば柔道か剣道のどちらかを選ばなければならない。男性で合気道というのは、非常に稀である。幸彦は剣道を選択していた。とはいっても学生時代に経験があったわけではなく、警察学校に入ったときに「お前は剣道」と教官に決められてしまっただけのことだ。あとで先輩に聞いたら、単なる人数合わせだろうといわれた。

対して内勤の警官は、何かというと理由をつけてサボったり、理由もなくサボる人も多い。確かに、朝一番で関係者に聞き込みに回らなければならない日もあるとは思うが、そんなのは所轄署ではレアケースだ。刑事だろうが生安だろうが、もっとちゃんと朝稽古には出た方がいいと、幸彦も地域課にきてから思うようになった。

ただし、強行班一係の東係長は別のようだった。三日か四日に一度は必ず参加するし、勤務が終わってからも、頼めば若手の稽古相手をしてくれるという。幸彦も一、二回、朝稽古で一緒になったことがある。噂によるとかなりの腕前らしいので、あえてこれまで手合わせは願わずにいたし、今日もなんとか当たらずにやり過ごした。

最後は一列に並んで面をはずし、助教と神棚に礼をしたら終わりになる。が、小手を突っ込んだ面を脇に抱え、竹刀を持って立とうとしたところ、右隣にいた誰かに肩を叩かれた。

見ると、東係長だった。

「あっ、どうも……その節は」

びっしょりと汗をかいた東の表情は、実に晴れやかだった。

なのに、なぜだろう。この人と相対すると、尋常ではない緊張を強いられる。

「なんだか、俺は君に、避けられてるようだな」

声は明るく、口元には笑みもあるのに、まったく和んだ感がない。むしろこれに対して、自分は笑みで応えるべきではないと、必要以上に頬を強張らせてしまう。

「いえ、そのようなことは、決して……」

「そうか？　だいぶ歌舞伎町で幅を利かせているらしいが、ちっとも俺とは出くわさないじゃないか」

マズい。この人は、稽古のことをいってるんじゃない。

「まあ、ほどほどにな。何事も度が過ぎると、足元をすくわれるぞ」

そういって東は面を抱え、竹刀を持つと稽古場から板の間に上がっていった。

幸彦は、しばらく動けなかった。単独捜査について東に知られていたこともショックだったが、それ以上に「足元をすくわれるぞ」という忠告が、脳内にサイレンの如く鳴り響いていた。赤灯がぐるぐると回っていた。

あの手の単独捜査が過ぎると、一体誰に、足元をすくわれるというのだろう。

2

高山和義が亡くなってから一ヶ月が経った。

商店会の幹部たちとは、新年会めいたことは控える方向で話がまとまっていた。だが若い連中から、それでは駄目だ、商店会が葬式ムードを醸し出していては歌舞伎町全体の商売に差し障る、との声があがった。もっともだと思い、斉藤吉郎は改めて会員の意見を取りまとめ、十日の火曜日に新年会を行うと決定した。

場所は歌舞伎町二丁目、割烹《かっぽう》の「車屋《くるまや》」。三階の宴会場を予約した。

参加者は例年より若干少なめで、九十六名。まず商店会長である吉郎が挨拶をし、その後に青年部長の宮尾《みやお》にもひと言喋らせ、乾杯の音頭は初参加になる三田静江区長にお願いした。ちなみに高山については、事前の申し合わせであえて触れないようにしようと決めてあった。

「それでは、会のますますのご発展と、歌舞伎町の繁栄を祈念いたしまして……乾杯ッ」

各々がグラスを掲げ、声を合わせる。ひと口飲んだら、拍手。

区長の挨拶は短くまとまっていてなかなかよかったが、最後の乾杯が少々気張りすぎだった。あの女はいつもそうだ。酒の席だと血が騒ぐのか、何かというとチラチラ、商売女の尻尾を覗かせる。ここまで這い上がってきたことに関しては感服しているし、各種委員会への参加など、支えられる場面ではそうしてきたつもりだが、あまり度が過ぎると吉郎も付き合いきれなくなる。

消防法違反取り締まりの件がいい例だ。あれは吉郎も、強引かつ急すぎる話だと思う。ここは歌舞伎町だ。行政の締め付けだけで、なんでも思い通りになる他所の街とは少々事情が違う。

「ではしばし、ご歓談のお時間とさせていただきます」

司会は青年部副部長の本嶋明。こいつも元はヤクザ者で、昔の自分を見るようで何やら面映《おもは》ゆくもあるのだが、だからこそ一人前になってほしいという思いは強い。アキラには、堅気の世界の方が厳しいよ、でも頑張り甲斐は極道渡世よりたくさんあるよ、といって聞かせている。分かってはくれていると思う。アキラはアキラなりに、将来について考え始めている。ゆくゆくは鉄板焼きの店を持つつもりなのだという。実際、研究も兼ねて日に一度は必ず鉄板焼きを食べるという。ぜひとも、この目が黒いうちにその努力を実らせてほしいものだ。

いったん自分の膳を離れ、関係者に酒を注ぎにいく。新宿警察署長、新宿消防署長。残念ながら民自党の元政調会長、芦田清太郎《あしだせいたろう》衆議院議員は都合により欠席。代わりに若い秘書がきていたため、先生によろしくお伝えくださいと頭を下げておいた。

席に戻ると、今度は注がれる立場になった。新人の区議会議員に、歌舞伎町二丁目の町会長。隣に座った蕎麦屋《そばや》の下田昇《しもだのぼる》は最近、飲んだ翌日は舌が痺れて味がよく分からない、とこぼしていた。

それらが一段落したところに、また厄介なのが寄ってきた。

「会長、ちょっといいですか」

フリーライターの上岡慎介。年末「エポ」に顔を出し、陣内に尋ね事をしたらしいことは耳にしている。

「どうも……明けましておめでとうございます」

陣内が熱燗《あつかん》を取り落とし、とっさに吉郎が「リュウさん」と呼んでしまったときのこと。それをこの男は、昨今巷《ちまた》に流れている「歌舞伎町セブン」「欠伸のリュウ」の風聞に引っかけ、陣内にぶつけてきたという。侮れない男である。

「ちょっとお訊きしたいんですけど、斉藤さんは『エポ』の陣内さんと、そもそもはどういうお知り合いなんですか」

そこから穿り返すのか。面倒な男だ。

マグロの赤身をつまみながら、一つ頷いてみせる。

「んん……ジンさんとは、彼が店を始めてからですよ。そもそも私は、あの店のもとの持ち主、石渡《いしわたり》さんと懇意にしてましてね。でも、腰を痛めて店に立てなくなったから、代わりの者にしばらく任せるんだ、なんて話を電話でされて。で、様子を見にいったら、ジンさんがいたと……

それだけですが」

ふぅん、と意味ありげに口を尖らせる。吉郎は次に「ではなぜあの夜、陣内を『リュウ』と呼んだのか」という質問がくるものと覚悟していたが、さすがにそれは、上岡も躊躇したようだ。辺りをぐるりと見、諦め顔で溜め息をつく。ここでは誰に聞かれるか分からない。それに気づいてくれただけ、こっちはありがたいと思うべきか。

「……斉藤さん、このあと何か、ご予定は」

吉郎は限界まで顔を縮こめ、かぶりを振ってみせた。

「ハシゴは無理ですよ。見ての通り、もうあんた方に付き合えるほど若かない」

「いや、そういうことじゃなくて」

分かってる。それくらい。

「……それに、和義の一件からこっち、杏奈がちょっと、元気がなくてね。ほら、今日もきてないでしょう……それでなくとも、あの子は心配性だから。早く帰ってやらんと可哀相なんです」

本当は違う。杏奈は、この上岡がくるなら新年会にはいかない、といったのだ。それくらい、最近の杏奈と上岡は関係がギクシャクしている。

とそこに、珍妙な助け舟が流れ着いた。

「あら上岡さん。会長にフラレちゃったの？　じゃあ、私と飲みにいこうか。カラオケ、いこうか」

区長だった。あまり好ましい光景ではなかったが、とりあえず厄介払いができたのだから、よしとしておこう。

他にもいくらか誘いはあったが、最近めっきり弱くなってしまったからと、上岡同様に断り続けた。結果、若い連中は屋上屋台村に、年配者はゴールデン街に流れ、政治家や役人は歌舞伎町を離れ、別の街に飲みにいくようだった。

吉郎は、それぞれが散っていくのを見届けてから歩き始めた。本当はこのまま北に向かって進み、職安通りに出てしまうのが一番いいのだが、それだとホストクラブだのラブホテルがひしめく二丁目のど真ん中を抜けていくことになる。

昔はそれでもよかった。キャッチの誰もが吉郎のことを知っていた。おはようございます、お世話になってます。機敏に腰を折り曲げ、一人ひとりが吉郎に頭を下げた。吉郎も、よう、と手をあげ、頑張ってるな、などと声をかけ、文字通り肩で風を切って歩いていた。ほんの十数年前まではそうだった。

今この街に立っている連中は、誰も吉郎のことを知らない。キャッチも娼婦も、場合によっては組関係の人間ですら、吉郎をただの来街者のような目で見る。あるいは見もしない。だがそれでいいと思っている。変わったのだ。街も、時代も、自分も。

風林会館を過ぎ、区役所通りを渡り、さらに真っ直ぐいく。この通りにもホストクラブはあるが、普通の飲み屋や飲食店も同じくらいあるので、さほど自分を場違いに感じなくて済む。ここ数年は、意識して地味な恰好をしている。今日スーツの上に着ているのも、垢抜けないネズミ色のコートだ。

そう。自ら進んで「おじいちゃん」を演じている。商店会長であり、歌舞伎町一の酒屋の主人であり、不動産オーナーでもあるが、一番の顔は、杏奈のおじいちゃん。それが分相応だと思っている。

一席終わってもまだ道端で騒いでいる団体を迂回して歩き、自分の相手しか見ていないカップルを避《よ》け、看板を見上げながら歩いてくるサラリーマンたちをかわし、毛皮のコートを着ているわりにパンツが見えそうなミニスカートを穿《は》いた女とすれ違う。通りの向こうに何人か関根組の若衆がたむろしていたが、その中に市村の顔はなかった。むろんいたところで、市村は吉郎に挨拶などしてはこないが。

ああ、いつからだろう。この街の喧騒を虚しく感じるようになったのは。そう。おそらく、杏奈と暮らすようになってからだ。

街の仕事を終え、店を閉め、当時は家政婦を雇っていたから、その女性が帰る予定時刻までに、マンションに戻る。杏奈は寝てしまっていることがほとんどだったが、何かで目を覚ますと、必ず「お帰りなさい」といってくれた。

陣内には悪いが、いい役をもらい受けたものだと思う。

裏社会に育ち、闇の世界に生き、いずれは人知れず死んで終わるものと覚悟していた己が人生に、思いがけず灯を得た。命の灯だ。散々他人様の命を奪い取ってきた自分が、たった一人の幼女のためにすべてを捨てられるなどとは、思ってもみなかった。

まず組を舎弟に譲って業界を退いた。その際に左の二本を納めたが、幸いにして近年は義指もいいものがあるので不自由を感じたことはない。最近知り合った人は、吉郎の指が足りないことなどまるで知らないのではないか。

あの火災で「セブン」が解散状態になったのも大きかった。マサにキョウ、マキコ、それにユタカを失った。全員ひどく焼け焦げていた。特にマサとキョウの遺体は個人判別が不可能なまでに炭化していた。他にも大勢の犠牲者が出た。現場にいて助かったメンバーは陣内のみ。彼自身も大火傷を負い、一時は生死の境をさ迷った。

そればかりではない。彼はその後もしばらく精神疾患に苦しんだ。焼き殺される強迫観念にとり憑かれ、錯乱状態に陥り、病院から出ることをひどく怖がった。吉郎が「陣内陽一」の戸籍を用意して与えたのは、その救済策でもあった。実際、別人格を得た彼は見る見る社会性を取り戻していった。

難を逃れたのは、たまたま遅刻した吉郎と市村だけだった。結果として、吉郎が杏奈を育てることになった。闇の世界とも裏社会とも切れ、まっさらな表社会の住人として、ただ杏奈の保護者としてのみ生きた十余年であった。

タバコの煙が鼻先をかすめた。薄《う》っすら汚れた調理衣姿の男が、電柱の陰で吐いたものだった。休憩も兼ねているのだろう。夜空を見上げながら、気持ちよさそうに吹き上げる。吉郎はもう八年ほど吸っていない。それも杏奈のため。その杏奈が、最近吸い始めたらしいことをアキラから聞いた。少々複雑な心境ではある。

派手なテナントビルと九州ラーメンの角を左に曲がる。この辺は昔から静かなラブホテル街だが、最近は静かを通り越し、むしろ寂《さび》れているようにすら感じる。

いま通り過ぎたホテルも、看板から何から取り外され、かといって工事用フェンスで囲うでもなく放置されている。まるで砂漠に伏した牛の骸骨《がいこつ》のように、ただ白く空っぽな残骸を道端に晒している。このところ、歌舞伎町のあちこちにこういう物件を見かける。中にはホームレスが棲みついてしまっているところもあるという。

いずれも、あの円勇社の仕業だという。

そこにどんな旨みがあるのかは分からない。あっちに一軒こっちに一軒、ツマミ食いのように物件を買い上げては、特に有効活用するでもなく大半を空き家にしている。ある一画をまとめて買い上げるのなら分かる。二階家や三階建ての小物を一掃し、大きなビルをドンと建てる。そのための地上げであるならば理解に難くない。だが、どうもそうではないのだ。

一体、何をしようとしているのだろう。岩谷という男は。

市村ではないが、この件に関してはセブンの「手」が要る事態になるのではないかと予感している。必要とあらば、吉郎も動くつもりではいる。だが何をすべきかが分からない。今はまだ、その時機ではないのか。

コインパーキングの角を曲がるとまた風景が変わり、ちょっとした住宅街になる。正面に見えるのが吉郎たちの住んでいるマンションだ。十階建ての七階、間取りは3ＬＤＫ。年頃の娘とはいえ二人で住むには過分な広さだが、杏奈が気に入っているのだからそれでいいと思っている。あの子は家事もきちんとするし、店の仕事も商店会のあれこれも完璧にやりこなしている。少しくらい甘やかしても曲がる子ではない。

そんなことを、思った瞬間だった。

パーキングに停まっていた車の陰で誰かが立ち上がり、そのまま吉郎に飛び掛ってきた。

むろん、瞬時に身構えはしたし、必要とあらば反撃する心構えもあった。が、現実にはできなかった。

百八十センチ以上はありそうな長身の男。だが均整はとれていて、動きは素早かった。気づいたときにはもう腕を後ろに捻られていて、革手袋をした手で口も塞がれていた。

「……もう、面倒だからお迎えにきましたよ」

聞き覚えのある声だった。

誰だ——。

だが心当たりを得る前に、背後から車が近づいてきた。この夜中にヘッドライトも点けず、かなりのスピードで接近してくる。

車は吉郎たちの真横で急停止し、すぐスライドドアが開いた。吉郎は男に抱えられたまま車内に引きずり込まれた。

真っ暗な車内だった。

車は再び走り出し、次の角でヘッドライトが点いたが、吉郎の位置からは運転手の顔も、長身の男の顔も確認できなかった。


連れ込まれたのは、さして遠くない街の古いビルだった。距離と時間からして、大久保、中野、予想外に遠いとしても早稲田《わせだ》辺りではないかと察した。

ガレージから階段を上らされた。口は塞がれ、両腕の自由も利かなかったが、目隠しはされていなかった。照明の類は点いておらず、踊り場の窓からわずかに射し込む街灯の明かりだけが頼りだった。逃げ出すときに利用できるものを辺りに探したが、Pタイルが剝がれ、薄く砂の載った階段には他に何も置かれていなかった。

二階の一室に入れられた。住居ではなく、事務所などに使う造りの部屋だ。三十畳か、それ以上ある。左奥の暗いところにはパイプ椅子や会議テーブルが積まれているが、右手、窓際の明るいところには何もない。ここの床もやはり、ところどころPタイルが剝がれている。

運転手をしていた瘦せた男が、左奥からパイプ椅子を引っぱってきた。それがフロア中央に設置されると、吉郎を捕まえている男が一歩前に出た。押されるようにして、吉郎も椅子に向かって踏み出した。

そこに座らされた。どこから出してきたのか、両手はロープで後ろに縛られ、両足首は椅子のパイプに括りつけられた。無理をすれば後ろに倒れるくらいはできるかもしれないが、それ以外の動作はまったくできないほど体は固定された。

だが、依然目を塞がれたり、猿轡をされたりはしない。ただ入り口に向かって、座らされているだけだ。

何か、訊きたいことがあるのだろう。

そう考えざるを得なかった。

吉郎を捕らえた男が窓辺に立つ。街灯の明かりに横顔が浮かんだが、半分は長い髪に隠れている。記憶をたどる助けにはならなかった。運転手の方は声も出さず、吉郎の背後にいるのでなんともいえない。

「なんのつもりだ……年寄りに、こんな真似を」

すると窓辺の、長髪の男がフッと笑った。

「その辺の、散歩が趣味の好々爺《こうこうや》みたいな振りするのはよしなよ。似合わないよ……仏のギンさん」

首筋から肩に、チリッとした刺激が広がっていった。

その名を知っている、お前は誰だ。

「まだ、俺が誰だか、思い出せないみたいだね」

だが答えるより前に、物音に意識を奪われた。ドアの外、重たい足音。誰か上がってくるのか。いや、上の階から下りてくるようにも聞こえる。

ドアにはまった曇りガラスに、黒い人影が映り込む。ノブが軋《きし》みながら回り、錆びた蝶番《ちょうつがい》が、ゆっくりと金切り声をあげる。

少し太った男が、そこに立っていた。背は高くない。百六十センチ台半ばか。

一歩中に入り、後ろ手でドアを閉める。

黒っぽい作業ジャンパーに、同系色のズボン。回り込んだ街灯の明かりに浮かぶ、灰色の短髪。

ひょっとして、この男が――。

「……久し振りだな、元締め」

驚いた。この声にも聞き覚えがある。でも、いま目の前にいる人物には見覚えがない。少なくとも今の時点では、心当たりがない。

短い白髪頭で小太り。年の頃はおそらく、吉郎と同年配。だとすると顔見知りかどうかより、心当たりは別にある。

「あんたが……岩谷か」

すぐには答えず、男は数秒してから首を捻った。両手をジャンパーのポケットに入れる。

「そう、ともいえるし、そうじゃねえ、ともいえる……何をもって岩谷とするか、ってことだろ」

なるほど。そういう世界の話か。ならばこっちも態度を改める必要がある。

「……つまり、登記にある『岩谷秀克《ひでかつ》』という人物は、すでに実体のない、書類上の役名ということか」

男は、肩を震わせながら頷いた。

「そう……昔は、あんたもよくやったろ。殺して埋めて、書類書き換えて権利だけもらうっていう、あれ。俺は今、その真似っ子をしてるだけだよ」

厳密にいったら違う。吉郎は、不動産ほしさに人を殺したことなどない。不当に奪われた物権を取り戻すために、仕方なくやったことがある、という程度だ。

「じゃあ、高山和義を殺したのも、不動産のためか」

「それだけじゃない。あれには、あんたらへのメッセージって意味もあった」

「なんの」

「欠伸のリュウ……奴が生きてるなら出せ、って意味だよ」

いま分かった。この男が誰なのか。

「お前、ひょっとして……」

かつての歌舞伎町セブンにおいて「第一の目」を担った男。

当時はこんなに太っていなかったし、白髪頭でもなかった。だが声の印象というのは、案外変わらないものだ。記憶の中の男と、今ここにいる男とがぴったり重なり合うのに、もうさほど時間はかからなかった。

「ようやく思い出したか……なあ、リュウは生きてるんだろう。あんたが育ててる娘、ありゃ、リュウとマキコの子供じゃねえか。リュウは生きてて、だからあんたに娘を託したんだろう。じゃなかったら、あんなガキは施設にでも放り込みゃいいんだもんな」

なんだ。こいつらがリュウの死を疑っているのは、吉郎が杏奈を育てているからなのか。その程度の根拠なのか。

どちらにせよ、吉郎にはかぶりを振るほかない。

「リュウは死んだよ。あのビル火災で……お前が今、生きてここにいることの方が、あたしには信じ難いよ」

男は小さな目を閉じて頷いた。

「まあ、俺だってあんたがそう簡単に口を割るとは思っちゃいないよ……おい、用意しろ」

急に背後が慌しくなり、紙袋を摑んだり、何かの金具を弄《いじ》ったりする音が幾重にも重なった。

運転手が吉郎の足元にひざまずく。ふとよく知った臭いを嗅いだ気がしたが、それについて考える暇は与えられなかった。左の靴下を脱がされ、瞬間接着剤で、床に直接足の裏を貼りつけられる。

長髪の男が、手に金槌と箱を抱えて近づいてきた。目の前まできてしゃがみ、吉郎の左足の親指を押さえながら見上げる。

「喋りたくなったら、いつでもいいから喋ってよ。こっちはこっちで、勝手にやってくから……一応、釘はいっぱいあるけどさ」

ザクザクと、床に置いた厚紙の箱を揺する。一本、四、五センチはありそうな銀色の釘が、巨大なステンレスタワシのように、箱の中でひと塊になっている。本数にしたら数百本といったところか。

「でも、全部は打たないよ。面倒だから。だから、できれば途中で喋ってもらって……じゃなかったら、最後は鉈《なた》かなんかで、ガツンとやっちゃうけどね」

一本目が、左足親指の、爪の部分に立てられる。

すぐさま、金槌が振り上げられる。

勢いよく下ろされたそれは、的確に釘の頭を捉えた。

「ンギッ……」

爪を貫通し、衝撃はすぐ、指の骨に突き当たった。

「アァァ……アッ……」

刺さった、というよりは、指ごと潰されるような痛みだった。親指の爪全体が内側に陥没し、周りの皮膚を巻き込みながら激痛の坩堝《るつぼ》へと引きずり込まれていく。顔が熱くなったのは一瞬だけで、すぐに脂汗と怖気《おぞけ》が噴き出してきた。

また別のところに打つのかと思ったが、長髪の男は、同じ釘の頭にもう一度、金槌を振り下ろした。

顎がはずれるほど叫んだ。自分の悲鳴で鼓膜が麻痺し、視界は見たこともない極彩色に点滅した。

始めた。みたび振り上げられた金槌の動線が斜めに傾《かし》いで見えた。

年配者には酷な、拷問の始まりだった。

3

年末、上岡たちが「エポ」を訪れたあと、陣内はすぐ市村に連絡を入れた。

「最近、上岡が連れている三十歳くらいの男の素性を洗ってくれ。背は百七十五センチ前後、瘦せ型。髪の毛は普通くらいで、ちょっと癖っ毛だ。顔は、唇が厚い他は、あまり特徴がない。強いていえば、面長か。あと鼻の右……いや、左脇にホクロがあるが、まあ、それはよほどちゃんと見ないと分からないかもしれない」

市村は電話口で、低く笑いを漏らした。

『……俺を使うってこたぁ、あんたもそれなりに腹を括ったと思っていいんだよな』

「ああ。俺にできることがあれば……場合によっては、協力する」

『協力じゃねえ。復帰だ』

「……分かった。場合によっては、復帰してもいい」

『そういうことだ……また連絡する。あんたは下手に動くな』

だが年が明けても、すぐには連絡がなかった。ようやく市村からかかってきたのはもう十日を過ぎた頃だった。一応、直接会って話をすることになったが、歌舞伎町だとまた誰につけられるか分からないので、西口の京王プラザホテルに部屋をとるという。尾行に注意して別々に入れば危険はない、というのが市村の読みだった。

指定されたのは八階の部屋。ドアをノックすると、しばし間があってから背後、真後ろのドアが開いた。

振り返ると、市村はそっちに立っていた。

「……ずいぶん手の込んだことをするんだな」

「基本的な用心だよ。入れ」

向かいのそこは、わりと広い部屋だった。濃い木目調の壁に、ラクダ色のカーペット。大きな窓には、これも用心のためかカーテンが引かれている。白いカバーのかかったベッドが二つ。市村はその足元に並べられた応接セットの一人掛けに腰を下ろした。

「とりあえず、あんたの用件から済ませるか……見ろ」

内ポケットから出した写真の束を、小さなテーブルに置く。暗かったので、陣内は壁際まで持っていって、傘付きスタンドの明かりに照らして見た。

最初のアップ二枚を見て、この男だと思った。上岡と一緒に写っている写真も二枚あり、間違いないと確信した。そこまではよかったのだが、五枚目を見て、急に血の気が引いた。

「……警官なのか」

少し離れたところから撮影されたものだが、警察官の制服を着て立っているのが同じ人物であることは充分認識できた。

市村が頷く。

「新宿署地域課三係、オガワユキヒコ巡査部長。三十五歳。新宿には去年の秋に配属されたばかりだそうだ」

陣内が何もいわなかったのは単に驚いたからだが、市村はそれを、調査結果に対する疑問ととったようだった。

「……間違いねえよ。内勤の、事務のおばちゃんを使ったんだ。娘がデリヘル嬢でな。それが署でバレねえか毎日ヒヤヒヤしてる。俺の振った仕事でチョンボできる立場じゃねえんだよ」

字を確認すると「小川幸彦」と書くようだった。

「小川……って、まさか」

市村はかぶりを振った。

「それはまだ分からねえ。もうちょっと待っとけ」

それにしても、あれが警察官だったとは。思い出すだけで、額に冷たい汗が滲んでくる。

市村が、陣内の手元を指差す。

「この警官が、歌舞伎町セブンと、欠伸のリュウって、はっきりいったのか」

「いや、訊いたのは上岡の方だ。この小川は、ずっと黙ってた」

「だったらよ、そうだ、俺が欠伸のリュウだ……っていって、ぶっ刺してやりゃよかったじゃねえか」

悪いが、冗談に付き合える気分ではない。

無視して続ける。

「一体なんのつもりなんだ。……そもそも、あの上岡ってフリーライターは何を企んでるんだ。まさか、岩谷の手先だなんてことはねえだろうな」

市村も首を傾げる。

「あちこちにコラムやら、歌舞伎町関連のレポートやらを書いちゃいるが、別に怪しいところはない。もとはテレビマンだったみたいだが、病気が原因で退職してる。組関係にも顔が利くし、行政俺も一度だけ事務所に入れて話をしてやったことがある。最近じゃ、再開発話に絡んで、行政ににまで入り込んでるらしいじゃねえか。……岩谷とグルってのは、ちと考えづれえけどな」

そんなもの、なんの説得力もない。

「行政が綺麗好きとは限らない。そんなことは、お前が一番よく知ってるだろう」

「……違えねえ」

小川と上岡の調査はさらに続行するとして、市村は話にひと区切りつけた。

「そらそうと、斉藤のジジイとここ何日か連絡がとれねえんだが、あんたなんか知ってるか」

陣内は短くかぶりを振ってみせた。

「いや、何も知らない。店にはいってみたか」

「出てきてない。遠目から見た限り、杏奈にも事情が分からねえようだったぜ。眉をこんなにして、あちこち捜し回ってる」

いいながら、眉根をつまむ仕草をする。

「何日かって、正確には何日だ」

「十日の夜に商店会の新年会があって、それに出席したことは確認できてる。その後ってなると、だからかれこれ……」

今日は十三日。もう三日も経つ勘定になる。

その夜も「エポ」は普通に開けた。客も通常通り入っていた。

いつものように、アッコが出勤前の腹ごしらえにきている。

「またこんな、あたしの大好物なんか作って……なに、ジンさんはあたしを、今よりもっと太らせたいわけ」

今夜は豚の角煮だ。

「いや、そういう日に限って、アッコがくるんだよ。不思議だよなぁ」

しかし好物というわりに、食べ始めてもアッコの表情は冴えない。

「あれ、どうしたの。なんかあった」

すると、うんと頷く。

「なんかさ、うちのお店、なくなっちゃうみたいなんだよね。よく分かんないんだけど、急に、立ち退かなきゃいけなくなったみたいでさ……ケツ持ち、金田組なんだけど、この件に関しては、全然役に立たないらしくて。参っちゃったよ……あたしみたいなデブ、他に使ってくれる店なんてないと思うんだ」

まさか、これも岩谷の仕業か——。

大丈夫、アッコなら他の店でもやっていけるよ、などと慰めていたら、携帯が震え始めた。

「……ちょっとゴメン」

棚に、タバコと一緒に置いていたそれを取る。小窓には「杏奈」と表示されていた。あの、一番街で尾行された夜以来、彼女とは会っていない。そもそも頻繁に連絡をとり合う仲でもなかったが、このところは特に意識して会わないようにしていた。信州屋にも顔を出さなかったし、あの界隈をウロつくことも控えていた。

だが市村から聞いた、吉郎の姿が見えないという話は気になっていた。それと関係があるかもしれない。出ないわけにはいかない。

「もしもし」

最初に聞こえたのは、引きつけるような息遣いだった。

泣いているのか。

「杏奈ちゃん、どうした」

息と息の間に呻き声がはさまるだけで、なかなか言葉にならない。

「どうした。なんかあった」

ひと呼吸置いたのち、一気に慟哭《どうこく》が溢れ出した。

その勢いに、言葉も押し出されてきた。

『お……おじいちゃん、が……』

「吉郎さんが、どうかしたの」

しかし、またそのあとが続かない。

「吉郎さん、どうしたの。今いるの？」

帰ってきたのか、まだなのか。無事なのか、そうではないのか。訊いても杏奈は答えない。このままでは埒が明かない。

『……ジンさん』

ようやく、そう聞きとれた。

「うん、なんだい」

『きて……助けて』

高熱と悪寒が、同時に体内を駆け巡った。

悪戯《いたずら》と大差はなかったが、陣内の周辺に尾行騒ぎがあったのは事実だ。「歌舞伎町セブン」「欠伸のリュウ」というキーワードが、与《あずか》り知《し》らぬところで流布《るふ》し始めているのも被害妄想などではない。

何者かが、自分たちに接触しようとしている。それも背後から迫る黒雲のように、悪意と災いを引き連れてくる。

こんな状態で、杏奈に会って大丈夫なのか。

『お願い……きて』

だが、今いかなければいついく。自分はなんのために歌舞伎町にいる。杏奈のためじゃないのか。杏奈に何かあったらすぐ駆けつける。そのために自分は、この街にしがみついてきたんじゃないのか。

『助けて……ジンさん……』

電話と反対の拳を握った。

とにかく、今はいこう。何かあったら、そのときまた考えればいい。

「分かった、すぐいく。玄関の鍵閉めて、待ってて」

携帯を閉じると、アッコはすでに皿を空にしており、財布から千円札を出していた。

「分かってる。臨時休業にすんだよね」

「ああ、すまない。またきて」

アッコは無理矢理な笑みを浮かべながら、階段口に放り出した毛皮のコートを拾いにいった。


焦ってはいたが、慌ててはいなかった。まずドン・キホーテに走って、変装道具をそろえた。ニット帽、伊達《だて》眼鏡、付《つ》け髭《ひげ》。ジャンパーはメタリックグリーンのスカジャン、ボトムは迷彩柄のバギーパンツにした。

買い物中も尾行には注意した。商品棚を利用して何度も背後を確認した。会計を済ませ、隣の隣のパチスロのトイレで着替えた。

靖国通りでタクシーを拾い、池袋方面に向かわせた。運転手は明治通りまでいかず、区役所通りを左に曲がって鬼王神社前に抜けていくルートを選択した。予想通りだった。だがむろん、池袋になどいく用事はない。急用を思い出したから降ろせと怒鳴り、釣りはいいからと二千円押しつけて路肩に寄せさせた。

あとは歩きで二分ほどだ。

コインパーキングの角を曲がって、正面に見えるマンションがそうだ。慌てず、周囲の様子に気を配りながら進む。だが夜七時半。ここは歌舞伎町といっても住宅街の部類に入るので、人通りはほとんどないに等しい。

マンションの玄関まできた。さして新しい物件ではないが、それでもオートロックとインターホンは設置されている。テンキーで「七〇七」、続けて呼び出しボタンを押す。

応答は意外なほど早くあった。

『……はい』

「杏奈ちゃん、驚かないで、陣内です」

ちょっとだけ眼鏡をずらしてみせる。

『はい、今、開けます……』

ガラスドアのロックがモーター音と共に解除される。陣内は最小限の幅だけ開けて中にすべり込み、エレベーター前に進んだ。上の階から下りてくるのを待つ間、ずっと外に目をやっていたが誰かが追ってくる様子はなかった。到着した昇降機の中にも人はいなかった。

一人で乗り込み、七階を押す。

インターホンの応答に限っていえば、杏奈は多少冷静さを取り戻しているようだった。だとすると、ますます何に取り乱していたのか分からなくなる。でも、あまり考えないようにした。いけば状況は分かる。それよりも今は、トラブルなく杏奈のところにまでたどり着くことが先決だ。

エレベーターを降り、あとは内廊下を進むだけだ。曲がり角は突き当たりにあるだけで、七〇七号室までの間に身をひそめるような物陰はない。だが念のため、その突き当たりまでいって誰かいないか確かめた。誰もいなかった。この出入りを誰かに目撃される心配はない、と今は思いたい。

七〇七号の前まで戻ってチャイムを押す。

即座にロックが上がり、答える声もなくドアは開いた。

杏奈――。

前のめりに扉を押し、見上げるようにして向けたその顔には、負の感情が何色も入り交じって見えた。不安、悲痛、恐怖。それと、ある種の狂気も。いや、それはただ、髪の乱れがそう見せているだけかもしれない。

陣内が入った時点では、室内に特に変わった様子はなかった。照明は廊下にもその先のリビングにも灯っており、危険を感じる要素はこれといってない。杏奈の足取りはおぼつかないが、だからといって支えが必要なほどでもない。二人で順番にリビングに入る。

奥の窓際にはソファセットが並べられている。右壁には和室に通ずる襖《ふすま》と、ソファから見やすい位置に大画面の薄型テレビ。

食事をするテーブルは左手にあった。卓上には小さな段ボール箱が口を開けている。

杏奈はリビングに入ってから、決してそっちには足を向けない。だが目は、ずっと釘づけになっている。

必然的に、テーブルと杏奈の間に、陣内が立つ位置関係になる。

親指で段ボールを指すと、杏奈は小さく頷いた。

なんだ。何が入っている。

開封して無事なのだから、爆弾の類ではないだろう。フタを開けて時限スイッチが入る仕掛けもあるかもしれないが、杏奈の怯え方はどうも、その手の危険に対するものとは別種であるように思える。

近づくと、微かな生臭さを感じた。

血と、腐り始めた肉の匂いだ。

段ボールのフタが花弁のように立ち上がっている。それを前後左右に広げ、陣内は中身を確かめた。

一瞬、それがなんなのかよく分からなかった。

プラスチックの容器の中、それはさらに、ビニール袋に入れられていた。

血はさほどの量ではなかった。杏奈が開けっ放しにしたので乾いてしまったのもあるだろう。むしろそこでは、作り物めいた、皮膚の白さが目立っていた。

手だった。

しかも、掌の上半分だけ。だから、親指がない。人差し指から小指までの四本しかない。その長さから察するに、左手だろうと思われたが、薬指と小指に当たる二本には爪がなかった。第一関節から先がない、といった方が正しいか。

この手の持ち主は、だいぶ前に二本、指を詰めている。

吉郎がそうだった。

陣内はフタをもとに戻し、差出人を確認した。「岩谷秀克」とある。住所は「歌舞伎町二丁目四十七‐四」となっているが、歌舞伎町二丁目は確か、四十六番までだ。当然、その下に書かれている電話番号もデタラメだろう。

今一度中を見る。触《ふ》れたわけではないが、本物であるのは間違いなさそうだった。死体は過去に嫌というほど見てきたし、その切断経験もある。疑いの余地はなかった。

改めて杏奈に尋ねるまでもない。

吉郎が、左手を切断された。むろん、それだけで死亡が確定するわけではない。たとえ両手両脚を失ったとしても、まだ生存の可能性は充分残る。だが、生きながらにして切断されたのなら、なおさら相手が吉郎を生かして帰してくれるとは考えづらい。こういうことを平気でする相手であることを勘定に入れれば、安っぽい生存説を唱えたところで意味はない。

吉郎は、死んだ。そう考えるべきなのかもしれない。

段ボールの陰に隠れていて気づかなかったが、テーブルの上には白い封筒があった。宛名や差出人は書かれていない。

「杏奈ちゃん、これは」

振り返ると、杏奈はソファに腰を下し、組んだ拳に額を預けていた。ゆっくりと顔を上げ、陣内の手にあるものを確かめる。

「……中に、入ってた」

「読んだかい」

そっとかぶりを振る。読んでいいかと訊くと、同じふうに頷く。

封筒の中には、名刺大のカードが一枚入っていた。

【リュウ　次はお前だ】

雑な筆文字で、そう書いてあった。

すぐ市村に連絡をとった。

「いま吉郎さんのマンションにいるんだが、至急あの二人をよこしてくれ」

『あの二人って』

「ミサキとジロウだ」

『何かあったのか』

「ああ、大ありだ」

電話の向こうで、市村が眉をひそめるのが見えるようだった。

『事情を説明しろ』

杏奈はいま自室で休んでいるが、念のため壁際に寄って口を囲う。

「……今日の夕方、ここに荷物が届いた。十五センチかそれくらいの、真四角の段ボール箱だ。中には……吉郎さんの、手が入ってた」

さらに詳しく説明し、メッセージカードが入っていたことも付け加えた。

『要するに、岩谷が的にしてんのは、あんたってわけか』

本意ではないが、認めざるを得ない。

「どうも、そのようだな」

『そのようだじゃねえぞ馬鹿がッ』

市村はひと呼吸置いてから続けた。

『それが杏奈のところに届けられて、呼び出されてまんまと喰いついて、当然そこにゃ見張りだっていただろう。もうあんた、袋のネズミだぜ』

「そういうこともあろうかと思って、一応変装をして入った」

『だとしても、そんなところにみすみす二人をやれるかってんだよ。貴重な〝手〟なんだ……そういうの、なんていうか知ってるか。火中の栗を拾うってんだよ』

ずいぶんと手前勝手な言い草だ。ついこの前まで、復帰復帰と喚《わめ》いていたくせに。

「そんなこというなよ。頼むよ。他に頼れる奴がいないんだ……それに、この前の話じゃ、例の尾行はお前につけられてたわけだろう。お前だって、きっちり輪の中に入ってるんだぜ」

『知るか。あんたが出てって、焼かれるなりなんなりすりゃいいんだ。赤の他人に火の粉かぶせんじゃねえよ』

言霊《ことだま》か。陣内の脳裏にも火の粉が散った。

「そうか。お前が二人をよこさないなら、仕方ない。俺が自力で杏奈を連れ出す。だがそうしたら、俺はもう二度と歌舞伎町には戻らないぞ。この街がどうなろうと、岩谷がその後に何をしでかそうと、俺は一切関知しないからな」

そこまでいうと、ようやく市村は溜め息を漏らし、譲歩を示した。

『……分かったよ。ひょっとしたら、どっちか一方になるかもしれねえが、向かわせるよ。部屋番号は七〇七でよかったな』

「ああ、頼む」

インターホンが鳴ったのは、それから小一時間した頃だった。

応答すると、モニターに映ったのは長い髪の女性だった。大きな丸いサングラス、濃い口紅。ファー付きの派手な毛皮の襟も見える。

『……あたしだよ』

大した化けっぷりだと思った。

すぐにオートロックを解除し、上がってくるのを待った。

ドアスコープで今一度確認し、ドアを開ける。ミサキは足元に大きなスーツケースを置いていた。

「……案外かかったな」

「勝手なことというなよ。急に、変装して助けにいってやってくれっていわれたってね。あたしだって別に暇なわけじゃないんだ」

「仕事、何かしてるのか」

ミサキはサングラスをはずしながら鼻息を吹いた。

「教えないよ」

意外だった。きちんと化粧をしたミサキは、それなりに「女」に見えた。

「……なにジロジロ見てんだい」

「いや、別に」

「あんただって、相当イカレた恰好してんじゃないか」

「分かってるよ……それより、見てくれ」

例のものを見せると、さすがのミサキも顔をしかめた。

「ひでえことしやがる……これがあのジイさんの手だってのは、間違いないのかい」

「ああ。さっき出してみて、確かめた。作り物でもなければ別人のものでもない……とにかく、俺とは別に、杏奈をここから連れ出して、安全なところに匿《かくま》いたい。協力してくれ」

「分かってるよ」

それから杏奈を呼び、ミサキを紹介し、事情を説明してから、スーツケースに入るよう指示した。もともとそういう用途のために作られたものなのか、フタにちゃんと空気穴が開けられているのには驚いた。

「いいかい、閉めるよ」

「待って……」

杏奈は今一度手を出し、フタを支えていた陣内の腕に触れた。

「ジンさんも、すぐきてくれるんだよね」

「ああ、すぐいく。大丈夫だよ」

「ジンさんは……いなく、ならないよね」

「ああ、必ずいくから。この人に任せれば、大丈夫だから」

ゆっくりフタを閉め、ロックをかける。

ミサキは、嫌なものを見てしまったとでもいいたげに、顔をしかめていた。

「……まるで、恋人同士だね」

陣内はひと睨みし、口元に指を立ててみせた。

余計な話はするなと、近くにあったメモ紙に書いて見せた。

ミサキは、馬鹿にした顔をしながらも、一応頷いていた。

4

幸彦が斉藤吉郎の不在を知ったのは、十二日の夜のことだった。

第一当番を終え、地域課の同僚らと東口の居酒屋で飲んでいるときに、上岡から電話が入った。少し話せないかという。幸彦は了解し、電話を切ってから用事ができたことを仲間に伝えた。女かと冷やかされたが、四谷署時代の先輩だといって誤魔化した。

上岡はすぐ近くの喫茶店にいた。談話室タイプの落ち着いた店だった。上岡はいつになく険しい表情をしていた。

「どうしたんですか、急に」

向かいに座りながら訊くと、上岡は辺りを気にするように視線を配りながら、テーブルに身を乗り出してきた。

「……商店会長の、斉藤吉郎が消えた」

その「消えた」のひと言で幸彦にもスイッチが入った。父の死の延長線上にある、奇怪な現象の一つと認識できた。

「いつからですか」

「十日の新年会のあとらしい……マズいよ。俺、その夜も吉郎さんとは最後まで一緒だったんだ。高山さんの一件もあるしさ。刑事課が行方不明事案として取り上げるようなら、ちょっと俺、印象悪いよね。怪しいよね」

そうはいいながらも、上岡は決して困っているふうではなかった。むしろ何かを期待するように、目を輝かせている。

「僕、明日は第二当番なんで、午前中にそれとなく探ってみましょうか」

第二当番とは昼過ぎから翌朝までの、いわゆる夜勤だ。

上岡はあからさまに表情を明るくし、頷いた。

「そうしてくれると助かるな。吉郎さんは、花道通りの真ん中辺りで、信州屋っていう酒屋を経営してる。居酒屋じゃなくて、本当の酒屋な。お酒を瓶で売る、酒屋さん。でも、昨日今日と店に出てないし、携帯も通じない。店に電話しても留守だっていう。自宅に電話しても出ない。商店街協力会の人に訊いても、連絡がとれなくて困ってるっていうんだ。とりあえず手始めに、その信州屋を当たってみてよ」

そう捲《まく》し立《た》てられると、少なからず反発を覚える。

「でも……お店に顔が利く分、そういうのは上岡さんの方が適任なんじゃないですか」

しかし上岡は、鼻筋に皺を寄せてかぶりを振った。

「それが駄目なんだよ。留守を預かってるのは孫娘の杏奈って娘なんだけど、俺、完全に嫌われちゃってんだよね。この前の新年会も、上岡がくるならいかないって、彼女がいったとかいわないとか……だからさ、そこんとこ上手く聞き込んできてよ。場合によっちゃ、警察官だって明かしたっていいじゃない。行方不明なら協力するとかなんとか」

納得はできないが、まあ、ある程度の理解はできた。

身代金目的の誘拐ということも考えられたので、それとなく署内を探ってみたが、そういった気配は一切なかった。その手の特殊犯事案は原則的に警視庁本部の扱いになるが、だからといって所轄署がまったくノータッチでいられるものでもない。詰め所を提供したり、前線基地の設置に手を貸したり、裏付け捜査に走ったりと、やることは山ほどある。だが現状、新宿署刑事課にその手の動きは見られなかった。

ならば、個人で動いても問題はないはずである。

幸彦は予定通り、翌十三日の午前中に信州屋を訪ねた。

杏奈は二十一歳。細身の、ちょっとキツい目をした美人と上岡から聞いていたのですぐ分かった。十時の開店に合わせて棚を設置し、展示用だろう木箱に入ったワインボトルを並べ、オススメを書いた黒板をそこに立てかける。緑のエプロンをし、額に汗して働く姿には好感が持てた。オレンジのバンダナも、色白の彼女にはよく似合っていた。

開店準備が一段落した辺りで店に入った。いらっしゃいませ、の声が溌剌《はつらつ》としていて耳に心地好かった。店内を見回すと、杏奈の他にもう一人男性従業員がいた。幸彦は彼に気づかれないよう、レジで伝票か何かに記入している杏奈に接近した。

「すみません」

「はい、いらっしゃいませ」

パッと笑顔を咲かせはするが、目の動きの鈍さはまるで隠せていなかった。前夜にだいぶ泣いた。そんなふうに見えた。

「恐れ入ります。私、こういうものです」

上着の襟で隠しながら、警察手帳を提示する。

杏奈は綺麗に整えた眉を寄せ、少し睨むようにして幸彦を見た。ひょっとして、警察と聞いただけで機嫌が悪くなるタイプか。

「……何か」

「お祖父さん、斉藤吉郎さんの行方が分からなくなっている、というような噂を耳にしました。もしそうなら、何かお力になれないかと思って」

彼女は、やんわりと目を逸らした。警察がなぜ、という疑問が脳内に渦巻いている。そんな様子が透けて見えるようだった。

「商店会長が行方不明、というのは間違いないですか」

「ちょっと……留守が続いてるだけです」

「行き先は把握してらっしゃる？」

それに対する答えはなかった。

「よくあることなんですか。こういうことは」

またちらりと幸彦を見る。

「そんなの……警察の人に関係ないじゃないですか」

「よくあることではないんですね」

すると意外にも、うん、と頷く。

「……なんの断りもなしに、というのは……なかったです」

「ではやはり、普段とは違う留守が続いている、というのは間違いないんですね」

幸彦たちのやり取りを不審に思ったのか、男性従業員が覗き込むように近づいてきた。だが杏奈がかぶりを振り、大丈夫よ、と小声で告げると、彼は一礼し、また自分の持ち場に帰っていった。

杏奈は深く息をつき、肩を落とした。

「もう少し、様子を見ます。こんな街だからって、何もかもが危険なわけじゃないです。いい大人が三日帰ってこないくらいで、そんなに騒ぐのもどうかと思います」

三日帰ってこなければ、普通は騒ぐ。それを大したことではないと考える方がどうかしている。やはりこの街は、どこか狂っている。

幸彦は杏奈に、個人の携帯番号を書き加えた名刺を渡した。何かあったら連絡をください。そういって店を辞した。


だが、その杏奈も十四日には姿を消した。

上岡によると、この日はまったく店に姿を現わさず、いつも昼間に勤務している男性と、もう一人夜のシフトに入っている男性の二人で店を開けたという。上岡は男性店員とも顔見知りなので、とぼけて「杏奈ちゃんは?」と訊いたらしい。すると、今日は休みだといわれ、さらに明日なら出てくるかと訊くと、しばらく休むことになる、との回答を得たという。

夜勤明け、午後四時に上岡と待ち合わせた。セントラルロード沿いにある、やはり談話室タイプの喫茶店だった。上岡の向かいには、幸彦の知らない男が座っていた。短髪で、眉を細く整えた、有り体にいえば元ヤン風の青年だ。

幸彦は頭を下げながら上岡の隣に座った。

「紹介するよ。こちら、モトジマアキラくん。商店街振興協力会青年部の副部長。こちらは、小川幸彦さん。新宿署の方」

互いに会釈を交わす。

「アキラくんは杏奈ちゃんとも仲良くてね。さっきも連絡とったたっていうんだ。杏奈ちゃんは電話にも出るし、どうやら無事らしい」

アキラが「いやいや」と割って入る。

「会長も、きっと一緒なんじゃないですかね。なんかそうはいえない事情があって、そんで杏奈ちゃんを呼び出して、合流して……そういうことなんだと、俺は思うんすけどね」

上岡が怪訝顔でアキラを見る。

「でも杏奈ちゃんは、吉郎さんと一緒だとはいわなかったんだろう」

「ええ、そうはいってませんでしたけど……でも、あたしは無事だから、心配しないでって……それと、これはちょっと、内緒っぽい言い方だったんですが」

すかさず「ぽい、って何」と上岡がツッコミを入れる。

「いや、だから、内緒にしてくれとはいわれなかったですけど、なんか、声ちっちゃくする感じっていうか。こうして、あのね、実はね、みたいな」

要は、秘め事っぽい雰囲気があった、ということらしい。

「うん、だから何」

「ええ。杏奈ちゃん、実は、ジンさんと一緒みたいなんすよね」

ピン、と一本の線が、幸彦と上岡の、互いの目と目を行き交った。

「あっ……やっぱこれ、いっちゃマズかったかなぁ」

「いや、いいよいいよ、大丈夫。俺も、杏奈ちゃんがジンさんと一緒だっていうなら、心配いらないと思うし。……なに、杏奈ちゃんが、自分でいったの」

「そうです。ジンさんと一緒だから、ほんと心配ないからって」

幸彦の頭の中で、何かが繋がり始めていた。


陣内陽一を「リュウさん」と呼んだ斉藤吉郎は行方をくらまし、だが同じように姿を消した斉藤杏奈は、陣内と行動を共にしていると本嶋明に知らせていた。

この暴露は、陣内にとってどうだったのだろう。杏奈を連れているということは、知られてもいいことだったのか。あるいは絶対に知られてはならないことだったのか。

祖父の留守中に、親子ほども年の離れた男と外泊する。そんな冒険を杏奈は、同年代のアキラにだけ、ちょっと誇ってみた。そういうことならいい。別に幸彦がどうこう口をはさむ問題ではない。

ただ、もっと別の理由や事情があるとしたらどうだ。

二人が行動を共にしていることは秘密だった。なのに杏奈は迂闊にもアキラに洩らした。そうと知った陣内はどうする。杏奈を責めるのではないか。逆上し、傷つけるのではないか。それが最悪の事態に発展する可能性もないとは言い切れない。もっといえば、吉郎も同じ目に遭ったのではないか。つまり、殺されてしまった——。さらにたどっていけば、それは高山町会長の件にも、父の件にも通じているのではないか。

一連の事件の背後にいるのは、陣内陽一。

それはあまりにも、穿った見方だろうか。

翌週の月曜。朝稽古を終えて道場から出てくると、講堂の戸口で誰かに声をかけられた。見ると、ドアの中で副署長の三上《みかみ》警視が手招きをしている。念のため自分を指差してみると、そうだと頷く。

「はい、なんでしょう」

幸彦が講堂に入ると、三上は人目を忍ぶかのようにドアを閉めた。六十手前という年でも、組み合ったら幸彦では負けてしまいそうなガッチリ体形。おぞましい想像が脳裏をかすめたが、三上の第一声はそれをも掻き消すに充分な重みを持っていた。

「小川巡査部長。単刀直入に尋ねるが、君は昨今、どんな理由があって歌舞伎町で聞き込みなどをしているのか」

あ、と漏らしただけで、幸彦はまともな受け答えができなくなった。

「君が元区長の子息であることは承知しているし、だからこそいったん地域課に配属し、君が新宿署で何をやりたいのか、こちらとしては様子見をさせてもらう腹積もりだった。だが君はあろうことか、なんの権限もなく刑事の真似事を、それも父上の亡くなられた歌舞伎町でし始めた。一体、これはどういうことなのか」

三上が窓辺に移動する。すっかり明るくなった朝の新宿を、ブラインド越しに眺める。

「君は、単に父上の死の真相を知ろうとか、その程度の考えなのかもしれないが、私が知る限り、亡くなられる直前の父上には、少なからず……まあ、よからぬ噂の類が、あったわけだよ」

直感的に思い浮かんだのは、あの、東警部補の言葉だった。

――まあ、ほどほどにな。何事も度が過ぎると、足元をすくわれるぞ。

これがそうなのか。

父に関する「よからぬ噂」とは、なんだ。

5

市村が杏奈のために用意したのは、新宿七丁目にある小さなビルだった。一階が貸店舗、二階と三階がオフィス。だが現在は完全なる空き家。権利関係が整理でき次第とり壊す予定だが、あいにくオーナーは脱税絡みで地検に追われており、連絡がとれない。あと二、三ヶ月はこのままだろうから、その間は自由に使っていいということだった。

最初はカーテンも暖房器具もなかったが、ミサキが意外なほどあれこれと世話を焼いてくれたお陰で、それなりに過ごせる環境が整った。

「すまなかったな。足りない分は、また今度払うから」

陣内はとりあえず、財布から二万円抜いて渡した。

「当たり前だろ。使いっ走りさせられた挙句に、代金踏み倒されて堪るかってんだよ」

杏奈も頭を下げる。

「ありがとう、ございました……いろいろ、お世話になりました」

あまり、こういう役回りには慣れていないのだろうか。ミサキは変に難しい顔をして頷いた。

「……お前も、あの街で生きていくんなら、もっとタフにならないとな。体を売る気がないんなら、他に何か武器を持て。いつも男が守ってくれるとは限らないんだぞ」

そういって懐から小型のオートマチックを出し、グリップを向けたが、杏奈はかぶりを振って受け取らなかった。ミサキは「冗談だよ」といって引っ込めた。

「……じゃあな」

捨《す》て台詞《ぜりふ》のようにいい、さっさと出ていく。マンションからの脱出に使ったトランクや変装用具はここに残していくようだった。

陣内も戸口までいき、すぐ鍵をかけた。


幸い給湯室は活きていたので、カップラーメン程度の食事はできた。杏奈は「今日はいい」と遠慮したが、その気になればガス湯沸器もあるので、簡単に体を拭くくらいはできるだろう。

「ありがとう……おやすみ、ジンさん」

ソファで丸くなった杏奈が、ゆっくりと目を閉じる。

マンションにいる間もここにきてからも、杏奈は終始怯えた様子だったが、ようやく今、少しだけ安堵したように頬をゆるめた。

「ああ。おやすみ」

明かりを消し、陣内もテーブルに足を載せ、一人掛けのソファで休む姿勢をとった。ちなみに窓は、カーテンに加えてさらに段ボールでも塞いである。極力、照明の有無は外から分からなくしてある。

それでも、しばらくすると目が慣れ、ぼんやりとだが室内の様子が見えてくる。換気扇の羽の隙間、段ボールの縁、入り口ドアと枠の間からも、ほんの少しだが外光が染み入ってくる。

青白い、杏奈の寝顔。このところ益々、死んだマキコに似てきた。

あのまま、マキコと二人で杏奈を育てていたら、どうなっていただろう。ここまできちんとした娘に育てられただろうか。正直、その自信はない。そういった点では、吉郎にはいくら感謝してもしきれない。いや、自分は吉郎に世話になりっぱなしだった。

若い頃から、ずっと。


記憶にあるいちばん古い住居は、池袋二丁目辺りにあった木造アパートだ。その後の区画整理と再開発で、正確にはどの辺だったかまったく分からなくなってしまったが、四十数年前のあの辺りは、オンボロの二階家ばかりが建ち並ぶ、実に薄汚い町だった。

父親はいなかった。母親は、昼間はずっと寝ており、夜になると働きにいき、朝方帰ってきた。街娼だったのだと思う。きちんと店に勤めている様子はなかった。うろ覚えだが、電柱に寄りかかってタバコを吹かしている姿を何度か見かけた記憶がある。パーマで盛大に膨らませた髪と、牛みたいな柄のワンピースが印象に残っている。

その次に住んだのが大久保だった。あとはずっと歌舞伎町周辺。思えばこれまで、実にせまい範囲に留まって生きてきたことになる。

あの頃、身の回りの世話を焼いてくれたのはほとんど姉だった。年は五つ上。子供のくせに、いつも眉間に皺を寄せていた。特に母親を見る目が厳しかった。

「たったこんだけで、どうやって茂之《しげゆき》まで食べさせろってのよッ」

泣きながら母親に小銭を投げつける。汁の残りも干涸びたラーメン鉢を蹴飛ばす。母親はタバコを吸いながら、虚ろな目で天井を見上げていた。酔っていたのか、クスリでいい気分だったのかは分からないが、始終ぼんやりしていた。シャキッと正気でいるところなど見たことがなかった。

一応、二人とも学校にはいっていた。学校で見る姉は背も高く、同学年の子と比べるととても大人びて見えた。それを誇らしく思ってはいたが、ただ校内ですれ違っても声はかけてもらえなかった。弟を可愛がるという感覚は、彼女にはあまりなかったように思う。実際、苛められている場面に居合わせても助けてくれなかった。

「ああいうときはね、目玉に爪を立てるんだよ。それから鼻。鼻を、掌で潰すように叩くんだ。そうしたら涙で目が見えなくなる。金玉を蹴飛ばすのは、それからゆっくりやってやればいい」

そんなふうに、あとから助言をくれるだけだった。

姉が客をとるようになったのは、小学校六年のときだったと思う。

「茂之……どっかで夕方まで遊んできな」

その日、母親に五十円渡され、アパートを追い出された。むろん遊びになどいかない。なぜ自分だけ厄介払いされたのか、その理由を確かめるために外から窓を覗いた。

それが初めてだったのかどうかは分からないが、姉の客は小学校の先生だった。姉のクラスの担任。

シミだらけの、薄っぺらい布団の上。仰向けになった姉から一枚一枚衣服を剝いでいく先生は、なぜか今にも泣き出しそうな顔をしていた。姉を裸にし、自身がそうなっても、眼鏡だけははずさなかった。黒縁のそれをしたまま、姉に覆いかぶさる。仰向けの姉の両脚をすくい上げ、抱え込んで、骨の浮き出た背中を波打たせる。

翌日、学校の廊下ですれ違ったとき、あまりにも先生が普通にしているので、少し悪戯心が芽生えた。

「……いくら払ったんだよ」

先生は目を丸くし、こっちにきてくれと図書準備室にいざなった。

「君にも、少し小遣いをあげよう。な？　先生だって、君のお母さんに頼まれて、仕方なく……な？　分かるだろ。これは、つまり人助けでもあるんだよ」

泣き出しそうなくらい喜んでたくせによ、と思ったがいわずにおいた。小遣いはありがたく頂戴しておいた。

だから姉は、中学生の頃にはもう立派な「歌舞伎町の女」になっていた。乱暴な客が多かったのか、よく頬を腫らして帰ってきた。脚の間から血を流していることも、喉元に絞められたような手の跡が残っていることもあった。

畜生、畜生。

姉はよく泣きながら、湿らせたタオルで体を拭いていた。

畜生、畜生。

ポケットから出した何枚かの札を畳に叩きつけ、素足で踏みにじった。

畜生、畜生。

でも気持ちが鎮まると、その場に座り込んで、札の皺を伸ばし始めた。破れていたら、セロテープで補修する。気が向くと、そんな中から一枚差し出してくることもあった。

「……友達誘って、なんか、美味いもんでも食いにいきな」

その頃にはもう、母親はたまにしか家に帰ってこなくなっていた。一週間、二週間戻らないことも珍しくなく、どっかで野垂れ死にしたかと思っていると、ふいに帰ってきたりする。

「返せよ、それはあたしが稼いだ金だろッ」

「ちょっと、ちょっと借りるだけだって……」

テープで繋げた札まで、母親は姉からかすめとっていく。

「フザケんな、このくたばり損ないがッ。テメェで稼げなくなったら、潔く死ぬんじゃなかったのかよッ」

「生意気いうんじゃないよ。お前に商売を教えてやったのは、このあたしだろうが……その恩を、忘れちゃいけないよ」

そしてまた、姉は繰り返す。

畜生、畜生。

母の牛柄のワンピースを切り刻み、今度帰ってきたら殺してやる、と包丁を握り締める。

畜生、畜生。

あんな街、大嫌いだ。男も女も、みんな糞喰《くそ》らえだ。

畜生、畜生。

皆殺しにしてやる。何もかも全部、なかったことにしてやる——。

それでも姉は、歌舞伎町で体を売るしかなかった。

それしか、生きる方法を知らなかったのだ。

大久保のアパートには、徐々に誰も帰ってこなくなった。たまに姉と鉢合わせすることはあったが、母親はまず見かけなくなった。しばらくは姉が家賃を払っていたのか、あるいは誰も払っていなかったのかは分からないが、ある日突然鍵が開かなくなり、中にあった数少ない家財道具は裏の空地に放り出されていた。

四つ足のテレビ、折り畳み式のちゃぶ台、壁に掛けてあった温度計、鏡の割れた三面鏡――。見ると、姉のものは何一つ残っていなかった。自分も必要なものだけ拾って、もう二度とそこには近づかなかった。

一番荒れたのはその頃だったと思う。小学校を出た辺りからの、三、四年。

もう、歌舞伎町をねぐらにするしかなかった。

歌舞伎町でなら、一人でも生きていけた。

酔っ払いの懐から財布を抜きとる。抵抗されたら、そのときは死なない程度に痛めつけてやる。財布からは現金だけいただいて、免許証などは中国人に下取りしてもらう。いいカモが見つからない夜は、二丁目のホテル街にいく。当時「カサブランカ」というラブホテルの裏手にあった、細長い雑居ビル。その二階が、ゲイ専門のホテトル連絡所になっていた。上手く仕事が回ってくればこなすし、回ってこなくても朝までの居場所にはなった。

そんなことをしているうちにヤクザ者とも親しくなり、クスリの売買を手伝うようになった。実際に売るのではなく、取り引き場所の近くで見張りをするという小遣い稼ぎだ。

さすがに覚醒剤には手を出さなかったが、大麻やコカインなら遊びで吸ったことがあった。その夜もコカインを入れており、多少気が大きくなっていた。

「おい、オッサン。ここ、いま立入禁止だからよ」

ゴールデン街のはずれ。見張っていた改装中のバーに、断りもなく入ろうとする男がいたので引き止めた。

「……坊や、やけに威勢がいいな」

「いいからどっかいけよ。顔じゃねえっつーんだよ」

いや、顔じゃないのは自分の方だった。

そう。その男こそが斉藤吉郎だった。当時の二代目平松組若頭。まだ彼も三十になるかならないかだった。

「嫌いじゃないけどね。若さってやつも……」

いきなり腹に膝が飛んできた。その一撃はなんとか喰い止めたが、背中に落ちてきた次の攻撃で息ができなくなった。小さくなって守りを固め、反撃のチャンスを窺ったが、結局そんなものは訪れず、いつのまにか意識は遠《とお》退《の》き、気づいたときには地面に転がされていた。

あとから聞いた話だが、そのとき改装中のバーで取り引きしていた中西《なかにし》という男は元平松組の組員で、しかも吉郎の舎弟だったらしい。中西はある不始末で平松組を破門になったにも拘わらず、以前同様歌舞伎町で商売をしていたため、兄貴分だった吉郎がけじめをつけにきた。たまたまそこで見張りに立たされていたのが自分だった、というわけだ。

「縁が切れているとはいえ、元舎弟のしでかしたことだ。痛い思いさせて悪かったね。……これで、優しい姉さんにマッサージでもしてもらいな」

その日を境に、吉郎とは顔馴染みというか、通りで会えばひと言ふた言交わす間柄になった。

あるとき、自分を子分にしてくれないかといってみたことがあったが、吉郎はかぶりを振った。

「シゲは、極道には向いてない」

「なんでですか」

「芝居ができないからさ。芝居ができないから、すぐ手を上げちまう……極道ってのはね、最後の最後まで、暴力は使わないものなんだ。ほとんどの場合は目で、言葉で、雰囲気で、相手を屈服させる。だってそうだろう。百万稼ぐのに、一人ずつ舎弟がサツにパクられてみな。懲役の間、残された家族の面倒を見るのは組だよ。たった百万のシノギじゃ、そんなことできゃしないだろう。だから、芝居が必要なんだよ。今のうちの組は、名優ぞろいだよ」

それに、と指を立てて付け加える。

「今のシゲは、社会のルールは疎《おろ》か、この街のルールすら守れていない。そりゃ俺だって、社会のルールは守っちゃいないよ。非合法な活動で収益をあげてることは認める。でも、少なくともこの街のルールだけは、守ってるつもりさ」

なんの話をしているのか、さっぱり分からなかった。

「なんですか、この街のルールって」

吉郎は笑っているような、困っているような、妙な表情で小首を傾げた。

「そうさな……じゃあ、俺の知り合いんところで、しばらく働いてみるか」

そういって紹介されたのが、ビル清掃の仕事だった。

「ヤマちゃん、頼むね。この子、鍛えてやってね」

それからだ。山田《やまだ》という中年男と軽自動車に乗り、歌舞伎町中のビルを掃除して回る日々が始まったのは。店舗も、通路も階段も、便所でもどこでもやる。特に便所は念入りで、排水口に溜まったヘドロまで、こすって綺麗に洗い流す。

山田は終始、無口な男だった。仕事の指示は指を差すだけ。綺麗になっていないときも指を差して「もう一回」と呟くだけ。そんな彼が、一番はっきりと声に出すのが「お願いします」と「ありがとうございました」だった。

仕事前に、ビルの管理人室や警備員詰所に挨拶にいき、

「本日も、よろしくお願いします」

丁寧に頭を下げ、特に汚れている場所、綺麗にしてほしい場所はないか要望を聞く。仕事が終わったらもう一度挨拶にいく。

「終わりました。ありがとうございました」

最初は、なぜ自分がこんな汚れ仕事をしなければならないのか分からなかった。だがひと月も続けていると、徐々にそういった疑問も薄れ、挨拶やお辞儀《じぎ》も、自分でいうのもなんだが板についてくる。依然、山田との会話はないに等しかったが、それでも彼という人間が徐々に分かるようにはなっていった。

「ヤマさん。これって何に使う道具なんですか」

軽自動車のシート下に転がっていた、小さな革製の箱。少し厚めの長財布といった大きさだ。

「……滅多に使わないが……そのうち、使うかもな」

「見てもいいですか」

返事がなかったので、開けてみた。砥石《といし》みたいなものが三つと、白い布が一枚入っていた。見ても分からなかったので、もう一度何かと訊いてみたが、答えはなかった。

仕事は昼過ぎに終わってしまう日が多かった。夜までかかるのはごく稀だったが、たまにはそういうこともないではなかった。

「今夜、もう一軒あるから」

てっきり、夜しか入れない場所の掃除をするのかと思ったが、どうも、そうではないようだった。

その夜の山田の様子は、明らかにおかしかった。仕事のときに着る水色のツナギには着替えず、ジーパンにジャンパーという普段着のまま歩き出す。

どこにいくのか、何度か訊いてみたが教えてくれなかった。大久保病院の通りを真っ直ぐ上がっていって、職安通りに出る少し手前の路地を右に入る。ちょうど歌舞伎町郵便局の裏辺りだ。そこから小さなビルの、もう何年も、誰も通っていないような非常階段を上がらされた。溶けた紙ごみや、吸い殻、猫の死骸、空のビールケース。ここを綺麗にするのは骨が折れるな、と思ったのを今も覚えている。

四階まできて、山田は立ち止まった。

「ここから、あの窓を見張れ」

真向かいのマンションの窓。ベランダの掃き出し窓ではなく、おそらく腰上くらいの高さにある、引き違いの窓だ。厚手のカーテンが引かれているが、それでも中に明かりがあるのは分かる。

誰かいるのは間違いなさそうだ。

「見張って、どうするんですか」

「しゃがんで見張れ。声は出すな」

それだけいって、山田は階段を下りていった。

なんのことやらさっぱり分からなかった。

しばらく待っていると、その部屋のカーテンが開いた。慌ててしゃがんだが、なんと、その窓辺にいたのは山田だった。

窓の中にはベッドがあった。裸の女が転がされていた。体中にロープが巻きつけられており、奇怪な姿勢のまま身動きができなくなっているようだった。体のあちこちに傷があり、距離があるのでよくは分からないが、すでに片方の乳首は切り取られているように見えた。目は、黒い布か革ベルトのようなもので塞いであった。舌も、糸か何かで括られているのだろうか。口から突き出たまま青黒く変色していた。

もう何年も会っていないので確信は持てなかったが、どうも自分には、その女が姉に見えて仕方なかった。少ししゃくれた顎、胸と鎖骨の感じ、腰と腿の繋がり。実によく似ていた。

いつのまにか山田は消えていた。代わりに、また珍妙な恰好をした男がその窓に登場した。仮面舞踏会に着けていくような黒いアイマスク、両手には長い革手袋。それ以外の着衣はないが、股間には、何か金属製の角のようなものを装着していた。大きな銀色の竹の子に、さらにトゲが生えたもの、といったら分かりやすいだろうか。それを男性器代わりに性交をしたら、相手の女がどうなるかは容易に察しがついた。大量出血か激痛のどちらかで、確実にショック死するものと思われた。

その半裸の男がこっちを向いた。大股で窓際まできて、端っこにまとまったカーテンに手を伸ばした。

そのときだ。

それまでどこに隠れていたのか、山田が突如、男の背後に立った。目と鼻の辺りを片手で押さえ、もう一方で腕の自由を奪って、後ろ向きに引きずっていった。異変を感じとったか、ベッドの上の女は身をよじって暴れ始めた。

こっちからは、半裸の男の下半身しか見えなくなった。何があったのか、腰を反らして、銀の竹の子を真上に突き上げるようにして体を強張らせる。しかし、それもほんの数秒のことで、やがて男の下半身は窓枠の下に沈んでいった。銀の竹の子の先っぽだけが、かろうじて見えるだけになった。

再び山田が窓辺に現われた。依然、女はその後ろで暴れていたが、直後にカーテンを閉められてしまったため、女がどうなったかは分からなかった。

それが、初めて見た「手」の仕事だった。

山田は、裏稼業の世界では「欠伸のリュウ」と呼ばれていた。

後日、吉郎に呼び出され、ゴールデン街のとあるバーを訪れた。当時は「蟬時雨《せみしぐれ》」という名前だったが、ここがのちに改装され、店名も「エポ」に改められることになる。

階段を上がり、まだ動きのよかった引き戸を開けると、奥から二番目の席に吉郎の姿があった。

カウンターの中にいるマスターが、どうぞ、とその隣を勧める。他に客はいなかった。

お辞儀をしながら席についた。ビールを頼むと、まもなく吉郎から切り出してきた。

「シゲ。この前、ヤマちゃんの仕事、見たんだって?」

あの「窓越しの仕事」についていっているのであろうことは分かっていたが、ここでその話をしていいのかどうかは、まだ半信半疑だった。

「……知ってて、俺を、山田さんに預けたんですか」

もちろん、吉郎は頷いた。

「あんたに、この街のルールってもんを、肌身で分かってもらおうと思ってね」

乾いた唇にタバコをはさむ。

いかにも高そうな、ギラギラしたガスライターで火を点け、ひと口目を吐き出しながら、吉郎は続けた。

「この街ができた頃……いや、戦後の闇市なんてのはどこも事情は似たり寄ったりだったが、そういうところの治安を守ってきたのは、実のところ警察じゃなかった。いわゆる自警団……まあ、今でいったら極道ってことになるが、この歌舞伎町は生い立ちからして、そういった気風がとりわけ強い街だった。だが時が経てば社会秩序は回復し、警察も力をつけ、自警団は必要なくなる……でもそれは、あくまでも表向きの話でね。こういう性質の街はいつの時代も、司法や警察では処理しきれない問題を抱える運命にある。悪人ってのは、必ずしも鬼のお面をかぶってるわけじゃないんだよ。だから、誰かがそういう輩《やから》を、人知れず始末する役を担わなきゃならない。いわば、闇の自警団ってわけさ」

もうひと口深く吸い、ゆっくりと吐き出す。

「……ここ歌舞伎町はね、訪れるお客様と、それをおもてなしする奉仕者の街なんだよ。合法か違法かより、そこに成立する需要と供給の方が、よほど重要なのさ。違法薬物も、まやかしの恋も、決して勝ち目を出さないギャンブルであろうとも、お客様が求める限りは提供して差し上げる。それがこの街における商いってもんさ」

吉郎の目が、焦点を結ばぬままこちらに向けられる。

「でも、その最低限のルールすら守らない奴がいる。客でも奉仕者でもない輩が、この街から富をかすめとろうとする。しかもそういう連中に限って、ご立派な仏のお面をかぶっていたりする。山田が掃除したのは、まさにそういう……」

そのとき、急にマスターが掌を向け、吉郎の言葉を遮った。しかし、何かの勘違いだったらしい。すぐに同じ手を横に振り、すみませんと頭を下げる。あとで分かることだが、彼も「目」という役を担う仲間の一人だった。石渡と名乗っていたが、仲間内では「ばらしのロク」と呼ばれていた。

「……ま、そういうことさ。何事も勉強だよ。その点、ヤマちゃんは優秀な先生だから。みっちり、仕込んでもらうといいよ」

不思議と、このとき感じたのは疑問でも、ましてや恐怖などという負の感情でもなかった。安堵。自分はこの街にいていいのだという妙な安心感を、このとき初めて味わった。

杏奈が寝返りを打つ。毛布がはらりと落ちる。

拾い上げ、掛け直してやると、何ごとか呟いた。

「ありがと……パパ……」

ただの寝言だった。

第四章

1

斉藤吉郎が姿を消し、その孫娘である杏奈もまた、歌舞伎町からいなくなった。杏奈は商店会のアキラに、あの陣内と一緒にいる旨の連絡を入れてきたが、それで安否が確認できたことになるかというと、必ずしもそうとは言い切れなかった。

むしろ、その危険度数は高まったと見るべきか。

陣内が「欠伸のリュウ」及び「歌舞伎町セブン」と如何なる係わりを持っているかは、まだ明らかになっていない。だがまったくの無関係である、とは上岡も考えていなかった。「欠伸のリュウ」とは陣内を指す隠語であり、「歌舞伎町セブン」とも密接な繋がりを持っている。仮にそうであった場合、杏奈は今現在、非常に危険な状況下にいることになる。

上岡はまず「エポ」の出入りを確認した。ここ四、五日は営業していないようだ、と教えてくれたのは向かいのバーのママだった。

連絡がとれなくて困っている、見かけたら電話をくれないか、と携帯番号入りの名刺を渡すと、ママは「訳ありだね」と片頰を吊り上げ、必ず連絡すると約束してくれた。

次に上岡はアキラに連絡をとり、陣内の住居はどこか尋ねた。何をどうやって調べたのかは知らないが、十分ほどして大久保二丁目の番地をメールで伝えてきた。

早速いってみたが、残念ながらこちらも留守だった。木造二階建てのアパート、二階の一番奥の部屋。郵便受けは一階にまとめて設けられていた。覗いてみたが空っぽだった。新聞も郵便物も溜まっていなかった。ということは、一応毎日帰ってきてはいるのか。それとも、もともと新聞などはとっていないのか。

今一度二階の、陣内の部屋の窓を見上げる。

一見留守のようではあるが、室内に杏奈を閉じ込めているという可能性は充分ある。だとしたら、どうやって確認するべきか。しばらく張り込んでみるか。

小さな二階家が建ち並ぶ住宅街。ぱっと見回した限り、張り込み拠点にできそうな場所は見当たらなかった。警察なら民家のベランダや部屋を借りることもできるのだろうが、こっちは一介のフリーライター。そこまでする権限も覚悟も、相手を納得させる説得力もない。

だが、警察官を担ぎ出す、というのならできる。

「……上岡さん。僕、夜勤明けなんですよ」

小川幸彦は夕方、ニット帽にパーカブルゾン、ジーパンという、なんとも若々しい恰好で大久保に現われた。

「うん、お疲れのところ悪いね。でも俺、張り込みとか素人だしさ。小川くん、前は刑事だったわけでしょ。張り込みとか得意でしょ」

「いや、たまたまなんですけど、実は僕、張り込みって一度もやったことないんですよ。そういう事件に、まったく当たらなかったっていうか。もちろん、講習で教わるだけは教わりましたけど」

そうはいいながらも、辺りを注意深く探る。

「民家ばっかりで、居場所が作りづらいとこですね」

「そうなんだ……だから、そこをなんとか。警察手帳で、上手いことどっかにもぐり込めないかな」

小川は軽く目を閉じ、顔の前で手を振った。

「無理ですよ。それでなくたってこの前、副署長に、聞き込みとか勝手にするなっていわれたばかりなんですから」

なんだそれは。

「小川くん、副署長に怒られちゃったの?」

彼は一瞬難しい顔をし、すぐにかぶりを振った。

「その話は、またあとでしますよ……とりあえず、張り込みできる場所を作りましょう。僕は、あの駐車場なんか、いいと思うんですけどね。あそこなら、車っていう居場所もできますし」

陣内の住むアパートに向かう路地。その曲がり角にある月極駐車場。十台ほど停められる、そこそこ大きなスペースだ。今はトラックが一台と、乗用車が二台停まっているだけだ。確かにあそこなら、アパートへの出入りを見張ることができる。

「でも、借主が現われたら、面倒なことになるだろう」

「それくらいは手帳でなんとかしますよ。……じゃあ、車を持ってきましょうか」

見かけによらず、頼れる男だと思った。

「へえ、小川くん、車持ってるんだ」

「いいえ、持ってませんけど」

なんだ。尊敬して損した。

「上岡さんは？」

「俺も持ってないよ。必要ないし」

「じゃあ、借りてくるしかありませんね」

仕方なく大通りのレンタカーショップまでいき、シルバーのカローラを一台借りてきた。

「小川くん、いつまで付き合えるの」

自分でいってから、違うと思った。そもそも「歌舞伎町セブン」について調べるので協力してほしい、と言い出したのは小川の方だ。決して上岡が頭を下げて頼んでいるわけではない。

「明日は日勤で、普通に朝からありますから、まあ、明け方まで、ってとこですかね」

腕時計を見ると、午後六時二十分。まあ、おおむねひと晩は交代要員が確保できたわけだ。

「……陣内氏が現われるかどうかは分からないけど、でも現状、網をかけるとしたら、ここか『エポ』しかないからな。でもあっちの方は、向かいのバーのママに、見かけたら知らせてくれっていってある。今の段階では、俺たちはこっちに専念するんでいいと思う」

道に一番近い区画に車を入れ、街灯一つに照らされた暗い路地を眺める。上岡が運転席、小川が助手席。帰宅の時間帯にかかっているせいか、寂しい道のわりに人はよく通る。

「……そういえばさっき、副署長に怒られたとかいってたけど」

「ああ、別に怒られたわけじゃないですけど。お前がやってることはお見通しだぞ、みたいなことといわれちゃって……まあ、そりゃそうですよね。歌舞伎町って、けっこうたくさん警官歩いてますから。僕の行動が目撃されてても、不思議はないんですよ」

そう口でいうほど、割り切れているようには見えない。

「……他にも、何かあった？」

小川は、一瞬だけ視線を浮き上がらせたが、すぐにまた、足元の闇に沈めていった。

「あった、っていうか……僕も、よく分かんないんですけど。その副署長に、父のことを、ちょっと、いわれたんですよね」

「いわれたって、何を」

眉根を寄せ、強く足元の闇を睨む。

「死ぬ前の父には、よからぬ噂があったとか、なんか、そういうことです……なんですかって、訊いたんですけど、副署長も、あんまりはっきりとは、教えてくれませんでした。でも要するに、談合みたいなことなんですかね。花道通りの工事に絡んで、対立する一方の団体にのみ、便宜をはかったとか……なんか、そんな噂があったらしいんですよ」

上岡は、思わず首を傾げてしまった。

「でも、新宿区長ともなれば、その程度の噂の一つや二つ、誰にだってあるんじゃないの」

「そう、なのかもしれないですけど、でも話の流れからして、副署長は、そういう噂だってあるんだから、だから僕に、歌舞伎町での聞き込みをやめろと、下手につついたら藪蛇《やぶへび》になるぞと、そういいたかったわけでしょう。でも……ということはですよ。仮の話ですけど、父が一方の団体に便宜をはかり、対立する団体から恨みを買い、それが原因で殺されたのだとしたら、その殺しを請け負ったのが、歌舞伎町セブンだった……ということに、なるんじゃないですかね」

なるほど。確かに、そういう筋立てもありだろう。

「……その殺害方法として、心不全を起こさせるような、何か特殊な方法を用いた、ってことか」

「ええ。ですから、歌舞伎町セブンがプロの殺し屋であるならば、逆に父のケースと高山氏のケースには、背後関係の共通性はないことになりますよね。だって、最後の始末の部分だけ、歌舞伎町セブンが金で請け負ったわけですから」

理屈でいえば、そういうことになるだろう。

明け方になり、小川は「じゃあ僕は」といって、さっさと帰っていった。尊敬していた父に黒い噂があったことが、ことのほか応えているようだった。暗い住宅街の道を遠ざかっていく彼の背中は、いつまでも丸く、縮こまっていた。

上岡一人になると、急にいろいろな疑問が湧いてきた。

そもそも、自分はなぜこんなことをやっているのだろう。幸い、今月は風俗関連のレポートを二本やったお陰で懐はあたたかい。急ぎの原稿も抱えていないので、こうやって張り込みなどという利のない仕事をするのも吝《やぶさ》かではない。また、今現在の関係のこじれはともかく、個人的には杏奈に興味も好意も持っているので、もし危険な状況にあるのなら助けたい、という気持ちはある。

ただし、杏奈と陣内がもし普通に男女の関係にあって、束の間の逢瀬を楽しんでいるだけなのだとしたら、自分たちがやっているこれはなんだ。単なるストーカー行為ではないか。かろうじて杏奈の自宅ではなく、陣内の方を見張っているという点に言い訳の余地はありそうだが、それにしても当事者にとってはいい迷惑だ。

むろん、こうしている間に杏奈がマンションに戻っていたり、店に出ていたりしたら馬鹿馬鹿しいので、折を見てアキラに連絡をとったり、信州屋に電話を入れたりはしている。やはり、杏奈は不在のままだった。また最初の電話以降、アキラも杏奈とは連絡がとれなくなったといっていた。

状況は、少しずつ悪くなっているように思われた。

二日目の夜にはまた小川がきてくれ、上岡も仮眠をとったり、周辺を歩いたりして気分転換することができた。差し入れのハンバーガーも食べた。

変化が訪れたのは三日目の午後だった。

ドアポケットに入れておいた携帯がやかましく震え出し、小窓を見ると「小川幸彦」と出ていた。

「はい、もしもし」

『上岡さん。お、驚かないで、聞いてくださいよ』

そういう小川の声に、冷静さは微塵も感じられない。

「うん、大丈夫。驚かないで聞くよ」

『はい……あの、ぼ、僕……陣内陽一を、発見してしまいました』

一瞬、発言の意味が呑み込めず、思考が停止した。だが理解した瞬間、自然と声をあげていた。

「えっ、発見って……何それ」

『はい。あの、今ちょっと、迷惑駐車の取り締まりに出てきてて、七丁目の方にいるんですね。新宿七丁目です。その路上で、車のナンバーを照会してたらですね、なんと、ほんの数メートル先ですよ。交差してる道を、陣内陽一が横切って、歩いていったんです』

それは確かに、驚くべき発見だ。

「ほんとに、陣内氏に、間違いなかったの」

『僕、元刑事ですよ。間違えませんよそんな、基本的なところで。向こうも、ちらっとこっちを見ましたけど、でも特に気にするふうもなく、歩いていきました。で、ちょっと離れてから追いかけたんですよ。そしたら、あるビルに入っていったんです』

「分かった、今すぐいく。住所教えて」

そのビルの番地まで書きとって、電話を切った。小川は交番に戻らなければならないらしく、時間も時間なので夕方六時頃にならないと合流できないということだった。

上岡は車で移動し、目的のビルに近いコインパーキングに駐《と》めてから、改めて徒歩で向かった。

周辺は完全なる住宅街で、三階建てくらいの小さな建物がとにかく多かった。

教えられた番地にあるのが、まさにそうだった。一階は店舗用フロアのようだが、今は借り手がいないらしく空になっている。コンビニをやるには少し手狭だろうか。やるとしたら小さめの理容室か、喫茶店。そんな感じだ。

二階の窓には白っぽいカーテンが引かれている。三階はまた空き室のようで、窓ガラス越しに天井が見える。陣内が杏奈を閉じ込めているとしたら、やはり二階ということになるだろうか。

時計を見る。午後五時四十三分。辺りもだいぶ暗くなっている。

大久保と同様、周囲は民家ばかりのため、張り込み拠点にできるような場所はまず見当たらなかった。さらにいうと、車を持ってきて停めておくような場所もない。かといって、電柱の陰にひそむような怪しい行動は避けたい。結局上岡には、くるくると周辺を歩き回るくらいしか思いつかなかった。

しかし、このあとはどうしたらいいのだろう。

あの二階の一室に杏奈が監禁されていると確認できたら、そのときは小川と踏み込んで救助すればいい。小川も手柄にできるのだから、その点に関する不都合はないだろう。

逆に杏奈が、自分の意思であの場所にいるとしたら？　それならば、触らずに退散するしかあるまい。その確認の過程で、こちらの行動が疑問視されるようであれば、斉藤吉郎の不在を引き合いに出せばいい。それもかれこれ十日になる。考えようによっては立派な行方不明事件だ。

とにかく、まずは確認だ。杏奈があの二階にいるのか、それは本人の意思なのか。そこが重要だ。

二階から覗かれていないか、ちらちら注意しながらビルに近づく。店舗スペースの右手に階段口があり、何食わぬ顔でそこに入る。

階上を見上げたが、明かりはなかった。二階だけでも誰か入っているならば、共有スペースの明かりくらい点けそうなものだが。

入ってすぐ右手にはステンレス製の郵便受けが二つある。ペンライトで照らしてみたが、そのどちらにも名前はなかった。見れば階段はあまり掃除がされておらず、隅っこには砂埃《すなぼこり》が溜まっている。

足音を殺しながら、一段一段上がっていく。他に物音はない。ときおり表を車が通ったり、携帯で話しながら行き過ぎる通行人がいる程度で、隣家からも特に音は漏れてこない。まだ夕方六時前だというのに、この静けさはなんだろう。それとも、単にこっちが神経質になっているだけなのだろうか。

ようやく上りきり、二階の廊下に立つ。

ドアは右手に一つ。鉄製の、古い団地などで見かけるタイプの扉だ。突き当たりに小窓があるので、ここには少しだけ街灯の明かりが入ってくる。

さて、どうしよう。これ以上は小川がきてから、相談の上でやった方がいいだろうか。彼は司法警察員。杏奈がここにいた場合、適切な処理は彼に任せた方がいいような気もする。

ただ、もし中で何か起こっていて、それが緊急を要する事態だとしたら、マズい。小川を待っている余裕はない。どうすべきか。

上岡は迷いに迷った挙句、とりあえず、ノックだけしてみることにした。

最初は、ほんの軽めに。しかし反応がないと、奇妙な安堵が湧き起こり、徐々に力がこもってくる。次第に遠慮がなくなり、声も出てくる。

「もしもし……陣内さん、いますか……杏奈ちゃん、もしいるなら、ちょっといいかな……上岡です。みんな心配してて、その、捜してくれてて……無事なら、いいんです、このまま帰ります。でも……無事なら無事って、それだけ、ひと声だけ、聞かせてもらえないかな……聞こえてます？　俺です。上岡ですけど」

いいながら、単なる空き物件なら馬鹿馬鹿しいにもほどがあるな、と思った。だが中に杏奈がいるとしたら、と思い直し、できるだけ穏やかな口調を心がけた。陣内がいても角が立たないよう、言い回しにも気を遣った。

「陣内さん……みんな、心配してますから。店とか、商店会の人たちにだけでも、連絡、くれないですかね。吉郎さんも、姿が見えないんで、もう、何がなんだか、分からないんですよ。陣内さん」

すると、そのときだ。中で微かに、物音がしたような気がした。

スッ、スッ、と、床の上で履物をすべらせるような。そんな音だ。

そう思うと、急に人の気配までドア向こうにあるような気がしてくる。

「ジンさん？　それとも、杏奈ちゃん？……分かった。出てきてくれなくてもいいから、ひと言。ひと言だけ、返事ください。そしたら帰りますから。みんなには、心配しないようにいっておくから」

また、摺《す》り足《あし》のような音がした。

今度は、少し衣擦れも聞こえた。

「杏奈ちゃん？」

もう上岡には、細い両肩を自ら抱く、不安げな杏奈の姿が、ドアを透かして見えるようだった。

「……はい」

消え入りそうな声だったが、確かに聞こえた。

「杏奈ちゃん？　杏奈ちゃんだね」

「はい」

「無事なんだね」

「はい……すみません」

どっ、と疲れが出た。思わずその場にへたり込み、ドアに額を預け、不覚にも泣きそうになった。

「よかった……」

完全に、気を抜いていた。ドアの向こうに意識を集中しすぎていて、すぐ近くまで何者かが接近していることなど、まったく気づいていなかった。

「……ウキ、ご苦労さん」

頭上で男の声がし、見ると自分の膝の真横に、黒っぽい靴の影があった。それに気づいた瞬間、

「ンッ……」

後頭部に重い衝撃が走った。

薄暗かった廊下の床が、完全なる闇に閉ざされた。

2

ミサキに事の顚末《てんまつ》を聞かされ、陣内は五臓六腑《ごぞうろっぷ》をまとめて抜き取られるような怖気を味わった。

「まったく……とんだ抜け作野郎だね、あんたは。ほんと、呆れてものがいえないよ」

前日にはすでに食料が底をついていたので、その日の午後になって買い出しに出かけたのだが、用心が足りなかったといわれれば確かにそうかもしれない。しかも陣内が戻ったとき、杏奈は替えのない下着を給湯室で洗っている最中だった。カーテンは閉まっていたので、見たとか見ないとかの問題ではない。ただ陣内は、杏奈が不憫《ふびん》でならなかったのだ。自分が出かけている間に、こっそり下着を洗っていた娘の気持ちを思うと、そこまで気遣ってやれなかった自分が情けなくて仕方なかった。

だからつい、もう一度出かけてしまった。

事件はその間に起こったらしい。

まず上岡が、例のビルに近づいてきた。様子を窺いながら階段を上がっていき、内部の様子を探り始めた。

しかし、問題は上岡ではなかった。上岡もまた何者かにその行動を見張られ、尾行されていたらしいのだ。

上岡が入ってしばらくした頃、一人の背の高い男が同じようにビルに入っていった。ミサキはその一部始終を、向かいのビルの屋上にあるプレハブ小屋から見ていたのだという。

正直、上岡だけなら放っておこうかと思った。杏奈に電話を入れて「絶対に出るな」といえば済む話だった。だが、あとから入っていった男は、その身のこなしからして只者《ただもの》ではない気がした。居留守でやり過ごせる相手ではないと判断した。

　ミサキはプレハブ小屋を飛び出し、階段を駆け下り、杏奈のいる部屋に向かった。二階に着くと案の定、上岡は廊下に倒れており、ドアは開けられ、杏奈が引きずり出されそうになっていた。

　相手とはその場で格闘になった。

「強かったよ。何モンだ、あいつ」

　そういうミサキの左頰は紫に腫れ上がり、右目尻の下には鋭い刀傷があった。下手をしたら両目とも潰されていた、と振り返る。

「ほとんど真っ暗だったけど、野郎、迷わず三階から屋上に逃げていきやがってさ……追いついたあたしが拳銃構えたら、ひょいって柵を跳び越えて、こっちと隣のビルの外壁に両足突っ張って、スピードを殺しながら下まで下りてった……只者じゃないね、ありゃ。まあ、今度当たったらあたしも手加減《てかげん》しないけど」

　陣内が連絡をもらったのはその直後。市村からで、陣内はまだコンビニにいた。

『テメェ、なに勝手に抜け出してんだ馬鹿がッ』

　事情がよく分からなかったが、とにかくすぐ戻ると答えた。

『いいよ、もう戻らなくて。とりあえず「エポ」に集合ってことにしたから。下手な寄り道しねえでさっさときやがれ』

「いや、でも、あそこはマズいだろう」

ガシャンッ、と何か大きな音がした。

『フザケんなッ。テメェが片っ端から俺の隠れ家潰してるんだろうが。いい加減にしろっつーんだよ。俺だってそうそう都合のいい物件ばかり扱ってるわけじゃねえんだッ』

そんな経緯で現在、全員が「エポ」にいるのである。ちなみに上岡は、縛って猿轡を嚙ませて三階のロフトに転がしてある。杏奈は階段口にしゃがみ、顔を伏せて縮こまっている。

「とりあえず、この子が無事で、よかった……ありがとう。君が、向かいで張っててくれたなんて、知らなかった。本当に、なんと礼をいっていいのか分からない」

ミサキは、ハッと勢いよく煙を吐いた。

「礼なら市村にいいなよ。向かいの屋上を使えるようにしたのも、あたしに見張りを命じたのも、全部この人なんだから」

確かに。そんな真似ができるのは、このメンバーには市村しかいない。

「ありがとう。お陰で無事……」

「無事かどうかは、まだ分からねえぜ」

市村は顎をしゃくり、上にいる上岡を示した。

「なんであの野郎が、あのビルを知ってたんだ……」

語尾を濁しながら、横目で杏奈を睨む。

「お嬢ちゃんよ。あんたまさか、あそこに入ってから、誰かに連絡とったりしなかっただろうな」

ハッとなった杏奈が、わずかに顔を浮かせる。

「商店会の、アキラくんには、無事だから、心配ないって……」

市村が、顔をしかめながら大きく溜め息をつく。ミサキが平手で思いきりカウンターを叩く。

陣内は慌てて杏奈の前にしゃがんだ。

「アキラくんに話したのは、無事だっていうことだけかい」

すっかり怯えてしまっていたが、それでも陣内が肩に手をやると、杏奈は頷き、なんとか喋ろうと努めた。

「……ジンさんと、一緒だから、心配ないって……でもそれだけしか、アキラくんには話してません」

「あそこの住所とか、何か手がかりになるようなことは」

杏奈は、何かを断ち切ろうとするようにかぶりを振った。

「いってません。大体あたし、あそこがどこだか、いまだに知らないし。窓にも近づかなかったから、何が見えるかも分からないし」

ミサキが鋭く舌打ちする。

「……どうやら、そこのペンゴロに直接訊いた方が早そうだね」

いいながら奥まで進んでくる。邪魔だよ、と吐き捨て、陣内と杏奈を跨いで階段を上っていく。

「オイ、芋虫野郎。ちっと下りてこいや」

すると、市村がロフトを見上げる。

「いいよ、そこで。下せまいから」

「上だってせめーんだよ」

「いいから、そこでやってくれよ」

また舌打ちし、ミサキが上岡の胸座を摑む。そのまま引き起こし、正座のような形に座らせる。両手両足はロープで縛ってある。

「いいかい、正直に答えろよ。イエスかノー、簡単だろう。間違えたら痛い目に遭わすからね。長く考えすぎても駄目だよ。パッパッと答えな……いくよ。あのビルの場所は、商店会のアキラって奴から聞いたのかい」

震えるように、上岡は素早く、何往復もかぶりを振った。

「じゃあ誰から聞いた」

それはイエス、ノーでは答えられないだろう、と思った瞬間だった。ゴツッ、と鈍い音がして、上岡の頭が勢いよく後ろに仰け反った。ミサキが、いきなり頭突きをかましたのだ。

おい、といったのは市村だった。

「そら可哀相だろう。イエスかノーで答えろって、お前がいったんじゃねえか」

あそっか、とミサキが苦笑いを漏らす。

「……勘弁しな。あたしは気が短いんだ」

見ると、上岡は額から血を流していた。

「じゃあ、なんて訊いたらいいんだよ」

「猿轡、はずしてやりゃいいじゃねえか」

「そしたら、助けてー、とか騒ぐかもしんないぜ」

そろそろ界隈も賑わい始める時刻だ。叫べばおそらく、誰かしらの耳には届くだろう。ただその人が、真面目に救援を求める声と解釈してくれるかどうかは分からない。なんといっても、ここは新宿歌舞伎町ゴールデン街だ。息をするだけで酔っ払うような街だ。

さっきと同じように、上岡がかぶりを振る。それを見たミサキが、確かめるように覗き込む。

「……はずしても、騒がねえか」

今度は、うんうんと頷く。

「次は鼻っ柱に叩き込むよ。顔の真ん中へコますよ」

それでも頷く。

「最後は……こいつだ」

ミサキは懐から拳銃を出し、血の流れる上岡の額に押しつけた。

だが、こういう修羅場も初めてではないのか、上岡は決して怯えを見せなかった。ミサキの目をしっかりと見つめ、なお胸を張る。

市村が「はずしてやれよ」と呟いた。

ミサキは拳銃を構えたまま、左手で上岡の後頭部にある結び目を解いた。

布がはずれると、上岡はまず息をつき、口を開け閉めして顎の動きを確かめた。

「……で、誰から聞いたんだよ」

上岡は一度頷き、こっちを見下ろした。

「まずその前に、誤解されてるようなんで、そこんとこだけ、釈明させてください。俺は、高山さんが亡くなって、吉郎さんの姿も見えなくなって、そこにきて、杏奈ちゃんまで街から消えたんで、それで心配して、捜してただけなんです。だから皆さんとは、利害は対立しないはずなんです。そこんとこだけ、ちょっと、分かってください」

市村が「ハァ?」とロフトを見上げる。

「オメェはこの陣内の周辺を、こそこそ嗅ぎ回ってただろうが。しかも、ここに連れてきた若造は新宿署の警官だっていうじゃねえか。一体なんの真似なんだよ。場合によっちゃ、このままネズミの餌になってもらうしかなくなるぜ」

さすがの上岡も頰を強張らせる。

杏奈が、不安げに一人ひとりの顔を見やる。

市村が続けた。

「上岡。オメェ、何を知ってる。どこまで知ってる。アア?」

さらにミサキが銃口で額をつつく。上岡は後ろに崩れそうになるのを、縛られた足で踏ん張り、かろうじて防いでいた。

「陣内さんが……欠伸のリュウ、なんじゃないか、とは、思っていました。それと……歌舞伎町セブン、とも、なんらかの繫がりがあるのだろう、と……」

市村が首を傾げる。

「それを知ってどうする。サツにタレ込むのか。それとも週刊誌に書いて、ソープ代の足しにでもすんのか。そもそもお前、歌舞伎町セブンがなんだか分かってんのか。欠伸のリュウがなんだか分かってんのかよ。アア?」

上岡が喉仏を転がし、唾を飲み込むのが見えた。

「……プロの、殺し屋……でしょう」

杏奈がこっちを見たのは分かったが、陣内はあえて気づかぬ振りをした。

「一人七十万で、殺しを請け負う……そういうことじゃ、ないんですか」

市村は鼻息を吹き、馬鹿にしたように笑みを浮かべた。

「……なるほどな。セブンは、七十万円の『七』か。またずいぶん、安く見られたもんだな……じゃあ、欠伸のリュウってのはなんだよ」

上岡はいったん陣内を見下ろし、すぐに目を逸らした。

市村が、それぞれの顔を見回す。

「いいよ……そんなに知りたきゃ、教えてやるよ」

「おい」

陣内がいっても、市村は黙ろうとしない。

「歌舞伎町セブンってのはな、お察しの通り、殺しのプロ集団だよ。なんで七十万なんて話になってるのかは知らねえが、金で殺しを請け負うってのはその通りさ。ただし、セブンは何も、金が目当てで殺しを請け負うわけじゃねえ。むしろ金は枷《かせ》だ。依頼主の覚悟をはかり、やる側もそれで肚を決める。その言い訳にすぎねえ。それとな……」

ひと息入れ、改めてロフトを見上げる。

「セブンが殺るのは、この街を食い荒そうとする害虫だ。……この歌舞伎町って街は、六法全書に載ってる法律だけじゃ、上手く治められねえ。都や区の条例も通用しねえ。道徳も規範にはならねえ。でもだからって、無法地帯でいいはずがねえ。実際、地面持ってる連中も、経営者も、男も女も、堅気も極道も、みんなが同じ、歌舞伎町のルールを守って生きてる」

上岡は、じっと市村を見たまま黙っている。

「でも悲しいかな、それすらも守らねえ、鬼畜がいる。この街を食い荒すだけ食い荒し、糞を撒き散らして笑ってる奴がいる……泣かされるのは、いつだって弱いもんだ。女、店舗経営者、ヤクザだってそうさ。ハメられて、パクられて、務め上げて出てきたところで刺し殺された奴もいる……そういう奴らの恨みは、一体誰が晴らすんだい。法律も条例も、道徳すらも通じねえこの街で、それでも街のルールだけは守ってやってきた真面目な奴らが泣かされて、そういう恨みは、一体誰が引き受けてくれるんだい」

通りのどこかで笑いが起こり、別のどこかでは演歌が流れている。隣からはロカビリーが聴こえ、曲間に「火の用心」の拍子木が鳴る。

「書きたきゃ書けよ。タレ込みたきゃタレ込め。そんなこたァ端《はな》っから覚悟の上さ。害虫とはいえ、人様のお命を頂戴するんだからな。いつだって、十三階段踏んでやるよ。……けどな、これだけは覚えとけ」

しばし市村は、上岡を睨むように見た。

「……俺たちは、この街を絶対に諦めない。それが、歌舞伎町セブンだ」

言い終え、陣内に向き直る。

「そろそろ、あんたも肚括れよ。いまさら、斉藤のジジイが生きて戻るとは思えねえ。敵が岩谷なのか、それとも別の誰かなのかは分からねえが、少なくとも、あんたやそのお嬢ちゃんが狙われてんのは確かなんだぜ。……復帰しろよ、リュウ。あんたがやらねえで、誰がこの一件収めるってんだ」

杏奈の震えが、ぴたりと止まる。

陣内は、ゆっくりと立ち上がった。

「でも……今のこれじゃ、人数が足りない」

「テメェ、まだそんなこといってんのかよ」

しかし、これは譲れない一線だ。

「市村。歌舞伎町セブンは、七人いなきゃ駄目なんだよ。それも守らなきゃならないルールの一つだ。元締めと、三人の〝手〟、三人の〝目〟、これだけそろって、初めて仕事が受けられる。その全員が同意して初めて、街の総意を得たと置き換えることができる。その、最低の保証人数でもあるんだよ、七人ってのは。これが守れないようじゃ、俺たちは本当に、ただの殺し屋に……」

そのときだ。

ふいに外で物音がした。戸の向こう、階段の辺り。ゴトゴトと段板を踏み鳴らすような、争うような音が続く。

市村が引き戸を乱暴に開ける。戸が半ばはずれたような恰好になる。

「誰だッ……て、オメェ」

そこにいたのは、なんとあの、新宿署の警官、小川幸彦だった。ただし、彼一人ではない。背後にジロウがおり、小川を羽交い絞めにした挙句、首を絞めるように後ろから腕を回している。

「何やってんだ、おい」

市村が訊くと、ジロウは小川を抱えたまま中に入ってきた。

「こいつ、聞いてた……今の話、全部」

今の話を、聞かれた――？

3

幸彦がなぜ、ここ「エポ」までたどり着けたのか。

簡単にいってしまえば、例の現場にそう書いたメモが残っていたからだ。

午後五時十五分で勤務を終え、急いで着替えて待機寮に上がり、上着をひっ摑んでまたすぐ署を飛び出した。時間が惜しかったのでタクシーを拾い、現場の少し手前で降り、あとは徒歩で向かった。

六時を少し回っていた。通りには街灯が、周りの民家にも何かしらの明かりが灯っていた。なのに、件《くだん》の建物には一切の明かりがなかった。店舗スペースの右手にある階段を見上げてみても、やはり照明の類は点いていない。

意を決し、その階段を上り始めた。耳を澄ませても物音一つしない、まるで死んだような建物だった。途中までは壁に手を這わせていたが、あとで鑑識作業をする事態にでもなったらまずいと思い、慌てて手を引っ込めた。

二階の廊下に至ると、突き当たりの小窓から微かに明かりが入ってきていた。その右手には金属製のドアがある。閉まっている。何度かノックし、呼び鈴も鳴らしてみたが反応はなかった。

だが、目が慣れてくると足元、床に溜まった埃が何かで搔き乱されたようになっていることに気づいた。姿勢を低くし、微かな明かりに透かして見ると、何ヶ所かには手の跡もあった。

ふいに、この場に上岡がいないことが不安になった。

何かあったのではないか。不測の事態が起こったのではないか。

三階にも上がってみた。やはり誰もいない。部屋も無人のようだ。床や壁、手摺りなども注意して見たが、足跡らしきものが多少残っている他は、特に手掛かりとなるようなものは見つけられなかった。屋上にもいってみたが、やはり何もない。

だが、二階に戻ったときだ。

階段を下りきったところ。廊下の突き当たりの、一番奥まった角のところに、何か白っぽいものが落ちている。拾い上げてみると、紙切れだった。ノートか手帳のページを千切ったような、雑な切り口の切れ端だ。

そこに書いてあったのだ。「エポ」と。たぶん後ろに隠すようにするとかして、直接は見ずに書いたのだろう。あるいは掌に載せて書いたのかもしれない。妙にふにゃふにゃした、下手も雑も通り越して、解読するのがやっととという文字だ。幸彦自身、「エポ」という単語が頭になかったら読めなかったかもしれない。

だがそれで、情報としては充分だった。

ここで何かが起こった。そして上岡は「エポ」に向かった。おそらく彼は自由を奪われているに違いない。そうでなければ、こんなメモなど残さず携帯に連絡をくれればいい話だからだ。その意味では向かったというより、連れ去られたというべきかもしれない。

急がなければ。

抜弁天通りまで死ぬ気で走って、またタクシーを拾おうと思ったが、道の流れが悪いように見えたので、肚を括って走ることにした。この界隈は管轄区域。土地鑑は存分にある。ゴールデン街までの近道も分かる。

それでも十分くらいはかかってしまった。着いたときには息が上がりきっていた。自販機で買った水を一気飲みし、大きく深呼吸を繰り返した。

「エポ」の階段を上り始めたときは、まだ少し息が荒かったかもしれない。だが気づかれはしないだろうと思った。二階もそれどころではなさそうだったからだ。

階段の一番上までいって、四つん這いの姿勢で引き戸に耳をそばだてた。

まず聞こえたのは、いきり立った男の声だ。それを窘《たしな》めようとしているのが、どうやら例の、陣内陽一であるようだった。

それでも相手はかまわず続けた。

「歌舞伎町セブンってのは、お察しの通り、殺しのプロ集団だよ」

確かに、そう聞こえた。誰が誰に向かっていったものかは分からなかったが、そんなことはどうでもよかった。

限界まで膨らみ、張り詰めていた疑念を破裂させるには充分すぎる鋭利なひと言だった。殺し屋集団「歌舞伎町セブン」は実在する。しかもその口振りから、そこにいる発言者も「歌舞伎町セブン」の一員であると察せられた。

まさか、こいつなのか。父を殺したのは――。

しかし話は、次第に妙な方向に転じていった。

「セブンが殺るのは、この街を食い荒そうとする害虫だ」

どういう意味だ。非はそもそも殺される側にあったというのか。殺しておいて、貴様らが正義を気取ろうというのか。

「……そういう恨みは、一体誰が引き受けてくれるんだい」

恨み？　誰が父を恨んでいたというのだ。談合だかなんだか知らないが、その程度のことで、誰が殺したいほど父を恨んだというのだ。

いつのまにか、爪が剝がれるほど激しく階段板を摑んでいた。こめかみが痛くなるほど奥歯を喰いしばっていた。瞬きを忘れ、涙が滲んでもなお閉じた引き戸を睨め上げていた。

お前らが、あの「歌舞伎町セブン」なのか――。

話はさらに続いた。斉藤や岩谷の名前も挙がった。はっきり「リュウ」と呼びかけるのも聞こえた。陣内も発言し、人数がどうとかいう話になった。

そんな頃になって、ようやく気づいた。

何者かの影が、自分の真上まできていた。

次の瞬間、太い枝のような硬い腕が、幸彦の顔面に絡みついてきた。

「ムグッ……」

右の頰骨が軋《きし》み、頰肉が歯に押しつけられて裂け、口の中に血が溢れてきた。抵抗しようとしたが、左腕もすでに搦めとられていて動かせない。肘《ひじ》を鉤型《かぎがた》に曲げられ、後ろに捻られると、肩関節を捻じ切られるような激痛が走った。右腕は、自分の胸の下敷きになっている。さらに上に乗られてもいるので、それだけで手首や肋骨《ろっこつ》が折れそうになった。唯一の抵抗は足をバタつかせることだが、これも階段板に当たって脛《すね》が痛いだけだった。

顔が壊れていく音は、樹木が倒れるときのそれに似ていた。立たせるつもりなのだろうか、強引に引き上げられると、頬骨と肩関節の痛みは頂点を通り越し、にわかに気が遠くなりかけた。

そこで引き戸が開く音がした。誰だと問う声もした。その瞬間、右頬にかかっていた腕から力が抜けたが、絞めが解かれたわけではなかった。硬い腕は間髪を入れず顎の下にもぐり込み、首を直接絞める形に変化しただけだった。

背後の男が、幸彦の盗み聞きを報告した。戸を開けた男の顔に、張り裂けんばかりの怒りの色が浮かんだ。知っている顔だった。そう、確か四代目関根組組長、市村光雄。どういうことだ。現役の組長まで「歌舞伎町セブン」に名を連ねているのか。

「とりあえず入れ……っつったって、せめえんだよな」

市村は男に、幸彦を縛るよう命じた。ロープではない。ガムテープの類でごく簡単にだったが、心得があるのだろう。縛られたあとはもう、完全に身じろぎ一つできなくなった。

一連の作業を終え、男は無言のまま外に出ていった。それでようやく、床に転がされた幸彦にもロフト部分が見えた。上岡が、やはり手足を緊縛された状態で捕らえられていた。鈍器か何かで殴られたのか、額から血を流していた。そばには幸彦とそう年の変わらなそうな女がいる。その女が、上岡の襟首を摑んでいる。

「この野郎……大田の町工場で、頭、穴だらけにしてやろうか」

市村が、横向きになっている幸彦の頭を靴で踏んづけた。だが、隣にいた陣内が肩に手をかける。

「よせよ。それじゃただの人殺しだろう」

「ほう。俺様は、そんじょそこらの人殺しとはわけが違うとでもいいてえのか」

「茶化すな。知られたら殺せばいいなんてのはヤクザの理屈だ」

「上等だこの野郎。だから、テメェだけは特別だっていいてえのかって訊いてんだ馬鹿が」

自分でも信じ難いことに、幸彦の心情はむしろ市村の言い分に近かった。

「……お前らが、殺したのか」

なんとかそう搾り出すと、市村と陣内がそろって幸彦を見下ろした。

「お前らが、小川忠典を……殺したのか」

一瞬だけ、二人が目線を交わす。

口を開いたのは市村だった。

「やっぱりオメェ、あの小川の倅だったか」

いいながら、幸彦の目の前にしゃがむ。なぜ「やっぱり」なのかは、幸彦にも分からない。

「だからコソコソ、俺たちの周りを嗅ぎ回ってやがったんだな。そこのペンゴロとツルんで」

目を合わせたいが、あいにく首も上手く動かせない。

「どうなんだ……殺したのか」

「そんなことを知ってどうすんだ、坊や」

「答えろ……小川忠典を殺したのは、歌舞伎町セブンなのか。それとも、欠伸のリュウか」

ペッ、と市村が唾を吐く真似をする。

「……聞いたかよ。こんなペーペーの交番オマワリが、さも分かったような顔でセブンだのリュウだのいいやがる……世も末だな。なあ、リュウさんよ。それでもあんたは、この男を生かして帰してやるつもりかい」

見えなかったが、おそらく市村が顔を向けた相手は陣内だ。

陣内は何も答えなかった。

市村が、コツンと幸彦の額をつつく。

「冥土の土産《みやげ》たぁ、よくいったもんだぜ。……俺たちみてえな稼業をやってるとな、どうしてもこの世から消えてもらわなきゃならねえ、都合の悪い相手ってのができちまう場合がある。たいていは殺しても飽き足らねえくらいの畜生だが、そんな野郎でも、死に際の願い事くらい叶えてやろうかと、気紛れにだが思うことはある。まあ、極道も人の子ってことさ」

よいしょ、と市村が立ち上がる。

「もう一度訊くぜ、オマワリさん。いまさら、十何年も前に死んだ親父のことなんて聞いてどうする。しかも、こっち側の言い分だ。あんたが喜ぶような、思わず泣けてくるようないい話ってわけにゃいかねえぜ」

できることなら、目の前にある向こう脛に嚙みついてやりたかった。

「俺はただ、真実が知りたいだけだ」

「それが、どんなに汚え話でもか」

「かまわない……本当のことを、教えてくれ」

やれやれ、といったふうに市村が溜め息をつく。二本の脚が、店の奥の方に移動していく。

どう立ち位置が変わったのかは分からないが、少し離れたところで、市村は再び話し始めた。

「お祭しの通り、前の前の新宿区長、小川忠典を消したのは俺たち、歌舞伎町セブンだ。もっといえば、直接手に掛けたのは、ここにいるリュウさんだ。なあ、欠伸のリュウさんよ」

やはり、陣内は応えない。

「なぜだ」

「慌てるな。ちゃんと順番に話してやる」

ライターをこする音がし、淡い煙の影が白い壁紙に映った。

「……小川忠典元区長はな、歌舞伎町を南北に分ける道路、即ち花道通りの減幅工事を画策してたんだ。当時の花道通り沿いには組事務所が多数あって、道の片側には黒塗りのベンツが、まさに数珠繋《じゅずつな》ぎで停まってるのが当たり前って時代だった。だがやはり、常識的にいってそれはよろしくない。何より、来街者が怖がるから街のためにならない。その悪慣習を払拭しようというのが、減幅工事の主たる目的だった。要するに、車一台通るのがやっとの幅にしてしまえば、いくらヤクザでも路駐しなくなるんじゃねえか、って話さ」

ひと口、吸って吐くだけの間が空く。

「……なるほど、ご立派な計画だ。敵ながら天晴《あっぱ》れだ。実際、この計画は小川の死後、数年して実行に移された。その結果、組の車は行儀よく駐車場に入るようになり、以後は花道通りから撤退する事務所が相次ぎ、歌舞伎町における暴力団の影響力が著しく低下するという事態を招いた。音頭をとったのは国と都の公安委員会、東京都と新宿区……奴らにとっては、いい成功例になったはずだ。だが当初、小川が画策した枠組みと、数年後実行に移された本計画とでは、明らかに異なる点があった。それが、歌舞伎町の民意と著しく対立する構図を生んだんだ」

ふと、街の喧騒が遠退いたように感じた。

「小川が工事を任せようとしたのは、表向きは都内に拠点を持つゼネコンだったが、その実態はなんと、ひと皮剝けば新華僑《しんかきょう》が牛耳る中国系企業だったのさ。いわゆる〝ニューカマー〟ってやつだ。もちろん随意契約でだ。俺たちが裏をとったところ、小川は七億近い金を新華僑から握らされ、この計画を推進するよう頼まれていた。それの何がまずかったのか……歌舞伎町ってのは、その成り立ちからして旧華僑勢力が強い街だ。彼らは歌舞伎町に定住し、歌舞伎町で富を生み、歌舞伎町で飲み食いし、雇用することで、歌舞伎町に富を還元する。むろん故郷への送金もするだろうが、基本的には日本人とも韓国人とも、その他の外国人とも共存関係にある。いわば、歌舞伎町の生態系の一部ってわけさ。喰っても喰われてもな」

またどこかで、ライターをこする音がした。

「だが新華僑は違った。奴らは外からきて自分たちの都合のいいように歌舞伎町を作り変え、富を吸い上げ、吸い尽くしたらまた別の街に移っていく……そういう連中だった。あるときは合法的に旧勢力を弱体化させ、あるときは非合法な手段も用い、街の生態系をガタガタにして喰らい尽くす……まあ、その程度だったら俺たちも手は下さない。別の方法で対処すべき問題だからだ。だが小川はあろうことか、この構図を暴露しようとした一人の男を、自殺に見せかけて消したのさ。さすがにそれは、俺たちの目にも余った」

ある程度の覚悟はしていたが、まさか父が、誰かを死に追いやったなどといわれるとは思ってもみなかった。

市村が戻ってくる。今度は幸彦にも顔が見えるところにしゃがむ。

「殺されたのは、カワイアキヒサっていう、新民党所属の区議会議員だった」

「何か、証拠はあるのか」

「あるわけねえだろ馬鹿が。あったら遺族が刑事告訴に持ち込んでら……だがまあ、言質《げんち》はとったぜ。実行犯にも、小川本人にも。お前がカワイを殺したのか、お前がカワイ殺しを指示したのか、ってな。認めたぜ、お前の親父さん。だから殺したんだよ。心不全に見せかけてな。ちなみに、小川への復讐を依頼してきたのは、死んだカワイの女房だ。あのときは、四百万で請け負った」

記憶の中の父に、少しずつ、薄暗い靄《もや》がかかっていく——。

朝早く、玄関を出ていくスーツの後ろ姿。一度公用車に乗り込んだら、決してこちらには目を向けない人だった。声が大きく、明るい面も持ち合わせていたが、その分、怒ったときは怖い人だった。体格も立派な方だったので、特に子供の頃は父を恐ろしく感じていた。父に叱られないようにするのが生活の第一義、といっても過言ではなかった。

遊んでもらった記憶はほとんどない。キャッチボール、サイクリング、川遊び。何一つ覚えがない。その代わり、ねだればたいていのものは買ってもらえた。ロボット玩具も、自転車も、ゲーム機も早くから持っていた。そういえば、何度か一緒にテレビゲームをやった覚えはある。あいにく、ちっとも上手くはなかったが。

ニュース以外のテレビ番組を見ている姿も思い浮かばない。母に庭の手入れを指示する姿は覚えているが、自ら庭に出て作業をするのは見たことがなかった。

大学進学に関しては、不思議なほど親身になって相談に乗ってくれたが、入学後はむしろ口を利く機会が減った。いま思えば次の区長選挙が迫っていて、プレッシャーのかかる時期だったのだと思う。

そう。誰でも知っていることではあるが、実際、選挙にはやたらと金がかかる。父も口癖のように、日々そうこぼしていた。

七億。道を踏み外すには充分な額かもしれない。結果的に直接対決することはなかったが、次に区長となった安田圭太郎氏は新民党の強力なバックアップを受けており、当時から次期区長の最有力候補といわれていた。その追い上げを振り切るため父が、何か強力な武器を必要とした可能性はある。あるいは、民自党の推薦を繋ぎ止めるための上納金か。どちらにせよ、七億という金がその役を担ったのだとしたら、悲しいかな辻褄《つじつま》は合う。

しかし、そういったスキャンダルを暴かれそうになったからといって、区議会議員の抹殺まで画策したりするだろうか。どうだろう。今はなんともいえない。ただ、転がり始めたら転がり続けるしかない、というのはあったかもしれない。選挙に勝つため汚れた金に手をつけ、見返りに公共工事を斡旋し、だがスキャンダルを暴かれそうになり、やむなく闇の力を借りてその存在をこの世から葬り去った。

むろん、認めたくはない。認めたくはないが、ないとは言い切れない。絶対にない、自分は父を信じ抜くと、そう宣言できるほど幸彦は、小川忠典という人間をよく知らなかった。よく知る前に、見失ってしまったのだ。

ふいに、奥の方から声がした。

「……で、どうするんですか」

少し嗄《しゃが》れてはいたが、若い女の声だった。

「結局、この人が誰の息子とか、警察官とか、そういうの関係ないですよね。知られたから生かしておけない。要はそういうことですよね」

聞き覚えのある声だった。それも、つい最近知った人物だ。

「お嬢ちゃんは黙ってなよ。そもそも、あんたを助けてやろうとして、こんなことになっちまったんだからよ」

そう、あの娘だ。斉藤杏奈だ。今までどこにいたのだろう。

「分かってます。みなさんに助けてもらったことは、感謝してます。でも、だったらなおさら、知られたから殺すとか、そういうの、やめにしませんか。……歌舞伎町セブンの存在意義、あたしなりに、納得はしました。この街の仕人だから、そういうの、なんとなく皮膚感覚で分かります。でも外の人にだって、きちんと説明すれば、分かってもらえると思います。きっと、この人にだって……」

ゴム底の足音がし、細身のジーンズに包まれた脚が目の前に現われた。すぐそこにしゃがみ、細い腕を伸ばし、幸彦の両手を括ったテープを剝がし始める。

「おい、勝手な真似すんなよ」

市村の語気は荒かったが、でも近づいてはこなかった。陣内が止めているのだろうと察した。

杏奈は、泣いているようだった。顔は見えないが、息遣いで分かる。

最後のひと巻きが剝がれると、途端に両腕が楽になった。脚はまだ括られたままだが、少なくとも上半身は自由になった。

床に手をつき、ゆっくりと体を起こしてみる。あちこち痛んだが、それよりも解放感の方が勝っていた。脚がそろっているのでどうしても女座りになってしまうが、今は仕方ない。

杏奈と目が合う。大きな瞳が、黒々と濡れている。

「あなたは、どうするの」

質問の意味が、よく分からなかった。

「あなたには、分からないかもしれないけど……この街に逃げ込んでくる人の大半は、はっきりいって、半端者です。借金を背負ってたり、チンピラ崩れだったり、シャブ中だったり、犯罪者だったり……でもそういう人たちでも、再起のチャンスを摑めるのが、この街なんです。人はこの街で商売を覚えたり、お金を溜めたり、人の情けに触れたりして……そうやってみんな、一人前になって、また外の世界に、勝負しに旅立っていくんです」

ときおり唇を嚙み、それでも杏奈は続ける。

「外にはいかなかったけど、うちのおじいちゃんにも、そういうところ、あります。昔はヤクザだったらしいけど、今は違います。真っ当なお店をやってます。商店会の仕事だって真面目にやってます。……人って、変われるんです。家族ができたり、ちゃんとした居場所ができると、もっとずっと頑張れるんです。だから、どうしても必要なんです。法律とかモラルとか、そういう堅いことというの、ちょっとだけ待ってあげて、いいからやってごらんって、そういうふうに受け入れてあげられる場所って、たぶん、この街くらいしかないんです。だから、この人たち……歌舞伎町セブンは、そういう街の、番人になろうとしてるんだと思うんです」

いったん、頷くようにして唾を飲み込む。

「……あたしも、同じ。親のいないあたしを育ててくれたのは、結局、この街の人たちだった」

華奢な手が、幸彦の肩を摑む。意外なほど力強い。

「だから、あたし……今の自分に、何ができるのかは分からないけど、でもあたしは、この人たちと一緒に、戦います。あなたは、どうしますか。警察に戻ってこの人たちの、昔の罪を告発しますか。それとも、あたしたちと一緒に、戦いますか」

そんな――。

4

話を聞きながら、陣内も十四年前の出来事に思いを馳せていた。

あの頃。師匠の山田が癌《がん》で亡くなって七年、「リュウ」の名を継いで十年。すでに「歌舞伎町セブン」の中核をなす「第一の手」を務めるまでなっていた。

当時のメンバーは、元締めが「仏のギン」こと斉藤吉郎、「手」はリュウの他にキョウとユタカ、「目」はマサ、マキコと、市村だった。市村も石渡から「ばらしのロク」の名を受け継いでいた。

仕事は基本的に、二人ひと組で行われた。リュウはマキコと、キョウはマサと、ユタカは市村と組むことが多かった。

マキコとは、組むようになってまもなく男女の間柄になった。極限の緊張の中で行動を共にするうち、自然とそういう気持ちが芽生えていったのだが、それが不都合な関係であることは百も承知だった。裏稼業の現場では最悪、相棒を見殺しにしなければならない事態も生じ得る。ことによったら、口封じのために殺さなければならなくなるかもしれない。だが、相棒が恋人だったら——まず冷静な対処はできなくなる。そうと分かっていながら、マキコに溺れていく気持ちを抑えきれなかった。

真っ白な、ホッキョクギツネのような女だった。細長い背中がひどく淫靡《いんび》で、触れると微笑みながら身をくねらせた。滅多に汗をかかない体質だった。だから肌はいつもさらさらしていた。突くたび、子供のような声でうんうんと唸り、それを指摘すると、いわないでと恥ずかしそうに口を尖らせた。

最初は仲間にも隠していた。吉郎に探りを入れられても、しばらくはとぼけていた。だが、子供ができてしまってはもう隠しようがなかった。それでも吉郎がマキコをメンバーから外さなかったのは、単に代わりが見つからなかったからだ。それと、いざとなったら私がリュウを殺すと、そうマキコが宣言したというのも大きかった。

しばらく結婚という形はとらなかったが、子供が生まれるまでにはなんとかしなければと思っていた。マキコにはちゃんとした戸籍がなかったので、吉郎に仲介を頼んで「岡田弓子」なる女性の籍を買い取り、それから改めて婚姻届を出し、同じ名字になった。

生まれた女の子に「杏奈」と名付け、子育ても二人でした。仕事は、例のビル清掃を続けていた。いくつかの道具は山田から受け継いだが、軽自動車はさすがにガタがきていたので自分で買い替えた。

不思議とその頃、裏の仕事はぱったり途切れていた。中国人同士は派手に殺し合っていたが、

「歌舞伎町セブン」の出番ではなかった。他のメンバーとも顔を合わせずにいると、自分たちはごく真っ当な夫婦で、このありふれた家庭生活はこれからもずっと続いていくのだ――そんな、甘い夢すら見るようになっていた。

しかし、あの依頼がきた。

新宿区議会議員、河井彰久《かわいあきひさ》の自殺は仕組まれたものであり、ついてはその首謀者である小川忠典新宿区長に復讐をしたい。実行犯も含めて抹殺してほしい。

河井彰久、と聞いた時点で嫌な予感はしていた。

依頼主は誰かと訊くと、吉郎はこともなげに答えた。

「河井彰久の奥さんです。可哀相に、四十そこそこで未亡人ですよ。なのに、四百万も持ってきました。これから、どうするんでしょうね……どうしますか、この依頼。受けますか。流しますか」

他の五人は、受けてもいいといった。

最後まで答えずにいると、吉郎が訊いてきた。

「リュウさんは、反対ですか」

満場一致でなければ仕事は受けられない。このまま反対といってしまえば、この仕事は流すことができる。

迷ったが、一つ条件を出すことにした。

「元締め。この話の裏、俺にとらせてくれないか」

通常、裏とりは「目」の仕事だ。実行部隊である「手」は決行当日まで動かないのがいつものやり方だった。

「理由は、聞かせてもらえますか」

かぶりを振ってみせると、吉郎は両眉を吊り上げながら頷いた。

「私は、かまいませんが。他のみなさんはどうですか」

異を唱えたのは市村だった。

「素人一人に任せるわけにゃいかねえな。こっちはこっちで裏とらせてもらうが……リュウさん、あんたは何をどうやってとるつもりだ。手分けしようぜ」

もっともな意見だった。

「俺が、依頼主を当たる。みんなは実行犯と、小川の裏をとってくれ。それと、死んだ河井も、そっちで頼む」

なんだそりゃ、と市村がいった。

分かったと、マサは頷いた。

マキコは、黙ったままだった。


後日、河井彰久が自宅に使っていたという港区内のマンションに向かった。

別の住人のあとについて入り込み、目的の部屋がある階で降り、そこでしばらく待った。

河井の妻は夜十時過ぎに帰ってきた。鍵を開けるその背後に忍び寄り、ドアを開ける瞬間を狙い、一緒に押し入った。

「騒ぐな……危害は加えない」

後ろ手でドアを閉めると、明かりはどこにもなくなった。

それでも彼女はいった。

「……茂之？」

そう。河井の妻というのは、二十年以上前に生き別れた姉だった。こっちはたまたま選挙演説に同行している姿を見かけて知っていたが、まさか、暗闇の中で声を聞いただけで言い当てられるとは思っていなかった。

「区議とはいえ、よく政治家の女房になんてなれたな」

「茂之、茂之なのね」

手を伸べ、ベタベタと顔に触れてくる。

「どうやって誑《たら》し込《こ》んだ」

「ああ、茂之……」

顔から首、胸へと手を這わせる。放っておいたら服まで脱がしそうな、油断ならない手つきだった。

少し力を入れて押し退ける。

「どうやって誑し込んだのかって訊いてるんだ」

すると、フンと鼻息を荒く噴き出す。

「なんだい……しばらく振りだってのに、人聞きの悪い言い方すんじゃないよ。別に誑し込んだわけじゃないさ。本気で惚れた、一緒になってくれってしつこくいわれたんだ。そこまでいわれたら、あたしだって女だからね……そりゃ、絆《ほだ》されもするさ」

年のせいもあるだろうが、こういう喋り方をすると母親にそっくりだった。

「ま、籍入れる前に、いったん普通の会社に入れてもらって、それらしい経歴は作ったけどね。そりゃ恰好つかないよね、政治家の妻が元ソープ嬢じゃ。摑んでみたらアブク銭……それも、なんか縁起悪いしね」

ひとしきり自嘲気味に笑うと、急に意気をなくした。

「……あの人だけだったんだよ。あたしを、まともに人間扱いしてくれたのは。それまでは、男なんてみんな同じだと思ってた。あたしの穴と乳にしか興味がなくて、言葉で釣れなきゃ金で釣る。好き放題弄くり回して、でもそれで満足するのは初めだけ。平手で殴られたら、グーで殴られるのももう時間の問題さ。気を失ってる間に、財布ごと持っていきやがる、ってのがお決まりのパターンで……でも、あの人だけは違った」

目が慣れ、少し表情が見えるようになっていた。

姉はうっとりと、何もない暗闇を見上げ、微笑んでいた。

「愛してるって、いってくれたんだ。初めて聞いたよ、そんな言葉。そんなの、テレビドラマの中だけだと思ってたからさ……嬉しかった。あたしの作った料理食べて、美味しい、幸せだって、そんなこともいってくれた」

だが、その目に再び狂気が宿る。瞳孔に緑の色が差す。

「お前が、復讐してくれるのかい……茂之」

伸びてきた手を、やんわりとかわす。

「小川忠典が首謀者だってのは、間違いないのか」

それには、確信ありげに頷く。

「間違いないよ」

「なぜそう言い切れる」

「確かめたからさ」

「誰が」

「あたしがだよ」

「どうやって」

黒い唇が捩《ねじ》くれ、下卑《げび》た笑いを形作る。

「決まってるだろ……女を使ったのさ」

呆れもしたが、でもそれ以外に、この女に一体何ができるだろうかと考える。たぶん、何もない。そう思わざるを得なかった。


他の連中も裏とりに動き、どうやら小川忠典が自らの収賄疑惑を揉み消すために、河井彰久を消したのは間違いなさそうだと結論付けられた。

標的は三人に絞られた。小川忠典と、実行犯が二人。その二人というのが、まさにニューカマーで構成されたチャイニーズマフィアのメンバーだった。

実行犯二人はキョウとユタカに任せた。キョウは刃物でも、ロープでも、素手でも殺せる器用な男だった。ユタカも刃物を得意としたが、薬の使い手でもあった。あとで検出されにくい毒物での殺害も何度か成功させていた。このときはあたかも仲間割れを起こし、二人が刃物で切りつけ合った挙句、結局両方とも力尽きて事切れた、というような状況を作り上げる計画だった。

それに比べれば、小川忠典は楽なものだった。

マスコミの人間を騙《かた》って携帯に電話を入れ、河井彰久の件で話があるといって誘《おび》き出《だ》し、歌舞伎町内を歩き回らせる。二丁目の、人目につきにくいコインパーキングまでこさせたら、あとはいつもの手順でやるだけだ。

マキコと連携して、ワンボックスカーに小川を引きずり込む。

「騒ぐな。大人しく質問にだけ答えろ」

パニック状態に陥った小川は激しく暴れたが、その程度のことでペースが乱されることはない。こっちはプロだ。身動きできないよう押さえつけるくらい朝飯前だ。

「河井彰久を殺すよう指示したのはお前か」

小川は目を見開くばかりで答えようとしない。

「しらばっくれてもためにならないぞ。実行犯まで目星はついてるんだ。今ならあんたの出方次第で、この件はどうとでも決着できる。あんたが認めれば、俺たちはこの件を表沙汰にはしない。この場で終わらせてやる。だがあんたが認めないならば、派手にぶち上げるしかなくなる……どうする。ここで認めて静かに終わらせるか。それとも白を切り通して、あとでお祭り騒ぎにするか」

充分に間をとって、再び訊く。

「河井彰久を、殺すよう指示したのは、あんたか」

それでもすぐには認めなかった。だが、目には涙が浮かんできていた。六十を過ぎた男が何を思い、この場面で涙を流すのか。まったく想像がつかなかったが、ただそれで、逆に肚は決まったようだった。

「……私が、河井を殺すよう、指示した」

それだけ聞ければ充分だった。

鼻を摑んで、ぐっと上に持ち上げる。欠伸の形になるまで、充分に口を開けさせる。

「息を吸え。すぐ終わる」

小川が自らの死をどこまで覚悟していたかは分からない。だが最期は素直なものだった。綺麗な死に方だったといっていい。

その後に車から降ろし、突き当たりの壁に寄りかかるような恰好で遺棄してきた。携帯の履歴も消去した。これで外傷があれば刑事事件となり、現場検証も行われるだろう。そうなったら不自然な点も多々出てくるだろうが、あいにくそこまで心配する必要はない。

なぜなら、「欠伸のリュウ」の仕事は、常に完璧だからだ。


小川忠典は心不全で突然死、チャイニーズマフィアの二人も目論見通り、仲間割れの同士打ちと新聞で報道された。歌舞伎町セブンの仕事としては特に変哲のない、ありふれた復讐劇の一つにすぎなかった。

その後、姉がどうなったのかはよく知らなかった。ただ杏奈を連れ、マキコと三人で歩いているとき、ばったり新宿駅前で出くわしたことはあった。小川の件の、数ヶ月後のことだ。

言葉は交わさなかった。立ち止まった姉はじっと杏奈を見、それからマキコと見比べ、微かに笑みを浮かべた。それだけで、会釈をしてすれ違っていった。

マキコは怪訝そうに訊いた。

「どなた？」

あのとき、本当はどう答えるべきだったのだろう。実の姉だと、そう正直に告げるべきだったのだろうか。

だが結局、それはできなかった。

「例の一件の、依頼人だ……河井彰久の、女房」

その後ろ姿を見送っていたマキコは、しばらくしていった。

「写真と、だいぶ感じが違うのね。……なんか、強そうな人」

なるほど。強そうな人、か——。

確かに、それが一番しっくりくる表現だと思った。


次の年の冬。またセブンのメンバーに招集がかかった。

「意外と続くわね、ここのところ」

マキコは杏奈の髪を結いながらそう呟いた。杏奈は八つになっており、もう託児所に預けるような年でもなかったため、同じマンションの知り合いに頼んで、二、三時間面倒を見ていてもらうことになっていた。

「はい、できたよ……杏奈、ちゃんと麻美《あさみ》ちゃんのいうこと聞いてね」

麻美というのが、その知り合いだ。マキコがクラブ勤めをしていた頃の同僚だ。

「うん、分かってる……ママ、今日は帰ってこないの？」

「んーん、そんなに遅くならないで帰ってくるよ。パパも一緒だし。でも、眠くなったら寝ちゃってもいいからね。そしたら、そのままおんぶして連れてきてあげるから」

だがこの日、杏奈は珍しく別れ際に泣いた。留守番には慣れているはずなのに、この日に限っては、いかないでとマキコに追いすがった。

本当はここで、不吉なものを感じとるべきだった。杏奈が泣いたことの意味を、もっと真剣に考えるべきだった。いま思えば、知らぬまに何かしら感覚が鈍っている部分があったのだと思う。平和ボケ、幸せボケ。そんなものに、いつのまにか侵されていたのだ。

別々にマンションを出て、別々のルートで集合場所に向かった。

その日、指定された場所はさくら通りを少し入ったところにある雑居ビルだった。一階が風俗無料案内所、二階が違法カジノ、三階にはイメクラが入っているが、四階のキャバクラが潰れて空き家になっているというので、そこに集まることになっていた。

大人だったら三人乗れば一杯というエレベーターで四階まで上った。降りた正面には黒い布で覆われたパーテーションがあり、それを迂回していくと、置き忘れたようなソファにキョウが座っていた。窓は塞がれていてなかったが、一ヶ所だけ蛍光灯が灯っており、話をするだけなら充分な明るさだった。

「リュウさん、なに、一人」

「いや、すぐマキコもくる。他の連中は」

するとと、左手にある非常扉が開き、マサが入ってきた。外でタバコでも吸ってきたのだろう。

「もうすぐユタカが上がってくる。いま下に見えた」

だが、次に上ってきたエレベーターに乗っていたのはマキコだった。ユタカはその隣、室内階段を上ってきたようだった。

「マキさんがエレベーター乗るの見えたんだけど、間に合わなくて、いかれちゃって。一往復待ってるのもなんだったから、階段できちゃった……あれ、ロクさんと元締めは？」

メンバーの中でも一番若いユタカは、決して敬称を略さなかった。

答えたのはマキコだった。

「今さっき電話あった。二人とも、ちょっと遅くなるって」

キョウが「何分ぐらい」と訊いたが、マキコは「分からない」としか答えなかった。マサが変なふうに眉をひそめたが、特に何をいうわけでもなかった。

ただ、ユタカがタバコを吸おうとすると、声を荒らげてやめさせた。

「ここは借り物だ。中では吸うな」

「でも、これってロクさんの管理物件ですよね」

「駄目だっていったら駄目なんだよ。しまえよ馬鹿野郎」

そんなに怒んなくたって、といいながらユタカはタバコをしまった。

確かに、吉郎と市村は遅かった。その間、一番苛々していたのはマサだった。キョウはどこで見つけてきたのか、キャバ嬢の写真入り一覧表のようなものを眺めては、こんなブス、ただでも抱けないとか、そんなことをいっていた。

最初に、異変に気づいたのはマキコだった。

「ねえ、なんか臭くない？」

そういわれてみれば、ガス臭いような気がした。

ユタカが、さっき自分で上ってきた階段に通ずるドアを開ける。ガス臭さがいっそう増したように感じられた。

そのときだった。

パッ、と明かりが消え、階段の下の方から怒声や、悲鳴のような声が聞こえてきた。

「やだ、火事ッ」

マキコが叫ぶ。あっというまに煙が立ち込めてくる。

「マキさん、そこ、そっちの窓開けて」

「えっ、見えないよ」

「そこですよ、すぐ後ろ」

ああ、とマキコが漏らす。

「私とユタカなら通れるかも……そしたら、あっちに飛び移れる」

他の男では無理、ということらしかった。確かにユタカは女みたいに線が細かった。窓から出て、隣の建物に移るつもりらしい。

「みんなはそっちの階段から逃げて、私はこっちから出るから」

そう、マキコが言い終えるや否や、閉じたエレベータードアの向こうが白く光り、次の瞬間、弾け飛ぶドアを追いかけるように火の柱が室内に出現し、爆風と、轟音と、炎の熱と煙の息苦しさで、もう、何がなんだか分からなくなった。

「マキコ、マキコォーッ」

いくら呼んでも返事はなかった。近づこうとはするけれど、マキコたちが出ようとしていた窓はエレベーター開口部の向こう。暴れ回る炎に阻まれ、とてもではないが近づくことなどできなかった。

「マキコ……おい、マキコ……」

そのうち、自分の服にも引火した。転げ回って消そうとは思ったが、すでに体がいうことを聞かなくなっていた。非常階段がどっちだったかも分からない。とにかく、息ができない。目も開けられない。喉が熱い。背中が熱い。

遠くで、サイレンの音が――。

5

バーのロフトから見る光景としては、それはあまりにも奇妙だった。

カウンターの下、人一人通るのがやっとという通路に転がされた新宿署の警官、小川幸彦。彼を慰めるかのように、肩に手をやっているのは商店会長の孫娘、斉藤杏奈だ。それより少し奥、市村光雄と陣内陽一は立ったまま、二人仲良くタバコを吹かしている。

そんな場面を見下ろす上岡の目の前には、ミサキと呼ばれた女がいる。フライトジャケットの下に覗く胸元は、乳房というよりはむしろ胸板といった方が相応《ふさわ》しい盛り上がり方をしていた。

杏奈が小川の肩を揺する。

「……あなたは、どうしますか。警察に戻ってこの人たちの、昔の罪を告発しますか。それとも、あたしたちと一緒に、戦いますか」

ずいぶん強引な二択だと思った。「告発」と「共闘」の間にはかなり大きな隔たりがある。「告発もしないが共闘もしない」という選択肢がなぜないのか。上岡としては、できればその辺りに立ち位置を定めたいのだが。

市村がタバコを灰皿に押しつけながら小川を見る。

「そもそもオメェ、なんで今ここにいるんだ。何しにきたんだよ」

マズい。小川がここにきたのは、おそらく上岡が残したメモを見たからだ。

謎の男との乱闘のあと、屋上から戻ってきたミサキは誰かと電話で連絡をとった。今ここにいるメンバーの誰かなのだとすれば、おそらく市村なのだろうが、とにかくその会話の中で「エポ」という単語が出てきた。上岡は廊下に倒れたまま密かにそれを手帳に書きとり、ページを千切って廊下の端に投げた。

今その話題はマズい。小川のみならず、上岡までもが敵対構造の中に組み込まれかねない。

「いや、そんなことより」

勢いでそう発すると、下にいる小川以外の三人がロフトを見上げた。目の前のミサキもギョッとした顔で上岡を見る。だが、続きは考えていなかった。

「なんだ、ペンゴロ」

市村が下顎を突き出していう。

「ああ、はい……」

何かいい話はないか。この敵対構造が消えてなくなる、別角度の話題がいい。たとえば——。

「あ、その……そう、今はそんなことより、あの暴漢ですよ。私を殴り倒して、杏奈さんを連れ去ろうとして、ミサキさんと格闘になった、あの男が誰なのかって、そのことの方が、重要なんじゃないですか」

思いつきでいったわりには、芳《かんば》しい反応が得られた。市村が見上げながら小首を傾げる。

「お前、なんか心当たりでもあるのか」

そう直接的な期待をされても困る。困るが、何か捻り出さなければなるまい。

懸命に、あの場面を脳内に再現する。何かなかったか。身体的特徴でも、身に着けていたものでも、匂いでも、声でも。

「あっ」

「なんだ」

今度は小川を含む全員が上岡を見た。

「あの男、私を殴る前に、妙なことをいいましたよ。確か……ウキ、ご苦労さん、とか」

すると、市村と陣内の顔つきが見る見る険しくなっていった。だがミサキは、そうでもない。

二人の様子にじっと目を凝らしている。

市村が、組んでいた腕を解く。

「まさか……キョウ」

ミサキが柵から顔を出す。

「誰だよ、それ」

答えたのは、意外にも陣内だった。

「〝枕のキョウ〟……十三年前、あのビル火災が起こるまでは、キョウも歌舞伎町セブンのメンバーだった。〝第二の手〟だった」

十三年前のビル火災といえば、おそらく「旭第三ビル火災」のことだろう。四十数名の死傷者を出した、原因不明の大事故だ。

さらにミサキが訊く。

「ビル火災までは、って、どういうことだい」

「奴は、死んだ。黒焦げになって……」

だが、市村がかぶりを振る。

「そう、思い込んでただけなのかもな。あの夜、俺たち七人は旭第三ビルの四階に集まることになってた。俺と吉郎さんは遅刻して難を逃れたが、残りの五人は火事に巻き込まれた。かろうじて生き残ったのが……このリュウだったが、こいつも全身に大火傷を負った。だがひょっとしたら、なんらかの方法で、キョウは逃げ延びていたのかもしれないな」

「なんでそう思うのさ」

市村の視線が、ミサキから上岡に移る。

「〝ウキ〟ってのは、俺たちの間だけで通じる隠語だ。特にキョウとマサがよく使ってた。簡単にいえば、尾行を尾行するって意味だ。監視対象をわざと誰かに尾行させ、その誰かをさらに尾行するんだ。今回の例でいえば……上岡、お前だよ」

また市村が下顎をしゃくる。

「お前は知らず知らずのうちに、何者かによって杏奈とリュウを捜すよう仕向けられてたんだ。お前はまんまと見つけ出し、あのビルに向かった。ウキってのは、釣に使うあれのことだよ。魚がかかったら引っぱられて、釣れたことが分かるだろう。あれと同じだ。自分でわざわざ捜さなくても、お前が勝手に捜してくれる。その何者かは、間抜けなお前を尾行してさえいればいい……そういうことさ」

市村が、腰から何やら抜き出す。拳銃だった。

「さあ、振り出しに戻ったぜ。オメェはどうやってあのビルに目をつけた。なぜあの場所にリュウと杏奈がいると分かった」

急に小川が顔を上げる。

「……僕です」

「ハァ?」

「僕が、たまたま勤務中に、あの近くで陣内さんを見かけて。あそこに入っていくのを確認して、それで、上岡さんに連絡して、様子を見にいってもらったんです。でも、だからって僕じゃないですよ。僕がその、上岡さんを利用した誰かじゃない」

「んなこたァ分かってら馬鹿が」

市村は荒れた仕草で小川に銃口を向けたが、すぐに馬鹿馬鹿しくなったのか、舌打ちをしてそれを外した。

なあ、とミサキが割って入る。

「あそこにきた奴、わりと背が高かったけど、前に尾行騒ぎがあったとき、あのホスト崩れに金渡して尾行させたのも、背の高い奴だって話だったよな。その、キョウって奴の背は高いのかい」

陣内が頷く。

「俺よりもう何センチか高い。百九十近くあるかもしれない」

決まりだな、と市村が呟く。

「キョウの野郎、生きてやがったんだな……まあ、奴ならやりかねねえ。あの野郎、手先だけは器用だったからな。奴なら、リュウの手口を真似ることもできるかもしれない」

小川が座ったまま見上げる。

「それ、どういう意味ですか」

「だから、町会長の高山和義だよ。俺も最初はこいつを疑ったが、どうもそういうことじゃないらしい。こいつの手口を真似た、別の誰かの仕業らしい。それがキョウの手によるもんだとなりゃ、なるほどと、ある程度は合点《がてん》もいくってことさ」

市村が陣内に向き直る。

「さあ、どうするよ、リュウさん。敵の一人はどうやらキョウだ。一戦交えるとなりゃあ、そこらの素人を相手にするのたぁわけが違ってくる。正面切って挑んだら、奴は何を仕掛けてくるか分かったもんじゃねえぞ」

陣内は腕を組んだまま微動だにしない。

「あんたがやらねえなら、俺がやる。幸い〝手〟は二人いる。やってできねえ仕事じゃねえ」

ようやく陣内が市村に目を向ける。

「よせ。勝手な真似はするな」

「ほう、腑抜けのロートルが元締め気取りか」

「そういうことをいってるんじゃない。三人で勝手に動いたら、それはもう歌舞伎町セブンじゃない」

「そんなに人数が大事か」

「たかだか七人の同意も得られないで、何が街のためだ」

「今そういうことといったって仕方ねえだろ」

「今だろうがいつだろうが同じだ。歌舞伎町のためにならない殺しなら、歌舞伎町の外でやれ」

「あんた、筋道立ててよく考えろよ。そもそも狙われてるのはあんたなんだぜ。あんたが始末をつけるべき問題なんじゃねえのかこれは」

ふいに、陣内がこっちを見上げた。

「上岡さん……あんたはどう思う」

そう、急に訊かれても困る。

「いや、どう……って、いわれても」

「キョウという男の行動と、岩谷のそれはおそらく、どこかで繋がってる。〝歌舞伎町セブン〟という言葉と〝欠伸のリュウ〟が、意識的に広められているのもまず間違いないだろう。どこかで誰かが、俺たちを炙《あぶ》り出《だ》そうとしている。それと対決することが、最終的には街のためになると思うか」

実に難しい質問だ。

「それは、すみません……分かりません。私には、あなた方が本当に正義なのか、悪なのか、それすらも判別がつかない。ただ、あなた方が、本当に暴力のみを追求する一団なのだとしたら、いま私はここに生きてはいないだろう、とは思います。小川くんも、おそらく無事ではいられないでしょう。そう考えると、もう少し、よく知らないといけないな、とは、思います……なんか、分かりづらいんですけど、そう思います」

小川の前にしゃがんでいた杏奈が、立ち上がる。

「分かります。上岡さんよりは、あたし、ここにいる人たちのこと、信じる自信あるけど……でも、街のためっていう判断は、難しいと思う」

杏奈が小川を見下ろす。

「あなたは、どうしたら信じられますか。小川さんは、何をどうしたら、この人たちのことを、信じてくれますか」

小川は黙っていた。黙ったまま、脚に巻かれたテープを剝がし始めた。腕を一杯まで伸ばして引っぱったり、丸めたり、引き千切ったり。あらかた剝がし終わると、体育座りのような恰好から、胡坐《あぐら》に座り直す。

「……だったら、見せてください」

誰もがハッとなり、小川に目を向けた。

「どうやって父を殺したのか、同じようにやって、見せてください。それが、金目当ての殺しじゃない、法律だけじゃ守りきれない、この街の秩序のためだっていうんなら、それを、僕に証明して見せてください」

市村が奥から出てくる。杏奈をどかし、自ら小川の前に立つ。

そして銃口を、額に押しつける。

「テメェ、黙って聞いてりゃいい気になりやがって。オメェみてえな小僧をバラすくらい、こっちはなんとも思っちゃいねえんだぞ」

上岡の印象からいえば、小川幸彦という男はこういう場面で虚勢を張ったり、痩せ我慢をしたりするタイプではなかった。どちらかというと簡単に引き下がり、卑屈な笑みを浮かべながら容易《たやす》く頭を下げるような男、だと思っていた。

しかし、ここから見る小川の背中は思いのほか逞しかった。

上岡はいつだったか、彼と初めて、彼の父親について話した日のことを思い出した。頬を引き攣らせ、こっちが逃げ出したくなるくらい真剣な眼差しで、彼はいった。

「だとしたら……上岡さんは、僕に力を貸してくれるんですか」

いま彼は、あのときと同じ目で、市村を見上げているのかもしれない。三十五歳にしてはあまりに幼い、だがそれだけに無垢な眼差しで、目の前の暴力に対抗しようとしているのかもしれない。

静かな夜だった。とてもゴールデン街の真ん中にいるとは思えない。この店だけがぽっかりと浮き上がり、いま満天の星空に昇っている最中だといわれたら信じてしまうくらい、この瞬間、この街は静かだった。

沈黙を破ったのは、陣内だった。

「分かったよ……見て、君が判断すればいい」

おい、と市村がいっても、陣内はやめなかった。

「君のお父さんを殺したのは、確かに俺だ。一方で何をしていようと、君にとってたった一人の父親を殺したのは、間違いない。この俺だ。赦してくれなんて、いえる立場じゃない。認めてほしいなんて、とてもじゃないがいえない。だから、君が見て、君が判断してくれればいい。やっぱりこいつらはただの人殺しだと、そう思うなら、君が手錠をかければいい。でもそうじゃない、法で裁けない悪人もいる。それと戦うことも、必要悪だが、確かになければ駄目なんだと、そう思えるなら」

　杏奈が陣内に目を向ける。

　市村はまだ銃を構えている。

　小川の背中が、微かに震えて見えるのは気のせいか。

「もし、そう思ってくれるなら……君が、目撃者になってくれ。俺たちが暴力に走らないよう、俺たちを見張る〝目〟になってくれ」

　市村が、ゆっくりと銃を上に向け、一歩下がる。

　小川が、陣内に顔を向ける。

「一つ、教えてください。心不全は、本当に人為的に、作り出せるものなんですか」

　陣内はこれといった表情を浮かべず、ほんの少し、首を傾げてみせた。

「それも、いずれ分かるさ」

　そういって、今度はこっちを見上げる。

「上岡さん、あんただって興味あるだろう。俺たちの仕事が、実際はどういうものなのか」

いわれて、ゾクッとした。

この場にいるのは、陣内に市村、杏奈、小川、ミサキ、それと上岡。だが外にはもう一人、小川を羽交い絞めにして連れてきた男がいる。

全部で七人。自分を入れたら、ちょうど七人になる。

第五章

1

信じられるのか、信じられないのか。

杏奈のいう通り、確かにそれだけの問題なのだと、陣内も思う。

すべての警察官が必ずしも法律を遵守《じゅんしゅ》するわけではない。犯罪を犯す警察官だっているし、警察官だからこそ、法が万能でないことを痛感しているかもしれない。結局のところ何を選択し、何を信じるかの判断は、小川幸彦という個人の人間性に委ねるしかない。

上岡とて同じだろう。このことを記事に書くか書かないか、秘密を共有できるかできないかは、つまりこちらが彼を信じるかどうかの問題でもある。

では信じられるのか。「歌舞伎町セブン」「欠伸のリュウ」というキーワードに吸い寄せられ、小川忠典の死の真相を暴こうと接近してきたこの二人を、自分たちは信じ切れるのか。

それは、分からないとしかいいようがない。だが陣内は、信じてみてもいいと思い始めていた。吉郎がかつて自分にそうしてくれたように、彼らに賭けてみてもいいのではと思っていた。

　市村が浅く息を吐く。

「本気かよ……ただ頭数がそろやぁいいってもんでもねえだろう」

　そうボヤキはするものの、それ以上の異論は市村の口からも出てこなかった。代わりに、カウンターに置いてあったバランタインのボトルに手を伸ばす。

「で、具体的にはどうするつもりだよ」

　ロックグラスに半分まで注ぎ、勝手に飲み始める。

　彼の吐く息が、急に熱を帯びたように感じられた。

　陣内も何か飲みたくなり、カウンターの中に回った。ミネラルウォーターのボトルを摑み、誰にともなく見せると、杏奈が小さく手を上げた。放物線を描くように投げ渡すと、驚いた顔で腰を屈め、しっかりと両手でキャッチする。それを足元の小川にも勧めたが、いらないといわれたようだった。杏奈はキャップを捻り、一人で飲み始めた。

　ミサキはビールをくれといった。上岡は、ただうな垂れていた。

　陣内も自分用に一本ミネラルウォーターを開けた。

「……具体的に、か。とりあえず、敵がどこにいるのか分からないんじゃ、こっちも攻めようがないな」

　市村はすでに一杯空けていた。

「ああ。なんつっても、相手はキョウだからな。よほど慎重にやらねえと、逆にこっちが怪我するぜ」

確かに。その可能性は充分ある。

市村が続ける。

「ま、幸い向こうの目的は、リュウってことではっきりしてる。狙いがお嬢ちゃんなんだとしたら、キョウは何もあの場から連れ出そうとなんてしないで、さっさと殺しちまえば済んだわけだからな。ところが奴は、そうはしなかった。あくまでも、危険を冒してまでもあの建物から連れ出そうとした。あとでリュウを誘《おび》き出《だ》す餌にするつもりだったってのは、まず間違いないところだろう」

もう一杯、今度は三分の二まで注ぐ。

「……ってことは、だ。こっちには逆に、リュウを囮《おとり》に使って誘き出す手がある、ともいえるわけさ」

なるほど。一理ある。

「でも、そんな手に乗ってくるか」

市村は唇を舐めながら首を傾げた。

「分からねえ……が、奴にしたって、たとえそれが罠だと分かってたとしても、乗らざるを得ないんじゃないのか。どの道、いつかは一戦交えなきゃならねえんだ。その舞台をこっちが用意しましょうって、ただそれだけの話さ」

上の方で、クシャッと何かが潰れる音がした。見ると、ミサキがビールの空き缶を片手で丸めていた。

「あのさ、さっきから聞いてりゃ、十何年前のビル火災がどうの、区長だの、死んだはずの仲間がどうのってさ。はっきりいって、あたしゃそんなことどうだっていいんだよ。それよりも、誰が金出すんだって話だよ。この件のそもそもの目的はなんで、それに対して誰が金を出すのかって、そこんところを先に決めてくれよ」

ヒョイとこっちに空き缶を投げてよこす。すっかり握り込める大きさにまで丸められている。

意外にも、口を開いたのは杏奈だった。

「あたしが、出します」

五人の目が一斉に彼女に向く。

「高山和義さんを殺したのは、誰なのか。おじいちゃんの……左手を切断して、あたしに送りつけてきたのは、誰なのか。それを調べて、場合によっては……復讐、してください」

市村が雑にグラスを置く。重たい音がし、飴色の水面が揺れる。

「だからな、それがいくらか、って話なんだよ。ガキの使いじゃねえんだ。それなりの、大人価格で頼むぜ」

杏奈が頷く。

「五百万、用意します。それなら、受けてもらえますよね」

小川忠典の一件は四百万だった。

さすがの市村も、これには文句のつけようがないようだった。

今夜、杏奈の面倒はミサキが見ることになった。

一人きりになった「エポ」からの帰り道。俗に「軍艦マンション」と呼ばれている、ニュースカイビルの前に差しかかったとき、携帯が鳴った。見覚えのない携帯番号からだった。

「もしもし」

躊躇《とまど》うような間があったが、

『もしもし』

声ですぐに分かった。小川幸彦だ。誰にこの番号を聞いたのだろう。

「君か……なんだ」

『一つ、訊きたいことがあって、お電話しました』

「ああ。なんだ」

『杏奈さんと、陣内さんの関係です』

スッ、と冷たいものが背筋に流れたが、意識して間を置かずに答えた。

「別に、ただの知り合いだよ……今日まではね」

『ただの知り合いが、あそこまでして助けようとなんてしますか。ましてや、一緒に隠れ家まで』

「俺は、彼女の祖父さんに恩がある。みんなそうだ。だから……」

『そうでしょうか。僕には、あなたが杏奈さんを見る目も、杏奈さんがあなたを見る目も、尋常じゃなかったように見えましたけど』

なかなか面白いことをいう奴だ。

陣内は初めて、小川幸彦という男に積極的な興味を持った。

「どう、尋常じゃない」

『杏奈さんの目には、なんというか、年上の男性に対する憧れみたいなものが、感じられます。でもあなたの目は、まるで違う……杏奈さんはさっき、自分には親がいないといってましたけど、ひょっとして、陣内さんが杏奈さんの、お父さんなんじゃないですか』

掌に載せて転がしていたつもりが、いきなり指に噛みついてきた――。

だがそれすら、今の陣内は面白いと思えた。

口調からすると、小川は陣内の弱みを握った気にでもなっているようだが、そうはさせない。

また杏奈を傷つけるような行為も、陣内は一切許さない。

「そうだよ。確かに杏奈は、俺の娘だ。でも、まだそのことは知られたくない……特に、今みたいな状況になってしまっては、知らない方が互いのためだと思うんだ。君は、そうは思わないか」

しばらく、小川は黙っていた。やがて「失礼します」とだけいい、自分から切った。

見た目の印象以上に、真面目な男なのだと思った。

＊

その週の、金曜の夜。

本嶋明は歌舞伎町一番街にあるガールズバー「シャンティ」で飲んでいた。定員十人の店に十四、五人という盛況っぷり。会話もかなりの大声でないと成り立たない。

「アキラくん、絶対ウソつきだよ。だって、マリエちゃんにもおんなじこといってたもん。いつか俺が店持たせてやるって」

話し相手は金曜チーフのミキ。今現在の、アキラの一番のお気に入りだ。ちなみにマリエというのは、以前ミキが勤めていたキャバクラの同僚で、アキラも何度かプライベートで飲みにいったことがある女だ。

「いってないよ。俺が鉄板焼き屋始めたら、従業員に使ってやるっていっただけだよ」

「違う、絶対違う」

「何いってんだよ。俺はミキティひと筋だっつってんじゃない」

「っていうか、こういう仕事してるからって、店持たせてやるっていう口説き文句が古すぎ。オヤジくっさ」

横からマモルが「だよねェ」と割り込んでくる。マモルは平松組の若衆で、アキラとは木村組時代に五分の兄弟盃を交わした仲だが、今はそれも返上してしまったため、つまりはただの遊び友達ということになっている。

「ちょっと待ってよ。俺、ミキティに出会って以来、ずーっと童貞なんだよ、マジで」

ウソだァ、とミキが指差す。

「ついこの前、マンちゃんとソープいった話してたじゃん」

そういえば、そんな話をした覚えもある。マンちゃんというのは木村組時代の兄貴分、満田宗《まんだそう》助《すけ》のことだ。

「大丈夫だって。俺の童貞はソープなんかじゃ失くならないって」

「んもォ、意味分かんなァい」

「いいのいいの分かんなくて。ミキティは俺が……」

ふいに何かが胸をくすぐった。上から押さえると、ポケットで携帯が震えている。取り出してみると、小窓に「斉藤杏奈」と出ていた。

サッ、と気分が醒めた。

「ちょっとごめん」

スツールから下り、立ち飲み客の間を縫って外まで出る。「シャンティ」は路面店のため、ドアを出たらすぐに一番街の通りだ。

「はい、もしもし」

片耳を押さえながら向かいのビルの入り口を入る。今でこそ無料案内所と雀荘、テレクラ、ネットカフェで埋まっているが、昔はここにも木村組の事務所があった。

奥までいってエレベーターの手前、階段の上り口に身を寄せる。

「杏奈ちゃん？　今どこ」

電波障害か、よく聞き取れない。

「杏奈ちゃん、もしもし、もしもォーし」

『……える？　聞こえない？』

「ああ、聞こえる聞こえる。大丈夫。今どこ、無事なの？」

『うん、あたしは大丈夫。ずっとジンさんが一緒にいてくれるし。それよりおじいちゃんから、そっちに連絡とかなかった？　ときどき、お店の方には電話してみてるんだけど』

声の感じは、かなり元気そうだ。

「こっちには、連絡ないよ。ねえ、それより杏奈ちゃん、今どこにいるの。商店会の人だって、ボランティアのみんなだって心配してるよ」

杏奈は「うん」と漏らし、しばし間をとった。

『あの……ほんと、ちょっと状況ヤバいから、マジでこれは、内緒にしてね。誰にもいわないでね』

「うん、分かってる」

『実はね、あたし今……コマにいるの』

「ハァ？」

コマといったら「新宿コマ劇場」のことだろう。二〇〇八年の大晦日をもってすでに興行等の営業は終了しているが、いまだ取り壊しの目処も立たず、周りを工事用フェンスで覆ったままの状態で残されている。噂では、次に何を作るかという話し合いが上手くまとまらないのだとか。

「だって、コマなんて、中は廃墟みたいなもんでしょ」

『でも、劇場の楽屋とかは、ちょっと掃除すればすぐ住めるくらい綺麗だし。まだ管理の人とかもいるから、普通に電気も水道もきてるんだよ』

コマなら一番街の向こう、歌舞伎町一丁目のほぼド真ん中。歩いても一分とかからない。そうか。杏奈はこんなに近くに隠れていたのか。盲点だった。灯台下暗しとはこのことだ。

「分かった。誰にもいわないけど、でも、困ったことがあったらなんでもいってよね。ほんと、俺だったらいつでも動けるから」

『ありがと。なんかあったら、お願いする……じゃあ』

「うん。じゃあ」

切ったらすぐ、今度はメモリーから「today」の番号を読み出す。この前もそうだったが、また手が震えている。ボタンを押すのに苦労する。

相手は二回コールしたところで出た。

『もしもし』

「あ、俺です、アキラです」

『ああ。どうした』

「たった今、連絡がありました。斉藤杏奈から。どうやら今度は、コマに潜伏してるみたいです」

『コマ？　あの、劇場の？』

「ええ、閉館はしてますけど、でも確かに、管理の人間は常駐してるし、下の方のテナントは、まだ一つか二つ営業してるんすよ」

『でも、あの中って広いだろ。どこだよ』

「劇場の楽屋ですって。掃除したらすぐ住めるっていってましたから、間違いないっす」

しばし、沈黙が漂う。

「キョウさん、俺」

『おい、電話口で名前は呼ぶなって教えたろ』

「あ、すんません……でも俺、今度こそ、役に立ちたくて」

『分かってる。また、こっちから連絡する』

それで通話は切れた。少し熱を持った携帯を耳から離すと、代わりに冷たい風が耳を舐めていった。

酔いは、完全に醒めていた。

キョウが今すぐ動くことはあるまい。だが、またいつ呼び出されるか分からないから、今夜はもう酒は控えておくべきか。それとも「シャンティ」に戻って、もう少しだけ飲み直そうか——。

そんなことを思いながら振り返ると、

「あっ」

ビル入り口に人が立っていた。

よく知った顔だった。

「……杏奈ちゃん」

真っ赤な携帯を開き、顔の横で揺らしてみせる。ストラップにいくつもぶら下げたアクセサリーが、ジャラジャラと音を立てる。

「アキラくん。あたし、誰にもいわないでねって、頼んだよね」

マズい。聞かれていたのか。

「あ、いや、そうじゃなくて」

すると、その後ろにも誰か現われた。

上岡と、陣内だった。

さらに階段の上の方で足音がし、見上げると、拳銃を構えた男がニヤつきながら下りてきていた。

四代目関根組組長、市村光雄。

他はともかく、この市村は間違いない。「歌舞伎町セブン」の一員だ。

＊　＊

市村が用意したワンボックスに乗せ、アキラを歌舞伎町から連れ出した。

運転はミサキ、助手席には市村。上岡と小川、杏奈は一番後ろにおり、陣内は中央のシートでアキラに馬乗りになっていた。

「勘弁してくださいよ……俺、ほんと、なんも知らないんすよ」

車は青梅街道をひたすら西に走っている。

「そう。だったら何も喋らなくていいよ。ずっと、黙っていたらいい」

アキラの両手はあらかじめ、シートベルトで縛ってバンザイの状態に固定してある。抵抗は一切できない。

陣内はその目の前で、袖口に仕込んでおいた自前の武器を取り出してみせた。

「これがなんだか、分かるか」

二十二センチほどある、一本の針。だが一方が、ちょうど「Ｐ」の形に巻いてある。その輪に指を通し、しっかりと握る。

アキラの目が、大きく見開かれる。

「知ってるみたいだな。これを、どう使うのか」

「しっ、知らない、知らない」

「そうか。じゃあ、教えてやろう」

左手で目と鼻を同時に塞いでやると、

「……う、うそッ、知ってる、知ってますッ」

アキラはかぶりを振りながら叫んだ。

「そう簡単に口を割るもんじゃない。もっと仲間のために、我慢してみてくれ」

「仲間じゃないっすよ、全然、仲間なんかじゃないっす」

「誰が」

さすがに、その一瞬だけは言い淀んだ。

陣内が目と鼻を塞いだ手に体重をかけると、アキラの体がビクリと大きく応える。

「キョウだよッ。全部、キョウの野郎がやったんだ」

さっきの電話では「さん付け」だったが。

「全部って、なんのことだ」

「決まってるだろ、分かってんだろ……和義さんと、吉郎さんだよ。二人ともキョウがバラしたんだ。俺は何もやってない」

やはり、吉郎も、殺されていたか――。

分かっていたことではある。それに対する覚悟もできているつもりだった。しかし、こうはっきり言葉にされると、やはり胸が痛む。とてもではないが、杏奈のいる後部座席には目を向けられない。

斉藤吉郎が、殺された。

知らぬまに右手に力がこもっていた。何かしないと気が治まりそうになかった。

大人気ないとは思いつつも、陣内は針の先でアキラの額を撫でた。

「ンアッ」

パックリと割れる。骨が見えるほど。

「……遺体はどうした」

横向きに血が垂れ、余計傷口が広がったように見える。

アキラは口を開けたまま小さな悲鳴を漏らすだけで、なかなか意味のある言葉を発しない。

「吉郎さんの遺体は、どうしたと訊いてるんだ」

ひと揺すりするとようやく口を閉じ、顎をしゃくるようにして唾を飲み込む。

「……う、埋めた」

「どこに」

「戸山三丁目の……」

戸山といえば、西早稲田のちょっと手前にある住宅街だが。

「三丁目のどこだ」

「廃ビルの、地下に……埋めました」

「お前がか」

キョウはそういう面倒な後始末はしないはずだが。

またアキラは顎を突き出し、何かを呑み込もうとした。

「おい、お前が一人で埋めたのか」

まだ黙っている。

目隠しをしていた手をどけ、天井近くまで針を振りかぶる。

「キサマッ」

アキラは大きく息を吸い込み、体を反らして逃げようとした。

「ま、マサだッ」

なに。

「マサと俺、死体は二人で穴を掘って埋めた。でも俺は、やれっていわれたからやっただけだ。本当は嫌だったんだ。吉郎さんをあんな目に遭わせるなんて……本当だよ、信じてくれよ。場所だって案内するし、どんな協力だってするよ。だから……」

信じられなかった。

まさか、あのマサまで生きていたとは。

2

キョウから連絡があった。

斉藤杏奈は、閉鎖されたコマ劇場に潜伏しているとのことだった。

むろん罠であろうことは分かっている。いけばそこにはリュウやロク、それと、キョウとやり合った女もいるはずだ。あともう一人、ウキに使ったチンピラを捕まえにきたという、背の高い男も控えているに違いない。

だがそうだとしても、いかねばなるまい。いずれは奴と、直に殺り合わねばならないと思っていた。

欠伸のリュウ。

本来ならば、あの役は自分が継ぐはずだった。吉郎のもとで何年も下働きをし、山田について「目」をこなしながら「手」の修業もし、だがようやく山田の仕事に衰えが見え始めた頃になって、奴が現われた。

あろうことか、吉郎は「シゲ、シゲ」と、どこの馬の骨とも知れぬ若造を可愛がった。いきなり山田に預け、リュウの技を覚えさせた。お陰でこっちは「目」に専念せざるを得なくなった。おまけに「千里眼《せんりがん》のマサ」の役を押しつけられた。マサは「第一の目」。これを受けたらもう「手」にはなれない。だが元締めに逆らうことはできない。結局は「マサ」の名を甘んじて受けるしかなかった。

奴は確かにいい腕をしていた。リュウの技を完全に会得《えとく》し、使いこなしていた。だから、肝心なところはいつも奴の受け持ちになった。刃物や銃を持つ危ない連中は他の者に任せ、自分は名のある政治家や、あえて死体を残さなければならない綺麗な仕事ばかりを受け持った。

気に喰わなかった。何もかも。

ひと回り以上年下であるにもかかわらず、吉郎はなぜか奴のことを「リュウさん」と呼んだ。あとから入ってきたマキコやユタカ、ロクもそれに倣った。

誰もが奴を認め、褒め称えた。

誰一人、自分を振り返る者はいなくなった。

腸《はらわた》が煮えくり返るどころか、脳味噌まで沸騰して吹きこぼれそうになった。ケチな嫉妬といわれればそれまでだろう。だが到底許せることではなかった。

生後まもなく生ゴミとして捨てられた自分に、定まった居場所などなかった。一度は養子にもらわれたが、すぐに飛び出した。小学校の頃から手のつけられない悪童で、中学時代には地元のヤクザと大喧嘩をし、後日そいつを後ろから包丁で刺し、その足で施設のある街を出た。

関東一円を転々としているうちに、歌舞伎町にたどり着いた。そこで出会ったのが斉藤吉郎だった。腕っ節を買われ、用心棒のような仕事を与えられた。

初めて褒められたような気がし、有頂天になった。

最初の頃は組のシノギに近い仕事だったが、次第に組とは関係なさそうなことを手伝わされ始めた。簡単にいえば、殺しの手伝いだ。

ますます有頂天になった。こんな仕事があるのかと、目の前がパッと開けた気がした。その後、何年もタダ働き同然の期間を経て、ようやくチームの正式メンバーに迎えられた。それが歌舞伎町セブンだった。当時は「サブ」と呼ばれた。意味は特にないようだったが、妙に誇らしかった。

名もなく生まれた自分が、初めて得た居場所、師、仲間、仕事。それと、名前。だがそれらを、あいつは横からきて、根こそぎかっさらっていった。

悔しかった。

何もなかった頃より、失ってからの方が何倍もつらかった。ぬくもりは薄ら寒さに、達成感は空虚感に、憧れは憎しみに、情けは殺意に、いとも容易くすり替わっていった。

そう。だからこそ乗ったのだ。お前もこっち側にこないか、という誘いに。その腕があればもっと稼げるぞ。一緒にやろう、一緒に歌舞伎町を作り直そう、という言葉に。

いや、違う。本当に惹かれたのは、この言葉だ。

「どう見たって、あんたが一番じゃないか」

そう。自分は誰にでもいいから、奴より優れていると、そう認めてもらいたかっただけなのかもしれない。


それからはなんでもやった。殺しも詐欺も、強請《ゆすり》も乞われるまま、ガムシャラにやった。金蔓《かねづる》だった新華僑との交渉も進んで引き受けた。ここ一、二年は「岩谷秀克」を名乗り、歌舞伎町の物件を手当たり次第に詐取して回った。

面倒が起これば自ら手を下すか、あるいはキョウを使って始末させた。そう、奴と同時期に入ってきたキョウだけは、こっち側に引き入れることに成功した。もともとキョウは、殺しができれば目的はなんでもいいという、自分と似たタイプの人間だった。しかも、殺人術のマニアだった。自分が殺り方を教えると、ものの見事に「欠伸のリュウ」の手口も真似るようになった。

万事上手くいっていると思っていた。これでいいのだと納得もしていた。だが、ストレスも少なからず感じていたようだ。髪は急激に白くなり、やたらと腹回りがダブつくようになった。

そんなときだ。リュウが生きていると、知らされたのは——。

また、キョウから電話がかかってきた。

『……予定通りの場所から侵入する。北側非常口の鍵を開けておくから、あんたもあとから入ってきてくれ』
分かったと告げ、切った。
立ち上がると、膝だの腰だの、あちこちが痛んだ。

3

なぜ、こんなことになってしまったのだろう。

どんなに考えても、幸彦自身よく分からなかった。

父を殺したであろう「歌舞伎町セブン」の正体を暴き、可能ならば刑事告訴をし、しかるべき罰を与えてやるつもりだった。ところがどうだ。いま自分は、彼らの新たなる犯罪に加担しようとしている。彼らの主張する「法によらない正義」が如何なるものかを確認するという大義名分はあるものの、一歩退いて見ればこれは、極めて悪質な反社会的行為である。殺人にも繋がりかねない「抗争」の片棒を担がされることになる。

しかもそれから、逃げまいとする自分がいる。

なんなのだこれは。さっぱりわけが分からない。

ただ一つ思い当たるとすれば、陣内と、杏奈の関係だ。

陣内は、小川忠典という政治家の不正は許さないが、幸彦から父親を奪ったことに関しては申し訳なく思っている。そんな意味のことをいった。その陣内には杏奈という娘がいる。彼もまた父親であり、その行動原理が「守る」という発想に基いていることは、漠然とだが理解できる。

しかし、それこそが「曲者」であるともいえる。

額を真一文字に切られた青年、本嶋明は、市村の判断でどこかに連行されていった。殺すのかと幸彦が訊くと、陣内は「まだ分からない」と答えた。つまり、殺すかもしれないし、殺さないかもしれない。それが、曲がりなりにも現役の警察官に対してすべき答えだろうか。常軌を逸しているとしか思えない。思えないのに、目の前の陣内が狂っているとももまた思えない。むしろ、悲しいくらい冷静であるように見える。

完全に、思考の迷路にはまり込んでいた。

いま目の前で行われている作戦会議の内容も、実はあまり頭に入ってきていない。

中心になっているのは市村だ。

「奴らの侵入手口としては、商店会ビルから飛び移って、まず東宝会館に入る、ってのが有力かな」

場所は閉鎖された新宿コマ劇場の、まさに舞台の上。舞台照明や幕の類はすべて撤去され、見渡すと客席の椅子も一部分取り外されてガランとしているが、通常照明というか、床に広げた図面を確認できる程度にはまだ明かりが残っている。

市村が用意した見取り図によると、歌舞伎町一丁目十九番のワンブロックは「新宿コマ劇場」でほぼ占められている。厳密にいえばコマ劇とその隣に建つ「新宿東宝会館」だが、よく見ると北側に小さく別棟の建物が貼りついている。それがどうやら「歌舞伎町商店街振興協力会」のビルであるらしい。敵はそこから飛び移ってくるのではないかと、そう市村はいっているのだ。

幸彦はそんなことより、今ここに「キョウ」なる殺人鬼が突然現われる可能性はないのかと、そのことの方がよほど心配だったが。

　立ったままの陣内が腕を組む。

「むろん、北側の監視は必要だろうが、でも俺たちがそこを警戒することはキョウだって分かってるはずだろう。まんまとそこから入ってくるか」

　ヤンキー座りの市村が見上げる。

「それは俺にも分からねえ。ただ常識的にいって、シネシティ広場側から入るのは難しいだろう」

　いいながら、見取り図の西側道路を指でなぞる。コマ西側にあるシネシティ広場は、映画館やボーリング場、ゲームセンターなどの遊興施設に囲まれた、まさに歌舞伎町の中心地だ。

「いくらキョウの身体能力が高くても、あの三メートル近くある工事用フェンスを越えるのは容易じゃない。しかもあっち側には二十四時間、常に人の目がある。カメラだって向いてる。南側だって同じだ。セントラル通りに面したフェンスを乗り越えようとしたら、必ず人目につく。それはさすがに、キョウだって避けるはずだ」

　ミサキが納得したように頷く。

「あとは管理事務所のある東側、か……でもさ、敵が正面突破で、警備員を撃ち殺してでも押し入ってくる、なんて可能性はないのかい」

　市村が小首を傾げる。

「それは、ねえと思うがな。奴らは確かに人殺しだが、派手なドンパチは好まない。それをやっちまうと、後処理の方がよっぽど面倒になるからな。それより、いつのまにか入り込まれてて、いつのまにか首に鉄線が巻きついてる……そういうことに、注意した方がいい」

市村の隣にしゃがむ杏奈が、寒そうに両方の二の腕をこする。

上岡はその背後に立ち、見取り図をじっと見下ろして黙っている。

ジロウという大男は、話を聞いているのかいないのか、少し離れたところで辺りを見回している。ひょっとしたら、彼だけはキョウの襲来を警戒しているのかもしれない。

「それと、キョウの他にもう一人、マサって野郎がいるはずだが、ある意味では、そいつの方が厄介かもしれん。そもそもの性格が凶暴だから、元締めはマサに〝手〟をやらせなかったって経緯がある。だが今、そんな枷《かせ》を奴にはめる人間はいない。ひょっとしたら、今の奴は飛び道具くらい平気で使うかもしれねえから、せいぜい注意してくれ」

そこまでいって、よっこらしょ、と立ち上がる。

「じゃ、とりあえずこうしようや」

市村の案はこうだった。

杏奈と陣内は二階の楽屋。舞台下手側から延びる通路の、一番奥にある座長部屋に詰める。そこは東側に面しているため、窓から東壁面の監視も兼ねる。

上岡とジロウは東宝会館側にカメラを仕掛け、それを三階の食堂スペースで監視する。そこと劇場は最後列、三階一番後ろのドアで通じている。

幸彦はミサキと一階正面入り口に。向きでいえばシネシティ広場に面した西側だが、ロビーを通れば南北どちらにも移動できるし、劇場を突っ切れば東側にも抜けていける。

しかし、これでいいのだろうか。いつのまにか、自分たちの組が一番広い範囲を受け持たされたような気がするが。

正面入り口から見て右手の階段を上ると、踊り場の窓から外が見える。真ん前に牛丼の吉野家、右手にマクドナルドがある南西の角だ。すでに夜中の二時を過ぎているが、人通りはまだかなりある。ネオンの量こそ若干減ったものの、それでも街はまだ充分に明るい。さすが「不夜城」と呼ばれるだけはある。

ときおり市村から無線連絡が入る。異状の有無を問われ、ただ異状なしと答えるだけだが、違和感は否めない。相手は暴力団組長、こっちは警察官だ。なぜこんなことになってしまったのだろうと、また頭の中で疑問が膨らむ。

それにしても寒い。持ち場につく前、杏奈にもらった使い捨てカイロはすでに冷え、ポケットの中で硬くなっている。少しでも体を動かそうと足踏みをしたら、ミサキにうるさいと睨まれた。

そのミサキは、踊り場から地続きになっているフロアの奥に立ち、先ほどからテレビモニターを見ている。映っているのは監視カメラの映像。なぜそんなものがそこにあるのかは不明だが、ひょっとしたら以前は踊り場との間に壁があり、モニター監視室として使われていたのかもしれない。辺りの壁や天井からは行き場をなくした配線コードが無数に垂れ下がり、放置されている。

幸彦も画面を見にいく。

「何か、変化はありましたか」

ミサキがタバコを吸っているため、辺りの空気はだいぶ白んでいる。街の明かりを受けては数秒ごと、ピンクや紫に変色する。

「別に」

最初に「エポ」で見た夜、ミサキは左頬を紫に腫らし、右目尻にも傷を負っていた。だが今は、それらもすっかり治っている。実に驚異的な回復力である。

そればかりか、よく見ると彼女はそれなりに整った顔をしていた。だが、だからといって綺麗だとか、可愛らしいなどとは間違っても思わない。化粧をしていないというのもあるだろうが、まるで石膏像のように見える。上手くできてはいるが、感情の起伏や柔らかさといったものが一切感じられない。

最後のひと口を吐き出し、吸いさしを足元に落とす。

「あんたって、地域課？」

驚いた。この女が、まさかそんな個人的なことを訊いてくるとは思わなかった。

「ええ。今はそうですけど、以前は刑事課にいました」

なぜか丁寧語になってしまう。年はさして変わらないはずなのに。

「刑事の、なに。ドロボウ？　強行班？」

なんだろう。今、ごく小さな親近感を覚えた。言葉の選び方か、微妙なイントネーションか。とにかくこのサイボーグのような女を、急に身近に感じた。

「ミサキさん、ひょっとして、もとは警察関係の方ですか」

その横顔に、動揺などというものは微塵も表われなかった。ただ、ほんのコンマ何秒か、ミサキは答えるのを躊躇《ためら》った。少なくとも幸彦にはそう見えた。

「違うよ」

だがそう答えた瞬間、訝るように眉をひそめ、モニターを凝視する。

「ちっくしょうッ」

いきなり踵を返して走り始める。呼び止めて説明を求めたかったが、思い留まった。全力疾走する背中は、明らかによからぬ事態の発生を物語っていた。仕方なく、幸彦もそれに続く。

階段を駆け上り、赤いカーペット敷きの二階ロビーを通過し、反対側の階段口までいく。突き当たりの赤い壁には、同じ色に塗られた鉄製の扉がある。開けると楽屋などに通ずる関係者用の通路に出られる。

ミサキは取っ手をほんの数センチ引き、一瞬だけ様子を窺うとあとは一気に開け放った。

蛍光灯があるのか、向こうはロビーよりもう少し明るい。

ミサキはいつのまにかオートマチックの拳銃を握っており、それを通路右側に向け、だが顔は左下に向けていた。

「クソッ、やられた」

幸彦もドア口を通った。

左下、十段ほど階段を下りたところに両開きのガラスドアがあり、その片側が外から割られていた。しかしなぜ、ミサキはモニターを見てこの事態に気づいたのだろう。

ミサキが無線機をポケットから出す。

「あたし。やられた。東宝会館側の非常口を破られた」

イヤホンから市村の「何やってんだテメェ」という怒声が漏れてくる。

「そんなこと今いったってしょうがないだろ。とにかく警戒するよう全員にいって。あたしは一階を時計回りにいくから」

ミサキは無線機をしまい、代わりにもう一丁の拳銃を腰から抜き出した。それを幸彦に差し出す。

「えっ、なんですか」

「これくらい使えるだろ」

比較的銃身の短いオートマチック。「９ｍｍ×１９」と「Ｐ７Ｍ１３」と刻印されている。

「いや、俺は」

「丸腰だったらあんた、確実に死ぬよ」

さらに押しつけてくる。

「男だろ。自分の身くらい自分で守りな。あたしはこっちにいくから、あんたはさっきのところに戻って、モニターを見張ってな」

そういって、右手の通路に向かう。

受けとった拳銃には、少しだけミサキの体温が移っていた。


命じられた通り、一人で踊り場の奥、テレビモニターの前に戻った。四分割画面に映っているのは、正面入り口前の歩道と、そのフェンスの中と、セントラル通りに面した南側の歩道である。右上四分の一は青く潰れており、何も映っていない。つまり現在稼働しているカメラは三台。どんなによく見ても、ミサキがこの画面の何を見て敵の侵入を察知したのか、幸彦には分からない。

しかし、一気に心細くなった。

ミサキの何を知っているわけでもないが、彼女は単純に強そうで、一緒にいるだけで心強かった。一度はキョウと戦ったことがあるらしく、次は必ず仕留めると息巻いてもいた。

そのミサキが、今はいない。

幸彦はモニターを横目で見つつ、踊り場に正面を向けて立った。

踊り場よりこっちのスペースは奥に細長く、さらに劇場側に折れて収納庫らしき小部屋に繋がっているが、そこで行き止まりになっており、通り抜けはできない構造になっている。よって踊り場にだけ注意を払っていれば、基本的に幸彦は安全ということになる。

依然、踊り場の窓から見える街はギラギラと煌いていた。

つくづく、歌舞伎町とは不思議な街だと思う。

食欲、性欲、金銭欲。そのいずれかを満たすために人は集い、用が済めば散っていく。美味いものを食い、美味い酒を飲みたいのは誰しも同じ。金で女を抱き、懐が寂しくなったらギャンブルに走り、上手いこと稼げたらまた女を抱きにいくのもお決まりのコース。今の時代は女もそうか。男の相手をし疲れた女はホストクラブにいき、金に物をいわせて好みの男と寝る。

醜いと思う。人を丸裸にして、その醜さを曝《さら》け出《だ》させる街だと思う。しかしそれこそが真の快楽なのだといわれたら、そうかもしれないと思う。ひょっとすると、人は身分も立場も脱ぎ捨て、常に裸になりたいと欲する存在なのかもしれない。

横目でモニターを確かめる。入り口前、フェンス内、南側歩道、いずれも異状はない。表面のガラスには、街の明かりを浴びる幸彦の顔が反射して映っている。

いや、誰だろう。もう一つ顔がある。

「……駄目だよ。素人がこんなもの持っちゃ」

ふいに耳元で声がし、同時に腰に差していた銃が抜きとられた。

叫ぶより、振り返るより早く両腕が搦めとられ、こめかみに銃口が押しつけられる。

「騒がないでね」

カチ、と小さく鳴る。安全装置の解除音だ。

なぜ背後に回られたのだ。ミサキと別れて戻ったとき、改めて奥の方までチェックしたのに。

それでもどこかに隠れていたというのか。

「リュウのところに、案内してくれ」

背中を押される。仕方なく前に踏み出す。

幸彦は顎だけを向けて訊いた。

「あんた、誰だ」

フッ、と笑うように鼻息を漏らす。

「〝枕のキョウ〟……聞いたことない？　枕って、つまり北枕のことなんだけどね」

踊り場まで出てきた。青い階段、一階ロビーに通ずる下り階段の方に踏み出すと、引き止められた。

「違うだろ。楽屋は上だろ。それくらいは分かるよ。下手な嘘つくなって」

仕方なく、赤い上り階段に足をかける。この状況を打開する方法を考えようとはするものの、何も思い浮かばない。むしろ考えれば考えるほど、頭の中は真っ白になっていく。

楽屋は、さっきミサキが「時計回りにいく」といった方向の、もっと先にある。このキョウが、どこまで分かった上で「案内しろ」といっているのかが分からない。それが分からないと、どこで嘘をついて反撃に転じていいのかも分からない。結局、幸彦一人では何一つ決められない。

二階に着いた。そのままロビーを通過して、さっきミサキが開けた赤い扉の前までくる。蛍光灯の明かりは点いたままだ。

「あんた、どうやって、あそこに忍び込んだんだ」

「いいんだよ、そんなことはどうだって」

肩を押され、先を急がされる。

ドア口を通ったら右。通路を奥に進む。

途中から床の質が変わった。コンクリートにリノリウムを貼ったそれではなく、木製の、一般住宅のような床になった。下に空洞があるため、靴で歩くとやけに足音が大きく鳴る。

「おい、静かに歩けよ」

「そんな、無茶な」

それでも足音を殺す努力はした。ゆっくり、慎重に歩を運んだ。

「……町会長と、商店会長を殺したのは、あんたなのか」

「そうだよ。よく知ってるね」

「ここで待ち伏せしてるって、分かっててきたのか」

「ある程度はね。予想してたよ」

「なぜだ。リュウを殺すためか」

「そうだね。そうするように、頼まれちゃってるからね」

「誰に」

「それはいえないよ。マナー違反になるから」

そのときだ。

通路の先に誰かが出てきた。

ミサキだった。こっちに拳銃を向けている。

思わず足が止まった。

「……ようやく、姐《ねえ》さんのお出ましか」

キョウは、いっそう強く銃口を押しつけながらいった。

「どいてよ。あんたとはやり合いたくないんだ」

しかし、ミサキはかぶりを振る。

「あいにくだね。あたしはあんたを殺したくてウズウズしてるんだ」

「勘弁してよ。じゃないと、先にこの人を殺しちゃうよ」

「どうぞ。お好きに」

ミサキは銃を構えたまま、真っ直ぐこっちに歩き始めた。

「脅しじゃないんだよ、姐さん」

「いいよ。だから撃ちなって」

信じられなかった。昨日今日の間柄ではあるが、それでも、こうも簡単に見殺しにされるとは思っていなかった。

距離はまだ五メートルほどある。

キョウが鼻で笑う。

「……ひどいね。仲間じゃないの」

「別に。赤の他人だよ」

「やっぱりひどいや」

背後でキョウが体勢を変える。おそらく今は、幸彦を盾にする姿勢をとっている。

こめかみにあった銃口が前を向き、狙いがミサキに変わる。引《ひ》き鉄《がね》を引く指に力がこもるのが見える。だがミサキが避《よ》ける様子はない。変わらぬ歩幅で近づいてくる。

「やめろッ」

そう幸彦が叫んだ瞬間、キョウが引き鉄を引いた。

だが、鳴ったのは空っぽの、鉄が鉄を打つ乾いた音だけだった。

ミサキが片頬を吊り上げる。

「馬鹿だね。空なんだよ、最初から」

キョウが、拳銃と幸彦を同時に投げ捨てる。

「クソッ」

正面から走ってくるミサキ。幸彦はそれをうつ伏せになって避けた。

ミサキが頭上を跳び越えていく。その右足が、別の何かを取り出そうとするキョウの頭部を捉える。爪先が、こめかみに突き刺さる。

その場に膝をつくキョウ。それでも容赦なく蹴りを、拳を繰り出すミサキ。拳銃のグリップでも殴りつける。一方的な展開だった。格闘技の試合だったら確実にレフェリーが止めに入る場面だ。

しかし、これは決して試合などではない。

仰向け。どこが目でどこが鼻だか分からないほど変形し、血塗《ちまみ》れになったキョウの顔に、さらにミサキが銃口を向ける。

「町会長と商店会長を殺したのはあんただね。違うんだったらそういいな。言い訳があるなら聞いてやる」
五、四、三、と数え始める。
一、といった頃、ようやくキョウの口から呻き声が漏れる。
何かいうのか、と思ったが、

「遅い」

ミサキは銃口を口に押し込み、躊躇することなく引き鉄を引いた。

パンッ、という銃声と共に、キョウの頭が一度だけ跳ねる。

飛び出した薬莢《やっきょう》が、壁に当たって落ちる。

見る見るうち、血溜まりが床に広がっていく。グレーのカーペットに吸い込まれ、黒いシミになっていく。

幸彦は伏せたまま、身じろぎ一つできずにいた。

心臓が、狂ったように大量の血液を送り出していた。上半身全体に鼓動が響き渡り、視界までもが点滅を始めた。

なんなんだ、この容赦のなさは。

「おい、なんで、最後まで聞いてやらなかったんだ」

ミサキは、相変わらずの無表情で幸彦を見下ろした。

「……意味ないから」

そう短くいい、また通路を奥に歩き始めた。

4

上岡はジロウと組まされていた。

彼は、何一つ語ろうとしない。

「ジロウくんは、年、いくつなの」

「背、百九十くらいある？」

「凄い腕してるよね。筋トレとか、毎日するの」

この程度のことに答えないのだから、裏稼業について訊いても口を割るとは到底思えなかった。いつ「歌舞伎町セブン」に加入したのか。今までどれくらいの仕事をし、何人くらい殺したのか。そもそもどうやって殺すのか。陣内はどうやら針使いのようだし、ミサキは拳銃を持っている。とすると、ジロウは刃物か。それとも紐で絞め殺す系か。あるいは腕力に物をいわせて、というタイプか。

ここは三階。ジロウはシネシティ広場を見下ろせる大きな窓に寄りかかり、直接床に腰を下ろしている。その膝元には、監視カメラ映像を見るための小さなモニターテレビが置いてある。上岡も、一メートルほど空けて同じように座っている。モニター画面は角度が悪くてよく見えない。

Pタイルを貼ったフロアが左右に広がっている。今はテーブル一台、椅子の一脚も残っていないが、かつてここは食堂だった場所だ。上岡も何度か公演を観にきているので当時の様子は知っているが、考えてみたらここで食事はしたことがなかった。一体どんなものを出していたのだろう。幕の内定食とか、寿司御膳とかだろうか。

突如、耳に差したイヤホンが「ジッ」と鳴った。

《今ミサキから連絡があった。一階の、東宝会館側の非常口が破られたらしい。侵入者に注意しながら楽屋に集まってくれ》

いつになく緊張した市村の声だった。

しかし、同じメッセージを聞いたはずなのに、ジロウはピクリとも表情を動かさなかった。のっそりと立ち上がり、上岡を見下ろす。

そして、下っ腹に響くような低い声でいう。

「あんたは、ここに隠れてろ」

一瞬「ありがたい」と思ったが、ここに一人残る方がかえって危険なようにも思えた。

「いや、一緒にいくよ」

「駄目だ。足手まといだ」

そういってジロウは北側、東宝会館側の階段へと駆けていった。

上岡は動けず、ちょっと腰を浮かした状態で静止していた。

急に辺りの空気が重たく、かつ冷たさを増したように感じられた。

しばらくはその場に留まっていた。だが劇場に通ずる扉がいくつもあり、そのどれかが開いてゾンビのような化け物が、いや、そこまででないにしろあのキョウのような殺人鬼が、いつ飛び出してくるか分からない状況は心臓にかなりの負担になった。

上岡は元来、怖がりな性格ではない。ヤクザ者と相対した場面だってあったし、真夜中の心霊スポットを巡ってリポートを書く仕事だってしたことがある。ただ、この状況はやはり特別だと思う。

今夜、誰かが殺される。その場面に居合わせようというのは、今までの合法的取材活動とは明らかに一線を画すものがある。

分岐点となったのは、一発の銃声だった。

ジロウが出ていった北側通路。そこには楽屋の方に向かう廊下と、屋上にいく上り階段と、二階にいく下り階段とがある。あとからいってみても、銃声がどこから聞こえたかなど分かるはずがなかった。しかし、市村は無線連絡で「注意しながら楽屋に集まってくれ」といっていた。市村のいう楽屋とは、この三階にある小さなそれではなく、陣内たちが詰めている二階の座長部屋のことだ。どうせここから動くなら、みんなのいるところの方がいい。

そこまで考え、上岡は、自分の思考回路がすでに平常時のようには働いていないことに気づいた。

ただ危険を回避したいのなら、この場から逃げ出せばいい。そして、この件に関して見聞きしたことを一切口外せず、二度と歌舞伎町に足を向けなければいい。

しかし、その道を選択することはなかった。市村には散々「ペンゴロ」と馬鹿にされたが、ライターの本能ともいうべき好奇心が、この場から去ることを許さなかった。

下り階段に一歩、足を下ろす。この階は無灯だが、二階にはなぜか蛍光灯が灯っている。それも上岡を引きつける要因の一つだった。

階段は、何か重たいものを運び出す際に破損したのだろう。段の真ん中が削れ、ひどいところは崩れ落ちている。そこを慎重に、踏み外さないよう丁寧に下りていく。

二階に着き、通路を見通す。ところどころ幅が広がったりせばまったり、決して真っ直ぐな廊下ではない。床にも段差があり、そのたびに色も変わっている。

どこかで蛍光灯が点滅していた。上岡は振り返り、だがその瞬間に後悔した。十段くらいステップを下りたところにある扉のガラスが割られていた。そう、ここがミサキの報告にあった侵入口だったのだ。

無意識に歩が速くなっていた。床の質が変わり、ゴトンと足音が大きく鳴り、悲鳴をあげそうになった。さらにその先、小部屋のように横幅が広くなったスペースに誰か倒れていた。一瞬、陣内かと思ったが、近づいてみたら違った。

顔は見分けがつかないほど破壊され、後頭部から流れ出た血が辺りの床を真っ黒く染めていた。身長が百九十センチ近くある。おそらくキョウだ。あのビルで自分を襲ったのは、この男だ。

だがまだ安心はできない。あの市村をして、キョウより厄介といわしめたマサが残っている。

上岡は死体の横を通過し、でも二、三度は起き上がってこないか振り返りながら通路を進んだ。先は少しクランク状に曲がりくねっていた。角にくるたび立ち止まり、先に誰かいないかを確かめる。右に左に、場合によっては曲がろうとしたその背後にも窪みがあり、いつ誰が、どこから襲ってくるか分からない状況だった。

足音を殺し、気配を殺し、クランクを抜けるとようやく楽屋の並ぶ通路に出られた。

そこを、見通した瞬間だった。

黒っぽい、作業ジャンパー風の上着を着た男が、突き当たりを左に曲がっていった。陣内でも市村でもない。小川でもジロウでもない誰かだ。

あれが、マサか。

上岡は、右手に並ぶ楽屋の引き戸にも注意を払いながら進んだ。だが気持ちはもう、突き当たりのその向こうに飛んでいた。ジャンパーの男は何者だ。今あっちでは、何が起こっている。

曲がり角付近までくると、別の顔がそこに覗いた。思わず声をあげそうになったが、市村だと気づいて思い留まった。市村が人差し指を口元に立ててみせる。目は異様な鋭さで、斜めに座長部屋の方を窺っている。

一つ頷き、さらに足音に注意し、上岡もそこまで進んだ。

片目で覗くと、そこは予想だにしない状況になっていた。

まず見えたのは、黒いジャンパーの背中だった。右腕を上げている。拳銃を構えているものと思われた。

その向こうには陣内がいた。あろうことか、廊下の床に胡坐をかいて座っている。まるで殺してくれといわんばかりの恰好だ。

しかし、だからこそなのかもしれない。ジャンパーの男はそれ以上近づかず、銃を構えたまま直立していた。

しばらくして聞こえたのは、ずんぐりした後ろ姿には不似合いな、変に甲高い声だった。

「リュウ……ずいぶん、顔が変わったな」

残念ながら、ここからでは陣内の表情が確認できない。

「あんたも、だいぶ恰幅がよくなったな。声を聞いても、まだピンとこないよ」

やはり、この男がマサなのだ。

陣内が続ける。

「なあ、なんで俺をつけ狙うんだ。俺があんたらに、何をしたっていうんだ」

マサは小さく頭を振った。

「そもそも、お前には十三年前のビル火災で死んでもらうつもりだった。お前だけじゃない。俺とキョウ以外の五人には、全員焼け死んでもらう。そういう計画だった」

どういう意味だ。つまりあの「旭第三ビル火災」は、こいつらが仕組んだことだったというのか。

「遅刻した元締めとロクは、とんだ強運の持ち主だな。まんまと殺り損なったが、それはよしとすることにした。ただし、肝心のお前が生きてるとあっちゃあ、放ってはおけねえ。つまり今回のこれは、十三年前の落とし前ってわけよ。単に、テメェでテメェの尻拭いをしてるだけさ」

「依頼人は誰だ」

陣内の声は、低く落ち着いていた。

マサが、小さく笑いを漏らした。

「それを、俺がいうとでも思ってるのか」

「いわせてやったっていいんだぜ」

「ほざくな。お前は飛び道具を使わない。それは今だって変わっちゃいねえんだろう」

その代わり、ここにいる市村は銃を持っている。どっちだ。いま有利なのは陣内なのか、マサなのか。

「なぜ高山和義と、元締めを殺した」

「高山は、物件絡みってのもあったし、お前を揺さぶりたいってのもあった。元締めは……お前の居場所を吐かせようといたぶってたら、体力が続かなくて死んじまっただけさ。駄目だな、年寄りってのは」

こんな挑発に乗る陣内ではないだろう、とは思う。だが、商店会長の顔しか知らなかった上岡でさえ、この発言には怒りを覚えた。長い付き合いだった陣内が心中穏やかであろうはずがない。

案の定、陣内の声は先より低く、力のこもったものになっていた。

「岩谷秀克の名を騙《かた》って、デタラメな土地取り引きを繰り返していたのもあんたか」

「デタラメたぁ、ずいぶんと失敬な言い草だが、まあその通りだ。岩谷の名前で取り引きしてたのは、俺さ」

「なんのために」

「さあ。それこそ依頼人に訊いてみないと、なんともいえねえな」

「ただ買い上げて遊ばせておくのに、なんの意味がある」

「意味、か……一見、意味がなさそうなことに、意味があるってことも、あるんじゃねえのかな」

その瞬間だ。

ザッ、と衣擦れが聞こえ、座った状態から前転したのか、陣内がマサの足元まで、一瞬にして間合いを詰めていた。しかも銃を握った右手首を摑み、天井に向けさせている。黒光りするそれには何か、細いものが刺さっているように見えた。針か。陣内が拳銃のどこかに針を刺し込み、射出を不能にしているのか。

「……だから、飛び道具は当てにならねえな。なあ、マサ」

「クソッ」

殴ろうとしたのか、頭突きでも喰らわせようとしたのか、マサが体を折り、くねらせるが、何一つ有効打にはならない。すべて陣内がいなしてしまう。大蛇が猛獣に絡みつき、その動きを封じていく様に似ていた。マサはいつのまにか仰向けに倒されていた。陣内はそれに馬乗りになっている。

何本用意してあるのだろうか。右手には、また別の針を握っている。それを真っ直ぐ、眉間を突くように向ける。

「さあ、吐け。依頼人は誰だ」

「いえば、助けてくれるのかい」

自棄《やけ》か、マサの声は笑い交じりだ。

「殺すんだろう。いってもいわなくても、どうせ殺すんだろう……そうやってきたもんな。いわせるだけいわせて、結局全員、殺してきたんだもんな。俺たちは」

二人の動きが止まる。

上下に重なったまま、しばし睨み合う。

「……もう、俺も疲れたよ。わけの分からねえ仕事ばかり、何年も何年もやらされてよ。これでもちったぁ、後悔してんだぜ。この街を離れ、お前たちと別れて、あの女についていったことを……やっぱり、金だけじゃ続かねえよ。理由とかよ、理屈とかよ、人間には、ある程度必要なんだと思うぜ。くだらねえ理由だっていいんだ。せめて死ぬときくらい、テメェで納得できる理由がほしかったぜ」

陣内は黙っている。姿勢も変わらない。だがなぜだろう。刺そうという気は薄れたように、上岡には見えた。殺気が、弱まったように感じられた。

「そこにきての、この一件よ……馬鹿野郎、シゲユキは生きてるじゃねえかって、どやされてさ。参ったぜ。またやり直しかよ、って」

陣内が、ゆっくりと立ち上がる。

マサは、通路に寝そべったままだ。

その手前の楽屋から、音もなく、大きな影が現われる。

ジロウだった。

「楽に、してやってくれ」

陣内が呟く。

ジロウが、マサの頭の辺りにしゃがむ。

すぐに、メリメリ、と大きく鳴った。

束になった筋を、無理矢理捻じ切るような音だった。

ジロウの陰になってよく見えなかったが、しばらくの間、マサの体は奇妙な痙攣《けいれん》を繰り返していた。

それが治まった頃、市村が溜め息をついた。

上岡も真似て吐き出すと、いかに自分が異様な緊張感の中にいたかを思い知った。全身が、鉛になったように重たかった。

そう。上岡は生まれて初めて、人が人を殺す現場を目撃したのだ。

5

陣内はマサの遺体に背を向け、座長部屋に向かった。

格子戸を開けると、杏奈が座敷の戸口に立ち、不安げにこっちの様子を窺っていた。

「ジンさん……」

靴も履かずタタキに下り、抱きついてくる。首に絡みついた細い腕は、凍えたように震えていた。

薄い背中に手を回し、その存在を確かめる。

杏奈。そう呼び捨てにしたかった。自分が父親であることを明かし、この場ですべてを詫びたかった。

十三年前のビル火災。あれは、自分を殺すために仕掛けられたものだった。その巻き添えを喰い、マキコとユタカは死んだ。他にも四十数名の死傷者が出、内十体ほどは今も身元が判明していない。当初から人為的に仕組まれた事故である可能性は指摘されていたが、まさか、それがマサとキョウによるものだとは思いもしなかった。

すべては自分のせいだった。

マキコが死んだのも、吉郎が殺されたのも――。

十四年前、自分があの女の依頼を退けてさえいたら、こんなことにはならなかった。

やはりあのとき、依頼主が身内ということで、自分の目は曇っていたのだろうか。

女の居場所は上岡に調べさせた。さほど特別な仕事ではない。ある意味、誰にでも調べられることだ。それくらい現在、あの女は有名になってしまった。

マサとキョウの死体処理は市村に任せた。そもそも、それが奴の専門分野だ。「ばらしのロク」という異名もそこからきている。コマ内部の掃除や管理人の口止めも、奴なら上手くやってくれるだろう。

陣内はいったん杏奈を連れて「エポ」に戻った。

「疲れたろう。少し休むといい」

今夜はちゃんと戸に鍵をかけておく。

「うん。じゃあ……ちょっと、横にならせてもらう」

杏奈は這うようにしてロフトまで上がり、そのままフロアソファに横たわった。そして道端の猫のように、横向きになって四肢を投げ出す。マキコも昔、よくその恰好をして寝転んでいた。

親子だなと、妙な感慨を噛み締める。

　陣内は上着を脱ぎ、カウンターに入った。

　シャツの袖を捲《まく》り、両手首に仕掛けたホルダーをはずす。三本ずつ、左右で計六本、針を装着できるようにしてある。針の素材はタングステン合金。これを、チップソーの目立てに使うのと同じ素材でできた砥石で研《と》ぎ、最後に貴金属加工に用いる業務用クロスで仕上げる。水がかかっても水滴がつかなくなるまで。それが仕上がりの目安だ。

　一本一本、指先に全神経を集中させ、祈りながら研ぐ。相手が苦しまないよう、死の気配にすら気づかぬよう、切っ先よなめらかに尖れと、繰り返し言い聞かせる。

　クロスで磨き始めると、鏡面くらいにならごく短時間で仕上がる。だが水がつかなくなるまでとなると、少々根気がいる。先代にこの加工を習った頃はつらかった。砥石もクロスも碌なものがなかったから、やたらと時間ばかりかかった。それに比べたら、今のこれは楽なものだ。

　マサの拳銃に刺し込んだ一本は、折れはしなかったがさすがに少し傷ついていた。これはもう使えない。新しいのを一本下ろそう。

　流し台の下。収納扉を開け、在庫のアイスピックを取り出す。木製のグリップ部分を分解してはずし、中の針だけを抜き出す。いくらかくすんではいるが、ちょっと磨けばすぐ使えそうだった。だいぶ昔に作ったものだが、捨てずにとっておいてよかった。

　砥石の上にすべらせながら、またいつしか、あの女のことを思う。

　この腸の捻じ切れそうな憤りは、一時どこかに追いやらねばなるまい。冷静に、この水銀の如く仕上げた針のように、曇りなき心で相対さなければならない。

　夜明け前。現場近くに再び集合した。

　新宿区矢来町《やらいちょう》。この都心の一等地に庭付きで、しかもマンションかと思うような四階建てを構えるのだから大したものだ。それも、かなり新しい。女手一つでここまで稼ぐのに、一体どれほどの悪事に手を染めてきたのだろう。聞いてみたい気もするし、もはやそれすら意味がないようにも思える。

　今回、杏奈と小川、上岡は車に残してきた。ただし、無線の可聴範囲からは出ないよう念を押した。撤退の合図を聞き逃されてはこっちの命取りになる。

　陣内は車から降り、市村とミサキ、ジロウたちを従えて現場に向かった。

　一つ手前の角で足を止め、四人で輪になる。

　市村が全員の顔を見回す。

「じゃあ、段取通り、頼む。整ったら連絡する。リュウはそれから、玄関から入ってこい」

　一つ、頷いてみせる。

「……すまんな」

「何いってる。それが〝第一の手〟の仕事だろうが」

　ぽんと陣内の肩を叩き、市村はジロウとそのまま真っ直ぐ、ミサキは一人で右手に、それぞれ歩いていった。

　陣内は左手に進み、隣家の生垣の陰に身をひそめた。

　十七分経って、無線連絡がきた。

《予定通り、入ってこい》

「……了解」

改めて一人、門の方に歩を進める。

夜明け前の風が、低く啼いていた。無人の通りを黒猫が一匹、横切っていった。

鼓動は静かだった。街も静かだった。犬の鳴き声がしたが、だいぶ遠くだった。新聞配達がくるまでには、まだ少し時間がある。それまでに、すべてを終えられるだろうか。

現場前に着いた。

「三田」と表札のかかった門扉《もんぴ》を開ける。鍵などは特になかった。中には砂利が敷いてあり、石畳のアプローチを踏んで玄関に向かう。

背の高いドアだった。アルミ製の、モダンなデザインの扉だ。手摺りを縦に取り付けたようなドアレバー。手袋をした手で握り、ゆっくりと手前に引く。レバーは呆気なく動き、扉と枠との間に黒い闇が覗いた。

花の匂いが漏れてきた。何かを隠すために、誤魔化すために、どうしても強い香りが必要なのだろう。だが、あの女は気づいていない。その強い香り自体が、ときとして人の心を害するということに。

玄関に入る。夜目《よめ》は利く方なので、完全な闇でなければたいていのものは見分けられる。下駄箱の上に花瓶があり、そこに白っぽい、小さな花が両手で抱えるほど挿してあった。

念のため、靴カバーをして廊下に上がる。警察が使用するのと同じものだから、靴痕隠しとしてはこれが一番有効だ。

廊下を右手に進むと、突き当たりが庭に面したリビングになっていた。左角には大きな液晶テレビ。手前には三人掛けくらいの革張りのソファ。そこに一人、座っていた。黒っぽいスポーツウェアを着た男だ。覗き込むと、目を閉じてうな垂れている。身じろぎ一つしないので生死は分からない。

右手はダイニングになっており、回り込むとキッチンに繋がっていた。そこにも一人、似た恰好の男が仰向けに倒れていた。左胸が拳銃の形に膨らんでいる。どうやら、取り出す間もなく倒されたらしい。

他にも部屋はありそうだったが、あえて確かめはせず階段に向かった。あのレベルの用心棒では、何人いたところで無意味だろう。ミサキとジロウなら音もなく、一瞬にして片付けてしまう。市村は、あの二人を一体どうやって見つけたのだろう。実に、大した「手」である。

階段を上る。少し足音がするだけで、軋みなどはまったくない、実に頑丈な作りだった。右手の窓からは中庭が見下ろせる。よくは知らないが、南国風の巨大な葉を持つ植物の影が見えた。

二階に着いた。廊下は左右に延びている。左手を見ると、曲がり角のところに黒っぽい、大きな男の足が覗いている。と思ったら、すすっ、と角を曲がって見えなくなった。ミサキかジロウが引きずっていったようである。

ということは、こっちか。

改めて、右手にある開けっ放しのドアを見る。そっちから、女の匂いが漏れ漂ってくる。玄関の花に似た、毒々しいほどに強い香りだ。おそらく寝室だろう。

案の定、そうだった。

ドア口に立つと、右手に大きなベッドが見えた。だが主はそこにいない。正面の窓辺に立って、夜明け前の街を見下ろしている。

陣内は、一つ咳払いをしてから声をかけた。

「……もう少し、腕の立つ警備員を雇えよ」

女は、少し胸を張るように姿勢を正した。

「そういうのをね、盗人猛々《ぬすっとたけだけ》しいっていうんだよ……勝手に上がり込んどいて、もう少しマシな挨拶はできないのかい」

風邪の治りかけのような、嗄《しゃが》れた声だった。負け惜しみにも、強がりにも聞こえたが、真意は分からない。

まだ、女は振り返ろうとしない。

一歩、室内に入る。

「……驚いたぜ。あんた、一体どうやって新民党の推薦なんて取りつけたんだ。やっぱり、死んだ亭主のコネか。あんまり選挙運動中は、あの件については触れてないみたいだったが」

鼻で笑うように、ふっと息を漏らす。

「誘ってきたのはあっち、新民党の方さ。当時あたしは、NPOの福祉事業で荒稼ぎしてたしね。金もあるし、そっち方面にも顔が売れてると思ったんだろう。だから小川と河井の件は、あえて出さないって方向でまとまってた。いまさら持ち出してもイメージが暗くなるだけだからね。隠しはしないけど、知ってる人は知ってる、そのくらいにしておいて、それよりも元気潑剌、全身全霊で、新宿区を愛しているんです、って……そうやった方が得策だっていわれたんだよ。党の選対幹部に。あたしも、そりゃそうだと思ったし。だから河井姓は使わなかった。旧姓の『三田』で立候補した」

「そして見事、新宿区初の女区長が誕生した、ってわけか」

ようやくこっちを向く。

三田静江。この女が、世のため人のために働くなど、到底考えられない。

「……あんたの狙いはなんだ。なんのために、区長になんかなった」

こんな時間でもちゃんと化粧をしているらしい。黒い唇を歪めて、笑いを形作る。

「おや、お前はなんでもお見通しなのかと思ってたけど、そうでもないんだね。あたしが買いかぶり過ぎてたのかね……分からないかい、あたしの望みがなんなのか。あたしがあの街に、何を望んできたのか」

まだ、共に大久保のアパートで暮らしていた、あの頃。

畜生、畜生、と毒づきながら、畳の上で一万円札を踏みにじっていた姿が脳裏に浮かぶ。あんな街、大嫌いだ。男も女も、みんな糞喰らえだ。皆殺しにしてやる、全部なかったことにしてやる――そう、呪詛《じゅそ》のように繰り返していた横顔を思い出す。

「歌舞伎町の、崩壊……」

そう考えれば、ある程度は辻褄も合う。

「ご明察。あたしは、あたしからすべてを奪ったあの街が大嫌いだった。寄って集《たか》って慰み者にして、いつのまにやら糞塗《まみ》れの反吐《へど》塗れさ。身動きできないよう縛った挙句、気を失ってもまだ好き放題弄くり回すんだ。中には堂々と、姦《や》りながら殺すのが趣味だって男までいたよ。まったく、地獄以外の何物でもないさ、あの街は。いったん足をすべらせたら、ズルズルとどこまでも呑み込まれていく、底なしの蟻地獄《ありじごく》……お前、知ってたかい。あの女、あたしたちの母親がどうなったか」

陣内は頷きも、否定もしなかった。

「あいつ、ホームレスになって野垂れ死んで、仲間がゴミ袋をかぶせといたら、収集車がきて持ってってくれたって話だよ。中身見えてるから、係員だって気づいてるはずなのに、重たいから手ぇ貸せって、仲間呼び寄せて、二人がかりで……鉄板が回ったとき、バキバキ、グシャグシャって音がしたってさ」

にわかには信じがたい話だが、あり得ない話ではない、とも思う。

「冗談じゃないって思ったよ。命まで、こんな街に奪われて堪るか。だったら奪う側に回ってやろうって、そう思ったのさ。ずっとそう思いながら、歯ァ食い縛って生きてきたんだ。そのチャンスが、ようやくあたしに巡ってきたんだよ。この四年の間に、あたしは歌舞伎町から奪えるだけ奪って、それを全部、そのままドブに捨ててやろうって決めたんだ。二期目は立候補しない。次は衆院選に出るって決めてるからね。だから勝負は四年。その間にあの街の、あらゆる商売の邪魔をして、条例作って締めつけるだけ締めつけて、歌舞伎町を日本で一番儲からない、つまらない街にしてやろう……それが、あたしの望みさ」

しかし、そうだとしたら矛盾する部分も出てくる。

あの小川忠典は、歌舞伎町を外資に売り渡そうとしたからこそ抹殺された。歌舞伎町の崩壊を望むならば、むしろ小川とは手を組んだ方がよかったのではないか。

いや、待て――。

そういえば十四年前、河井殺しの首謀者が小川であることをどうやって確かめたのか。それについて尋ねたとき、この女はこともなげにいってのけた。

「決まってるだろ……女を使ったのさ」

ひょっとしてこの女は、もともと小川忠典とも繋がっていたのか。だとすると、十四年前の事件の構図はまったく違ったものだったことになる。

「……もしかして、河井のことを小川にリークしたのは、あんたなのか」

またた。黒い唇が捻くれる。周囲の薄闇まで歪んでいくように見える。

「分かってきたじゃないか、茂之……そう。河井が、小川と新華僑の癒着《ゆちゃく》についてマスコミに告発しようとしてる。そのことを小川に知らせたのは、このあたしだよ。あたしにとっちゃ、歌舞伎町が外資に食い荒らされた方が都合がよかったからね。河井には……歌舞伎町から救い出してくれたことに関しては感謝してたけど、そこんところはあたしと、利害が喰い違ったんだ。これればっかりは、夫婦でもどうしようもない。……案の定、小川は河井を消しに動いた。でも、よりによって小川は、口封じにあたしの命まで狙ってきやがった。あたしも用心はしてたけど、いよいよ本気で危なくなってきた……だから頼んだんだ。あんたら、歌舞伎町セブンに。小川忠典を殺してくれってね」

やはりそうか。十四年前、あの依頼を受けたこと自体が――。

「……マサとキョウを使ったのはなぜだ。なぜ奴らを知っていた」

すると、困ったように首を傾げる。

「あれはね……そう、小川の一件のあとだよ。奴らはだから、下調べしてるうちに、気づいたんだろうね。あたしが小川とも通じてたってことに。でもだからって、奴らはあたしを消そうとか、強請《ゆす》ろうとか、そういうつもりはないみたいだった。そういうことなら、魚心あれば水心、ってね……新民党絡みでいい儲け話がある。他にもいろいろ、新華僑から請け負う裏仕事だってある。今じゃ、あの連中はあたしのいいお得意さんでね。そういうの、手伝ってみないかって誘ったんだ。あんな、復讐代行ボランティアなんてやってないで、もっとその腕を金儲けに使わなきゃ損だよ、もったいないよって、教えてやったんだ」

あの夜、雑居ビル内部に立ち込めた煙の臭いが鼻先に蘇る。

「それで……あのビル火災を仕掛けさせたのか」

「ああ。邪魔だったからね、あんたらは。特にお前が……お前は、ガキの頃からあたしをずっと見てきてる。あたしの暗い部分を、誰よりもよく知ってる。そのあたしが小川殺しを依頼し、実際小川は殺された……それでまた一つ、弱みを握られちまった」

馬鹿馬鹿しい。

「そんなことで、俺があんたを強請るとでも思ったのか」

「ああ、思ったね」

間髪を入れない返答だった。

「そういうの、あたしゃ我慢ならないんだ。しかもお前は、女房と子供を連れて、まるで堅気みたいな顔をして、真っ昼間の新宿を歩いていやがった。そりゃ、いくらなんでも不公平ってもんだろう」

あのときか――。あのとき、すぐに身を隠すなり、家族ではない振りをしたりすればよかったのか。

「あたしは覚えてた。お前の娘の顔を。あの子が斉藤吉郎に引き取られ、育てられてることも知ってた。でも、つい最近だよ。お前の存在に気づいたのは。お前が道端で、あの子と話してるところを偶然見かけたんだ。むろん、顔は変わってた。でも声は変わってなかった。確かにお前の、茂之の声だった……ぞっとしたよ。生きてたのか、ってね。そのときは、仕事関係の人間と一緒だったから、追いかけてくわけにはいかなかったけど、でも、すぐにどやしつけて調べさせたよ。マサとキョウに。フザケるな、茂之は生きてるじゃないか、歌舞伎町の街中を堂々と、あの娘と二本足で歩いてるじゃないか、ってね」

少し、窓の外が明るくなってきた。

そろそろ、潮時かもしれない。

「……哀れな女だな」

いいながら一本、針を用意する。

「奪われた、だから奪い返す……そんなことを繰り返したって、またいつか奪い返されるだけの話だろう。いい年をして、そんなことも分からないのか」

気づいているはずだが、特に驚いた様子はない。陣内の手にある細い輝きを、じっと見つめている。

「何かを得たかったら、まず与えるんだと、そう俺に教えてくれたのは他でもない、あの街の、歌舞伎町の住人たちだった」

吉郎、マキコ、アッコ。その他にも、歌舞伎町に生きる人々の顔が脳裏をよぎる。

「種を蒔き、水をやるから花は咲く……あんたみたいに、目に入るそばから何でもかんでも毟《むし》りとってりゃ、そりゃ花も実もつきゃしねえさ」

ふいに、込み上げてくるものがあった。

「……それでも昔は、少しはいいときがあったのにな。俺たち」

初めて静江が、驚いたように視線を上げる。

「あんたにもらった、セロテープで貼った一万円札。あれで仲間誘って食った、ラーメン、チャーハン、レバニラ炒め……本当に美味かった。最後に、いいんだよ、大丈夫だよ、姉ちゃんに金もらってっからって、大威張りでレジにいってさ……気分よかったよ、あんときは。急に一人前になった気がしたもんさ」

手の届く距離にまで歩を詰める。

「でも……ごめんな。俺あんとき、姉ちゃんにありがとうも、なんにもいわなかった」

静江が、いきなり右手を突き出してくる。細身のナイフを握っている。だが手首を取り、外側に捻ると、呆気なくそれは床に落ちた。カランカランと、頼りない音が廊下にまで響く。

「もしあんとき、俺がありがとうって……ちゃんと姉ちゃんにいえてたら、そういう関係だったら、俺たち……もうちょっと、マシな生き方ができたのかな」

目を塞ぎ、鼻を塞ぎ、少し上を向かせる。

「なあ……どう思う」

息が苦しくなったのか、それとも単に怖かったのか。ふわりと、静江の口が開く。

その瞬間を逃さず、針先を喉の奥に送り込む。舌の根の辺りからは上向き。今度は脊椎と頭蓋骨の間に生じるわずかな隙間を狙って、

「ンッ……」

直接、脳幹に突き刺す。すぐさま先端で、半径二ミリの円を描く。

脳幹は、生命維持を担う中枢神経系器官の集合体だ。拳銃自殺の際、銃口を銜えて発砲するのはこの脳幹を吹き飛ばして即死するためだ。陣内の殺し方も、基本的にはこれと同じ。口から刺し込んだ針先で脳幹を確実に破壊し、相手を即死に至らしめる。

静江の瞳から命の光が消え、ゆるく瞼が下りてくる。

力の抜けた体を片腕で支えながら、ゆっくり、真っ直ぐ針を引き抜く。先端が鋭く、かつなめらかなので、真っ直ぐ引き抜きさえすれば傷口はほとんど残らない。

また、脳幹が破壊された瞬間に心臓もほぼ停止するので、内出血も起こらない。結果として、心臓が突然停止したようにしか見えない死体ができあがる。

だが、これでは町会長の高山和義と酷似した死体になってしまう。この短期間に二人も原因不明の心不全というのは、さすがに得策ではない。

今回は、もうひと工夫しようと思う。

二階のバスルーム。バスタブに湯を張り、その間に静江の化粧を落とし、服を脱がせる。見ると、左の乳首が変だった。妙にツルツルしている。誰かに切り取られ、その後に形成手術でも受けたのかもしれない。その他にも、目立ちはしないが大小さまざまな傷跡が体中に見受けられた。

湯を張り終えたら、遺体を洗い場に横たえる。溺死を装う場合、そのまま沈めておけばいいと考えられがちだが、それでは死体は水を飲まないから、専門家が見ればすぐに溺死でないことが分かってしまう。

だったら、死体に水を飲ませればいい。

要は溺れたときの蘇生術、あれの反対をやるのだ。

遺体の口に湯を注ぎながら、繰り返し胸を押す。ポンプの要領で湯は少しずつ体内に取り込まれていく。肺にも、何割かは胃にも達するだろう。そうやって、ある程度飲ませてからバスタブに浸ける。仰向けで、顔まで浸かるように尻の位置や、脚の曲げ具合を調節する。

終わったら、一歩離れて不自然な点がないかを確認する。

しかし、不思議なものだ。

湯の中の静江は、生きていたときのどんな瞬間よりも穏やかに、目を閉じて微笑んでいた。

終章

どうも、悪い夢を見ているとしか思えない。

上岡はここ数時間、パソコンの真っ白なワープロ画面を前に、一文字も打てない膠着《こうちゃく》状態に陥っていた。

いや、夢などであろうはずがない。その証拠に、ミサキの頭突きを喰らって切れた額はまだ完治していない。縫うべきか否か微妙な傷だったが、結局縫わずに済ませてしまったため、若干あとが残りそうな按配である。

また、コマでの出来事の記憶も鮮明に残っている。顔面を破壊され、後頭部から血を流していたキョウの死体、首をあり得ない角度にまで捻じ曲げられたマサのそれも、はっきりと瞼に焼きついている。その後、無線越しにではあったが三田静江の告白も聞き、今回の事件はむろんのこと、十四年前の真相までまとめて知ることとなった。

だからこそ、困っている。

一月二十三日月曜日、午前十時。連絡がとれないのを不審に思い、自宅を訪ねた区長秘書が、二階風呂場の浴槽で死亡している三田静江を発見した。検死の結果、入浴中に何かしらの発作を起こし、運悪く溺れてしまったのだろうとの見解が示された。秘書も、だいぶ過労気味だったと最近の様子を語っている。

正直、驚いた。内幕を知っているだけに、こんなにも簡単に世間は騙されてしまうのかと怖くなった。ひょっとして、検死を担当した医師に何か圧力を加えたのではと小川に訊いてみたが、そんなことは一切していないと彼は笑った。

「だいたい交番勤務の僕に、そんな大それたことができるはずないでしょう」

確かに、いわれてみればその通りだ。

遺体に外傷がなく、風呂の水を飲んでおり、その他の状況にも疑わしい要素がなければ、溺死として処理されても仕方ないのかもしれない。ただでさえ東京という街には、交通事故死や自宅での病死、自殺や突然死といった、行政の負担で原因を特定しなければならない不自然死が溢れている。ある意味、三田静江のような条件の整った綺麗な死体は、「問題なし」と太鼓判を押されて流されがちなのかもしれない。

むしろこういう話には、マスコミの方が強く興味を示す。

『上岡さん、なんか知ってんじゃないですか?』

そんなふうに電話をしてきたのは鈴木という、あの新宿区長の暴露ネタを欲しがっていた編集者だ。

「いや、別に知らないけど」

『でも前に、心不全は人為的に起こせるのか、とか、なんかそんなことといってたじゃないですか。

今回のこれって、まさにその線なんじゃないですかね。しかもほら、現役区長だし』

確かに、そういう話をした記憶はある。だが今、自分はそれを書く立場にはない。むしろ隠す側にいる。なんといっても、三人の人間の殺害に直接ではないにしろ関与し、今もその犯人グループと関係を持っているのだから。

「どうだろうな……ちょっと今回のは、そういう線の話とは違うんじゃないかな」

『そうですかね。うちとしては、このネタでガッツリいこうと思ってるんですけどね』

やめてくれ、そういう話は。

「ガッツリって……無理じゃないの、そんなネタじゃ」

『じゃあ、こういうのはどうです。最近歌舞伎町で、変な噂が出回ってたの、知ってますよね。「歌舞伎町セブン」とか、「欠伸のリュウ」とか』

本当にもう、心臓に悪いから勘弁してくれ。

「それも……どうかな」

『嘘だァ。上岡さんがこのネタ知らないはずないでしょう』

知ってる。たぶん、出版業界の誰よりも、よく。

「ああ、まあ、まったく、ってアレでもないけどさ、でもあんなの、ただの都市伝説でしょう」

『あ、やだなァ、そういうリアクション。そういうの、一番つまんないですよ。どうしたんですか上岡さん。らしくないじゃないですか。せっかくこっちが得意分野でネタ振ってるのに。もっとガンガン喰いついてきてくださいよ』

無理だ。このネタだけは、本当にできないんだ。

「ガンガン、って、いわれてもねぇ……」

『かなりデカめの企画で考えてたんですよ。もちろん、上岡さんには一番多くページを持ってもらうつもりで。三田区長と「歌舞伎町セブン」、上手く絡めて書いてもらえたら、それこそ経費別にして、原稿料だけで四、五十はお渡しできると思うんですよ』

思わず、生唾を飲み込んだ。

経費別で四、五十万。それは、非常にオイシイ。

『なんだったら、前金でもいいですよ』

嘘だろう。なんでこんなときに限って、そんな甘い話を。

『気持ちよく、受けてくださいよ。上岡さん』

で結局、引き受けてしまったのだ。だから困っている。

昨日も「エポ」にいき、たまたま市村もきていたから、他の客がいなくなったタイミングを見計らって切り出した。実は、三田静江の突然死と「歌舞伎町セブン」を絡めて書いてくれという依頼がきている、と。

「なんだテメェ。それはアレか、俺たちを強請ってんのか。金出さねえと洗いざらい書くぞって、そういう脅しか」

「そんな、脅しなんて、滅相もない……ただちょっと、ご相談を」

「何がご相談だ、馬鹿野郎。他人事みてえな顔しやがって。オメェよ、もうちっとテメェの立場を考えてからものを喋れ。オメェも当事者なんだよ。実行犯の一員なんだよ。自分だけ関係ありませんみてえな理屈が通ると思ったら大間違いだ。この、腐れペンゴロが」

とてもではないが、すでに引き受けてしまったなどとはいえなくなってしまった。

「いや、ですからね……」

「おう、そうかい。上等だよ。書けるもんなら書いてみろよ。その代わり、それが活字になる前にテメェの頭カチ割って、脳味噌とり出してチーズフォンデュにして食ってやっからな。オメェ、知らねえだろ。人間の脳味噌ってのはな、豆腐みてえに柔らけえんだぞ。そいつをドロドロに煮込んでよ、フランスパンにつけて食うんだ。なあ、リュウさんよ」

陣内はカウンターの中で、やれやれといったふうにかぶりを振っていた。

駄目だ。やっぱり書けない。

*

幸彦は上岡から、電話で相談を受けていた。

『どうだろう。なんかこう、真っ芯は突かないで、でもそれなりに裏話っぽく、説得力があって、面白くて、それでいて市村氏とかが怒らない、そういう感じの切り口……なんかないかな』

無茶をいってもらっては困る。

「そんなの、僕にいわれたって困りますよ。やっぱり書けませんって、断れば済む話じゃないですか。あの、申し訳ないんですが、いま勤務中なんで、切ります」

『そんな、小川くん』

「また夜にでも。はい、失礼します」

『ちょっとォ』

幸彦は携帯をポケットにしまい、交番の二階、居室の畳にごろりと寝転んだ。

コマの一件から早くも一週間。だが、いまだ醒めない悪夢の中にいるような感覚が続いている。キョウを撃ち殺した瞬間の、あのミサキの目が脳裏から離れない。また、マサが殺された場面は直接見なかったが、あとで死体を運ぶのは手伝わされた。途中でごろんと首が落ち、それでも分厚い皮膚で体と繋がっている様は異様だった。

裏切ったら、自分もああなる。

そういう恐怖心を植えつけるためにあのとき、市村は自分に死体運びを手伝わせたのだと思う。そしてその恐怖は、充分有効に機能している。とてもではないが裏切れない。確かにそう思わされている。上岡もその辺り、もう少し自覚を持ってもらいたいところではある。

だが、幸彦を「歌舞伎町セブン」に縛りつけるのは恐怖心だけかというと、それは違う。つくづく妙だとは思うのだが、どうしても彼らの価値観を否定しきれない面が、自分の中にはある。

大きかったのはあの、三田静江による「秘密の暴露」だ。幸彦たちはそれをワンボックスカーの中で、無線経由で聞いた。

父忠典が殺されるまでの経緯。それを知ったところで、実行犯である陣内へのわだかまりが完全に消えるわけではない。でも逆に、彼をこれからも恨み続けられるのかというと、その答えを得るのは難しい。陣内自身、十三年前の火災で殺されかけ、仲間を失っている。以後は杏奈と離れて暮らすようにもなった。その元凶は陣内の実の姉であり、にもかかわらず、いや、だからこそ彼は自らの手で決着をつけた。その点から目を背けてはならないと、幸彦は感じている。

また、三田静江は自らの犯行について語る中で、杏奈についても触れた。杏奈と陣内の取り合わせを見たときに、この二人は親子だと悟り、自分の弟の生存を確信し、再び抹殺を画策した——。

そう聞いた瞬間、思わず杏奈の顔を横目で見てしまった。彼女は、完全に表情をなくしていた。陣内が実の父親であることに驚いていたのか。それとも、今回の事件の発端が自分という存在にあることにショックを受けていたのか。それは分からない。でも後者なのだとしたら、自分を責めないでほしいと思った。どうすべきか、どんな言葉が相応しいのか、そんなことはまったく分からなかったが、とにかく、何かそういう意味のことを伝えたかった。結局、気の利いたことは何一つ言えなかったけれど。

以来、妙な浮遊感というか、非現実的な時間を過ごしているという感覚に見舞われている。警察組織にいながら、真逆の価値観を持つグループにも身を置き、あまつさえ、そのメンバーである親子に奇妙な共感を抱き始めている。そう、あの親子には何か惹きつけられるものがある。協力したいのか、監視していたいのかはよく分からないが、でも漠然と、敵に回りたくないとは思う。

少なくとも、今の時点では。

幸彦は第二当番、いわゆる夜勤に就いていた。二人の先輩は二階で休憩しているため、今は一人で机に座っている。

別にやるべきこともないので、なんとなく外を眺めている。隣は小学校。向かいは中学校。夜も十時を過ぎると、正直、気持ちのいい眺めではなくなる。対面の米屋もとっくにシャッターを閉めている。その他の商店は近くにない。なんだかぽつんと、この交番だけが巨大な宇宙空間に浮かんでいるような、そんな錯覚すら覚える。

そこに、ぬっと誰かの顔が出てきた。

「うわっ」

黒っぽいコートを着た男。

「ちょっと……お、脅かさないでくださいよ」

東警部補だった。口元には、微かにだが笑みがある。

「なんだ。俺に見つかったらマズいような、何かやましいことでもしていたのか」

「そんなふうに顔を出されたら、誰だって驚きますよ」

「じゃあどうやって顔を出せばいい。事前に電話予約でもすればいいのか。それはまた、とんだ高級交番だな」

戸口に立ち、ポケットから取り出した缶コーヒーを一つ、こっちに差し出す。

「ああ、ありがとうございます……どうぞ」

一応、パイプ椅子を広げて勧める。

しかし東は、こんな時間に何をしにきたのだろう。

普通、通行人が近づいてくれば足音で分かる。いま東は、絶対に足音を殺して近づいてきたのだと思う。でなかったら、こんなに自分がびっくりするはずがない。まさか、幸彦を驚かせるためだけにきたわけでもあるまい。

「……いただきます」

プルトップを引き、そっと口をつける。買ったばかりという熱さではなかった。わざわざ少し離れたところで買って、持ってきたのだろうか。

東は、自分の分は買ってこなかったようだ。何をするでもなく、ただパイプ椅子に腰掛けてこっちを見ている。

「……あの、何かご用だったんですか」

すると、スッと内ポケットに手を入れる。別に東が拳銃や匕首《あいくち》を取り出すとは思わないが、でも何かしら、身構えたくなる挙動ではあった。

「君は普段、どういう友達と遊んでいるんだ」

「は？」

東が机に並べたのは、三枚の写真だった。おそらく、歌舞伎町内に仕掛けられた監視カメラ映像から切り出してきたものだ。

「これは、君だろう」

思わず、生唾を飲み込みそうになる。

確かに、そこには自分が写っていた。場所はコマ劇場の裏手、アマンドのある小路。背後には市村がおり、手前には陣内の姿も写り込んでいる。

もう一枚はセントラル通りを少し上の角度から撮ったもの。これだけではなんともいえないが、先の一枚と見比べると、やはり自分と市村が写っていると判断できる。最後の一枚もセントラル通りだ。これに写っているのは自分だけだが、ほぼ真横からのアングルで、顔が一番よく分かる。

「あれ……よく、似てますね」

下手な言い訳だと自分でも思う。否定するなら、もっとはっきり違うといわなければ駄目だ。こんなダウンジャケットは持っていないとか、こういう靴は履かないとか。だがそれも、いっときの気休めにしかならないだろう。待機寮の仲間に確認されたら、一発で自分であると証言されてしまうはずだ。

だからといって、認めるわけにもいかない。

「これ、関根組の四代目だよな」

ここは、驚いた振りをしておく。

「あ、そうなんですか？　よく、知らないんですけど」

目を上げると、東は怖いくらいの無表情で、真っ直ぐ幸彦を見つめていた。

しばし、無言で見合う。

分からなかった。自分はどうすべきなのか。東の魂胆も読めなかった。これを自分だと認めさせて、近くに関根組組長が写っていたら、なんだというのだ。癒着を疑っているのか。こんな、繁華街からはずれた交番に勤務する一地域課員と暴力段組長の癒着を暴いたところで、一体どれほどの意味があるというのだ。

まだ、東は黙っていた。

「すみません……マルBは、あんまり詳しくないんで」

ようやく、太い指の並んだ東の手が写真をまとめ始める。縦にして、トントンとそろえてからポケットに戻す。

「そうか……俺の、勘違いだったかな」

いいながら、覗くように幸彦の目を見て、中腰に立ち上がる。

「邪魔したな」

「あ、いえ。こちらこそ、ご馳走さまでした」

幸彦も立ち、表まで東を送りに出た。

そこで、何か思い出したように東が振り返る。

「そういえば、区長。死因は溺死だってな……なんで、心不全じゃなかったんだろうな」

そこはただ、首を傾げればいいだけのことだった。さあ、ととぼければ済む話だった。でも、できなかった。どういうわけか、瞬時に反応することができなかった。

「君は、その件には興味なしか」

「いや……ええ、特に」

「俺はむしろ、この件の方が気になってな。矢来町は牛込署の管区だが、煙たがられるのを承知の上で、監察医務院までいって、ちょっと入れ知恵してきたよ。何か面白いことが分かったら、君にも教えてやろう……じゃ、お疲れさん」

入れ知恵、って、なんだ——。

＊　＊

コマの翌日の夜、陣内はアキラに案内をさせ、吉郎の遺体を埋めたという戸山三丁目の廃ビルに向かった。同行したのは市村とミサキ。杏奈もいくと言い張ったが、それは陣内が押し止めた。遺体がどんな状態かは想像もつかなかったからだ。

もとはテナントビルだったのだろう。一階は店舗用の造りになっており、あちこちに設備を撤去した跡が残っていた。

アキラが案内したのは地下だった。なんの目的で掘削したのかは分からないが、階段裏のスペースにはコンクリートがなく、長方形に土が露出していた。ちょうど畳一枚くらいの大きさ。いや、これはもともと凹んでいた場所に、土を運んできて埋めただけなのかもしれない。

「ほら、掘れよ」

市村がアキラにシャベルを押しつける。むろん、それを凶器に襲いかかってくる可能性もあるので、ミサキも市村も銃を構えて向けていた。だがアキラはすでに精も根も尽き果てた様子で、ミサキたちへの反抗はおろか、土を掘り返すことすら難しそうだった。

一番街で拉致してから二日。アキラの身柄は市村に預けておいたが、その間に一体何があったというのだろう。尋常ではない憔悴ぶりだった。

幸い、遺体はさして深くは埋められておらず、また掘り出してみると、案じたほど腐敗は進んでいなかった。顔も、まだかろうじて個人識別が可能な状態にある。この地下の気温と、運ばれてきた土の質に理由があるものと察せられた。

遺体には、左足首から下、左手の先半分がなかった。

間違いない。斉藤吉郎だった。

遺体は市村がいったん持ち帰り、後日密かに火葬することになった。その場に立ち会うことはできないが、お骨が帰ってくるならいいと、杏奈もそれには同意を示した。

アキラの処分についても市村に一任した。だが、どうするつもりかだけは一応訊いておいた。

「……売るんだよ。欲しいっていってる奴がいるんだ。買った奴がどうするかは、俺も知らんが」

正直、訊かなければよかったと思った。


杏奈は今も変わらず、吉郎と住んでいた歌舞伎町二丁目のマンションで暮らしている。彼女には信州屋の店員という職があるし、吉郎名義の不動産収入もある。またこのまま七年経ち、失踪宣告による死亡認定を受ければ、吉郎の財産はすべて杏奈が譲り受けることになる。経済面での心配は一切必要なかった。

問題は精神面だと思っていたが、これもほとんど、吉郎が生きている頃と変わりがなかった。吉郎の生存を信じている、という芝居を今しばらく続けなければならないというのもあるかもしれないが、それにしても、杏奈の様子にこれといった変化はなかった。

そう。陣内との関係も、以前とまったく変わっていない。

あの日、杏奈は小川や上岡と一緒に、無線で流した静江の告白を聞いたはずだった。当然、陣内が実の父親であることも知ったはずだが、以後もそれについては特に触れてこない。仕事が終わったらふらりと「エポ」に立ち寄り、知り合いがいれば一緒に、いなければ陣内を相手に二、三杯飲み、マンションに帰っていく。その間の呼び名は一貫して「ジンさん」である。親子関係の確認などという湿っぽい話題はこれっぽっちも持ち出さない。

今夜もそうだった。

「あの人さ、なんか目がヤラしいんだよね」

相変わらず、上岡のことはお気に召さないようである。

市村がロックグラスを片手に大笑いする。

「違えねえ。あいつ、ジンさんと大して年違わないのに、妙にスケベな感じするよな」

他にも商店会絡みの客が二人いるので、市村も呼び名には気を遣っている。

「なあ、ジンさん。あんたもそう思うだろう」

悪いが、それには首を傾げざるを得ない。

「そんなことは、ないと思いますけどね」

すると、杏奈が「アアーッ」と指を差す。

「ジンさんて、ちょっとそういうとこある。八方美人っていうか、フフッて笑って済ませちゃうようなとこ、けっこうある」

市村も真似て指差す。

「分かる。要するにアレだ、ジンさんも結局は、ムッツリスケベってことだな」

ドッと笑いが盛り上がるが、なぜか杏奈だけは膨れてみせる。

「駄目だよ。市村クンはジンさんのこと弄っちゃいけないの」

「なんでだよ……アイテテテテッ」

カウンターの下なのでよく見えないが、どうやら杏奈が市村の脇腹をつねっているようである。

そう。なぜか普段の杏奈は、市村のことを「クン付け」で呼ぶ。

ふた回りも年上の、暴力団組長だというのに。

一時半頃に客が途切れたので、そこで店を閉めることにした。最後までいたのは杏奈だったが、

「じゃ、おやすみ……ジンさん」

それでも接し方が変わることはなかった。

肩越しに手を振り、華奢な後ろ姿が戸の向こうに消える。

そのとき、入れ替わりに吹き込んできた風が、やけに冷たく感じられた――。

おそらく自分は、杏奈との関係が変わることを、心のどこかで期待していた。父親であると認められた上で、いくつもの過ちについて詫びたいと思っていた。だがそれは、許されないことなのか。杏奈は自分を父親とは認めない。そういうことなのか。

しかし、それにしては杏奈の態度が穏やかすぎる。まるで、吉郎が死ぬ前と変わらぬ状態を維持しようとしているかのようだ。とはいえ杏奈は、吉郎の死を認めていないわけではない。あのマンションはいくらで売れるのだろうかとか、墓は近い方がいいのだろうかとか、現実的な話もちゃんとしている。

分からない。杏奈の今の気持ちが、陣内にはまったく摑めない。これは自分が男親だからなのか。あるいは親子という名の世代間ギャップか。それとももっと別に理由があるのか。

片づけを済ませ、ガスの元栓などを確認し、上着を着込んでから照明を消す。相変わらず建て付けの悪い戸に鍵を掛け、身を屈めるようにして階段を下りる。

最後に階段下のシャッターを下ろし、施錠をする。

しかし、その瞬間だった。

ハイネックの襟首辺りに、ピリッと何かが走った。

しまった——。

思うと同時に体が反応していた。左に体を捌《さば》きながら軸足を入れ換え、振り返る。案の定そこには人影があり、陣内の頭があった辺りに手を伸ばしていた。

とっさにその手首を摑む。だが、街灯が照らし出したその顔を見て、陣内は激しく後悔した。

「……ずいぶん、手荒な真似をするんですね」

以前に一度ここを訪ねてきた刑事、東警部補だった。

慌てて摑んでいた手首を放す。下手に捻り上げたりしないでよかった。

「あ、すみません……ちょっと、驚いたもんで」

「この前とは、まるで別人のような反応だ」

実に、嫌なことをいう男だ。

「そう……でしょうか」

「何かありましたか、あれから」

慌てて言い訳を考える。合気道を習い始めたとか、アクション映画を観たばかりで感化されていたとか。いや、下手な嘘はつくまい。おそらくこの男には通用しない。

「……別に、何もありませんよ。ただ今日は、たまたま手ぶらだったってだけです」

東は、片頬だけを吊り上げて笑みを作った。

「なるほど。あなた自身は、何も変わっていない。そういうことですか」

瞬きもせず、じっと目の中を覗かれる。

試されている。そう感じる。ここはいったん、目を逸らすのも手だと思う。強気に見返すだけが策ではない。今はただの、飲み屋のオヤジという立場だ。気弱な面もあってしかるべきだと思う。だがそれを、芝居と見破られては元も子もない。どうすべきか。

しかし意外にも、先に目を逸らしたのは東の方だった。

「今……区長の体内にあった、水の検査をしています」

そうきたか――。

顔に出そうになるのを堪え、なんの話か分からない、そういう芝居をしておく。

「区長、って……先日亡くなった、あの？」

「ええ。耳から採取された水の検査です」

肺でも胃でもなく、耳か？　だがその疑問も、表には出さぬよう努める。

「はあ……そうなんですか」

「溺死をすると、体内の様々な場所に出血が起こるものなんです。耳もその一つです。それを今、念入りに調べさせています」

果たしてあの方法で、本当の溺死と同じような出血が起こるかどうか、それは陣内にも分からない。しかしそれを、いま悔やんでも仕方がない。

「……ということは、つまり、溺死ではない可能性がある、ということですか」

「ええ。私はそう思っています」

「じゃあ、本当はなんなんですか」

視線を真っ直ぐ据えたまま、東が小首を傾げる。

「さあ。でもひょっとしたら、区長は何か……悪い欠伸でも、してしまったのかもしれないですね」

じゃあ、と付け加え、東は踵を返した。そのまま、ゴールデン街の路地を花園神社の方に歩き出す。

陣内は、彼が角を左に曲がるまで、ずっと見ていた。

二月初めの、月のない夜の出来事だった。

この作品は「ｗｅｂ小説中公」二〇〇九年一二月号より、二〇一〇年八月号まで掲載されたものに加筆・修正したものです。また、この作品はフィクションであり、実在の人物・団体等とは一切関係ありません。

誉田哲也
1969年東京生まれ。2003年「アクセス」で、第４回ホラーサスペンス大賞特別賞受賞。05年にＣ★ＮＯＶＥＬＳより『ジウ　警視庁特殊犯捜査係』を上梓し、「新たな警察小説の誕生」として大反響を呼ぶ。著書に、〈ジウ〉シリーズ、『ストロベリーナイト』などの〈姫川玲子〉シリーズ、『武士道シックスティーン』などの〈武士道〉シリーズ、『国境事変』『ヒトリシズカ』『ハング』『主よ、永遠の休息を』『世界でいちばん長い写真』などがある。

歌《か》舞《ぶ》伎《き》町《ちょう》セブン

二〇一〇年一一月二五日　初版発行
二〇一〇年一二月　一日　再版発行

著　者　誉田《ほんだ》哲也《てつや》
発行者　浅海　保
発行所　中央公論新社
〒一〇四-八三二〇
東京都中央区京橋二-八-七
電話　販売　〇三-三五六三-一四三一
　　　編集　〇三-三五六三-三六九二
URL http://www.chuko.co.jp/

印　刷　三晃印刷
製　本　小泉製本

Published by CHUOKORON-SHINSHA, INC.
Printed in Japan　ISBN978-4-12-004175-4 C0093
定価はカバーに表示してあります。
落丁本・乱丁本はお手数ですが小社販売部宛お送り下さい。
送料小社負担にてお取り替えいたします。

誉田哲也の本

ジウⅠ　警視庁特殊犯捜査係

都内で人質籠城事件が発生、警視庁の捜査一課特殊犯捜査係〈ＳＩＴ〉も出動するが、それは巨大な事件の序章に過ぎなかった！　警察小説に新たなる二人のヒロイン誕生‼

中公文庫

ジウⅡ　警視庁特殊急襲部隊

誘拐事件は解決したかに見えたが、依然として黒幕・ジウの正体は摑めない。捜査本部で事件を追う美咲。一方、特進をはたした基子の前には謎の男が！　シリーズ第二弾。

中公文庫

ジウⅢ　新世界秩序

〈新世界秩序〉を唱えるミヤジと象徴の如く佇むジウ。彼らの狙いは何なのか？　ジウを追う美咲は、想像を絶する基子の姿を目撃し……⁉　シリーズ完結篇。〈解説〉池上冬樹

中公文庫

国境事変

在日朝鮮人殺人事件の捜査で対立する公安部と捜査一課の男たち。警察官の矜持と信念を胸に、銃声轟く国境の島・対馬へ向かう。〈解説〉香山二三郎

中公文庫